交融之境

萧茜宁 著

江苏凤凰文艺出版社
JIANGSU PHOENIX LITERATURE AND ART PUBLISHING

图书在版编目（CIP）数据

交融之境 / 萧茜宁著. -- 南京 : 江苏凤凰文艺出版社, 2025.7. -- ISBN 978-7-5594-9830-4

I. I247.5

中国国家版本馆CIP数据核字第2025TD4602号

交融之境
萧茜宁 著

出 版 人	张在健
责任编辑	孙建兵
特约编辑	王 璠
责任印制	杨 丹
出版发行	江苏凤凰文艺出版社
	南京市中央路165号，邮编：210009
网 址	http://www.jswenyi.com
印 刷	苏州市越洋印刷有限公司
开 本	880毫米×1230毫米 1/32
印 张	11.5
字 数	238千字
版 次	2025年7月第1版
印 次	2025年7月第1次印刷
书 号	ISBN 978-7-5594-9830-4
定 价	59.80元

江苏凤凰文艺版图书凡印刷、装订错误，可向出版社调换，联系电话 025-83280257

序

范小青

萧茜宁的长篇小说《交融之境》,是一个命题的文学作品,她给我发来小说的同时,在来信中告诉我,这是太仓市和苏州文联联合立项的,创作的时间要求也比较紧。我当时就想到,这个任务挺重,挺难的。

太仓是中国著名的德企之乡,从二十世纪九十年代开始,先后有数百家德资企业落户太仓,中德合作办企业,不仅对太仓的发展有着重大影响,这样的合作更是给人们带来认知改变,这些具有太仓特色的中德企业,从无到有,从小到大,写满了生动精彩的故事,确实值得好好写一写。

主题宏大,又是工业题材,又是跨国合作,又是不同文化的冲撞交流,满满的社会经济学和工业生产的内容,却要用小说的形式表现出来,其难度可想而知。

萧茜宁勇气可嘉。当然这不仅仅是"勇气"二字就能够担当起来的,萧茜宁不仅有勇气,更是有底气的。

底气来自于她的优势:

在生活积累上,萧茜宁是太仓人,在平时的生活和工作中,已经接触认识了许多中德合作中鲜活的人和事,有许多动人的故事,早已经深深扎在她的内心深处,政府、学校、普通老百姓、德国人、新太仓人,许许多多的生动形象,一直在她心里涌动着,似乎早就有一个声音在呼唤她;

在文学基础方面,萧茜宁写作多年,已经创作出版了长篇小说《身如琉璃心似雪》《此岸流水彼岸花》《烟花一半醒》。网络连载小说《门当户对》《双魂记》《将军美人劫》等十余部,曾获第八届江苏省紫金山文学奖网络文学奖,她是中国作协会员,太仓市作协副主席,是一位成熟的小说作家了。

有了这样的底气,萧茜宁义无反顾地接受了这一次的任务,踏上《交融之境》的写作旅程。

当我一口气读完二十多万字的《交融之境》后,也印证了我前面的想法,厚实的生活积累,与熟练的文字水平,交融成一幅太仓德企之乡的全景图,这既是中德企业的交融之境,也是文学与现实的交融之境。

首先感叹的是作者对这个特殊题材的深入了解和全面掌握,小说中从一开始的仅仅为了三个模具工就开办双元教育培训中心的令人难以置信的举措,到具体的企业生产过程中碰到的难题,再到德企公司、欧商会等等的日常工作,以及围绕中德合作办企业的种种困难、艰辛、挫折等等，外人是完全不可能想象的，只有真正把自己融入德企之乡这片热土，才可能有写作时的得心应手。

可见既有作者平时的用心积累，又进行了大量的采访调研工作，做足了功课，才能下笔时如同在这个领域里畅游，恣意纵横。

主题越宏阔，切口越难找，一个"大"字，反而会局限了小说的进入，萧茜宁则巧妙地避开了这个难题，从两个初中女生的不同命运写起，从小小的切口进入重大的题材和主题，这也是作者的艺术追求趋于成熟的表现。

小说的字里行间，满满溢出的是对家乡太仓的爱和责任，这也是这部小说作品能够让人读来倍感亲切自然并且充满自豪感的重要原因，太仓和太仓人的性格特征，在小说中通过许多情节细节表达得十分到位，淋漓尽致。

都知道命题文章难写，萧茜宁迎难而上，成功地捧出了她的成果——长篇小说《交融之境》，它既是纪实的，又是艺术的，它的现实功底扎实厚实，艺术特色鲜明突出。

首先，小说的叙事节奏特别清晰明朗，既快又稳，不拖泥带水，语言自然流畅，讲述故事如同和读者在聊家常，说心里话，贴近生活，同时又不缺浪漫与梦想，给予读者良好的阅读感受，不会有任何的阅读障碍。

"2003年7月，烈日炎炎，太阳炙烤着大地，也炙烤着每一个高考结束的家庭，吴家一家三口，脸色严肃地坐在客厅里。吴灏旭和肖茹不知道他们是不是被热糊涂了,还是听力出现问题了,刚查完高考成绩的女儿一本正经地向他们宣布一个新的决定,去德国留学。"

这样的叙述语言简明舒展,没有故弄玄虚,直接引入故事,也直接将读者拉入这个家庭面临的分歧,在小说创作中,在长篇小说的写作中、尤其是现实题材的长篇小说,叙述语言起着很关键的作用,倘若语言过分雕凿,过分繁复,是会影响阅读的顺畅的。萧茜宁对于语言节奏的掌握,显示出她的文字功底和对长篇小说的理解。

同时,《交融之境》中人物的成功塑造,也是这部作品艺术上的一个特色。无论是上一辈的张珂闻、吴灏旭、苏志强,还是下一代的吴欣、苏萌、周立哲、陈明香以及德国人韦博、霍恩、汉森等等,都有自己鲜明的个性、独特的经历和执着追求的理想。

尤其是两位女主人公吴欣和苏萌,本是一对好同学好闺蜜,两个人的成绩同样优秀,结果苏萌中考因故失利,把自己关进了自己心的牢笼,斩断了和吴欣的情谊,而吴欣始终不明就里,一直坚持用通讯软件给苏萌留言,从未得到回复,吴欣也陷入了苦恼和困惑之中,长达十多年。

苏萌的行为,看似有些不合情理,但却是非常贴近人性、人心,别说是一个内心细腻敏感的女孩子,即便是普通的正常的人,人生碰到这样遭遇,难免改变性情,像苏萌一样把自己蜷缩起来。

小说中对这两姐妹的故事的艺术处理,合情合理,因为一个去了德国,一个留在太仓,天各一方,何况一个关闭自己,一个寻而不得,所以一下子过去十多年,双方的心结,却并没有因为时间的流逝而消失,而是越结越沉重。

表面上看,两人是因为人生道路的分叉,几乎是背道而驰,越走越远了,其实作者并没有将她们分开,因为她们虽然远隔重洋,却是在同样的企业工作:德企。

所以十年后,她们重逢了。

重逢后的两人,并没有相拥流泪,互诉相思之情,也没有互相指责,追责往事,因为毕竟时间是一把无情的刀,早已经割断了两个初中女生的情谊。

小说写到:"吴欣的话很有礼貌,但在有些感情中礼貌更让人难过。苏萌垂着头,点了点。她们应该像她和陈明香那样,拥抱,大声说我想你。

吴欣几次欲言又止,来的路上想好的追问,都问不出口了。"

正如吴欣感叹的,"现在,她们的生活和经历都不一样了,除了那段往事甚至不知道该说些什么,一切都在十三年前停止了。现在她的人生里已经没有苏萌了,她必须接受现实。"

这样的处理,能够体现出作者的文学水平,符合人物关系的走向,对人物内在世界的理解和梳理,是恰到好处的。

但是,别着急,这两个人物的关系并没有就此画上句号,却很快又有了新的转折,她们虽然再也找不回年少时亲密无间的感觉,但是共同的事业,又让她们开始了新的交往和友谊,成为了一条战线上的战友,这样的翻转,让人喜出望外,也倍感欣慰。

通过吴欣和苏萌的分分合合以及各自的人生轨迹,呈现出这部二十多万字的长篇小说结构的完整,一切走开去的笔触,最后都能圆回来,这也是能见作者写作功力的。

小说不仅准确生动地写出了中方人物的真实性和鲜明个性,对于德国人的描写,也同样有得要领,可见作者对于这部小说的准备功课是做得十分到位的,无论是韦博、霍恩,还是汉森,无论着墨多少,无论是写事业还是写情感,都是既写出了德国人的性格是"壁炉"式的,热得慢,又写出了他们热得持久的长远眼光和理念。

再有,整部小说由一个"情"字统领全局,友情、亲情、爱情,不难从中看到作者内心的深情、浓情、真情。

小说对于"情"的解析,对于"情"的赞美,让读者代入其中,被感动。吴欣和苏萌友情的十几年的波折,苏萌和周立哲、吴欣和汉森、陈明香和霍恩等人爱情的起伏,吴欣父母、苏萌父亲对女儿的亲情的表达,更有在共同的事业中结成的跨国情,在共同的奋斗中结下的战友情。

长篇小说的跨度,对写作来说,就是一个难度。《交融之境》的时间跨度不算短,从二十世纪九十年代第一家德企开始落户太仓,一直写到今天,三十年的时间,肯定不能只是单纯地写如何办企业,这部小说在时间线上作了合理安排,在故事的设定上,也将可能枯燥的企业题材,合并入吴欣和苏萌两个女生的命运和人生历程,很合理又很机智地将时间拉长、拉出去、又拉回来。

同时,作者也没有回避重要的该写的内容,但是因为有两个女生这条线一直紧紧拽着,让读者在阅读中充满等待和期盼,同时也因为时间的长度,让人感受到历史的沉淀和厚重。

《交融之境》还有一个重要而又鲜明的特点,就是作者对家乡太仓的爱,将小说和现实也融为一体,太仓的魅力、城市的自豪感跃然纸上,溢出书页。

太仓特色的描写,不是生搬硬套的,而是自然而然地进入了故事之中,比如小说写到沙溪小镇,写到太仓的饮食等风俗,当然,更主要的,是写了太仓和太仓人的性格,以及这样的城市风貌和成为德企之乡的必然联系。

小说里有一段这样描写,写吴欣和张轲闻讨论太仓的中德现象时,张轲闻曾说,如果不是太仓人和德国人的相似度,不会有这么好的合作,能这样长久地合作,也不是所有的地方可以复制的,这是一种绝对的契合。就像谈恋爱那样,总有一个非常契合的人出现,才有火花。

总体来说,长篇小说《交融之境》不仅结构完整,时间脉络也很清晰,虽然时间跨度长,但是没有割裂感,是浑然一体的。整部作品分五章:"意料之外""情理之中""十年之间"

"归""融",完整地展示了人物的成长和德企之乡的发展。

在主题之外,还蕴含了其他多重的意义和价值,比如励志、成长、青春、人心的触摸等等都是文学作品时常描写的内容,以及通过全书着重描写的德国双元制教育在太仓的成功及其重要的意义,这一切都统一在一个大的主题之下,使得《交融之境》这棵大树枝繁叶茂,生机勃勃。

是为序。

目　录

第一章　意料之外　　001

第二章　情理之中　　025

第三章　十年之间　　104

第四章　归　　225

第五章　爱　　283

第六章　融　　328

后记　　354

第一章　意料之外

1999年末。

张轲闻坐在从德国飞往中国的飞机上,他把随身携带的公文包打开,从里面拿出一份文件,仔细地阅读。他已经非常清楚那上面的内容,仍按捺不住心中的喜悦。这一年他三十六岁,方圆脸,大高个儿,一件黑色的风衣里面是整齐的西装,风度翩翩,俨然一位成功人士。

德国总公司新的战略会议决策充分肯定了他在中国区的工作,并交给他一个新的任务。回到太仓,他稍作休息,来不及倒时差就到公司着手布置工作,他想以最快的速度让新项目成功落地。

克恩(太仓)公司是德国在太仓投资的第一家德资企业,这几年发展得很好,德国总公司的集团会议上决定进一步加大对太仓公司的投资,并将一个新项目的产线投放到太仓公司。张轲闻深知肩负重任,一条新的生产线,直接投放到太仓公司,足以看到总公司对太仓公司有长远打算,他要体现出太仓公司的实力,还要让总公司看到中国市场的潜力。

他把公司里的几位管理人员召集到会议室里开会。

1999年,克恩(太仓)公司的规模还不大,会议室里,来开会的公司管理人员认真地听着张轲闻带回来的好消息。

张轲闻看向人事部经理王薇:"现在的首要任务就是在新设备到太仓之前,至少要找到三个能操作新设备的模具工人,你马上发布招聘启事,看看有没有合适的人选。"

王薇看着文件上的用人条件,点了点头:"好,我马上就去办。"

"这个项目的落地,是我们公司新的起点,大家加油。"张轲闻信心满满,所有人也跟着他信心满满。

一个月后,王薇面带忧色地敲响张轲闻办公室的门。

"张总,遇到一点困难。"王薇为难地看着张轲闻,"迟迟没有合适的人选。"

"现在的市场这么好吗,居然会招不到人?"张轲闻不可置信地看着王薇,他不想质疑王薇的工作能力,从创办克恩(太仓)公司至今,他们在一起工作六年了,对彼此的业务能力都非常了解。在当时,外资企业的工资水平要比民企、国企高出很多,加上非常有竞争力的薪酬架构,按说想找到克恩需要的模具工人是完全没有问题的。

目前碰到的情况显然也在王薇的预料之外,她轻轻地叹了口气:"张总,我不知道该怎么说,大概是因为工艺的原因,也可能是因为技术标准不一样,按总部对新技术工人的要求,的确没有合适的人选。"

"那就到上海去招。"张轲闻对王薇说。相对于人才市场来说,太仓只是个县级市,上海的人才市场要比太仓大得多。但王薇仍旧为难地站在那不动。张轲闻盯着她,知道她应该是还有话要说。

王薇继续说道:"也去招了,没有。"

"这怎么可能?"张轲闻再次质疑这个结果,两个人陷入短暂的沉默。

生产部经理刘自胜拿着一张报表敲门进来,看到他们两个人都阴沉着一张脸,问:"怎么了?"

克恩(太仓)公司建立初期,班子成员只有七人,刘自胜是其中之一,他比张轲闻大几岁,面容和善谦逊。刘自胜原本在新加坡工作,在中国汽车行业大幅发展阶段,职业的敏锐感让他意识到中国的汽车行业将是新的经济增长点,机缘巧合之间,通过同学得知德国许多汽车相关产业的公司纷纷去太仓投资建厂,正巧克恩(太仓)公司需要一位既有先进的技术,又有国际视野的技术经理。那年春节趁着回国探亲的机会,他见了张轲闻,那天见面之后,刘自胜就决定回国了。所以除了工作上的从属关系,他们几个人之间已经有了创业打拼时同甘共苦的感情,既是同事,也是朋友,大事小情经常坐在一起商讨。

张轲闻没开口,王薇便把招人的情况简单地说给刘自胜。

刘自胜听完,看看张轲闻:"我也想和你们说这件事呢,我刚研究了新项目的技术要求,我觉得掌握新设备的操作技术并不是一件容易的事,毕竟两个国家之间的标准完全不一样。"

听刘自胜这么一说，张轲闻意识到问题的严重性："有解决办法吗？"

刘自胜沉思片刻，将他对这件事的想法说了出来："是这样，模具工在机械加工这个领域是要求最高的工种。一个合格的模具工除了具备很强的钳工、装配工等动手能力，还必须会操作各类车、铣、磨等数控和手动机床，他就像体操竞赛里面的全能冠军，什么都得会。"

张轲闻和王薇相信生产技术方面刘自胜最有发言权，认真地听着他的分析。

"除此之外，符合德方要求的模具工要能够独立操作冲压工序，也就是说，他们自己装配制作出来的模具，他们自己要有能力使用和调试，由此才能对机械加工过程中的所有工序都有实际的体验和经验。"刘自胜抬目看看张轲闻和王薇，不知道他们有没有听懂。

"然后呢？"张轲闻问了一句。

"目前我们的人才市场上年长的工人有钳工和装配工的能力，但他们不会操作数控机床，那时候学手工的人要学先进的科学技术，恐怕对他们来说还是有些难度的。而会操作数控机床的都是年轻小伙子。国内的数控机床还没有普及，大部分加工公司用的是手动机床，最多是手动数控机床。"刘自胜耸了耸肩膀，也很无奈，"而且，会开数控机床的小伙子现在是属于稀缺人才，他们是不愿意干装配的。所以，王薇会遇到招不到人的情况。"他指了指自己的脑袋，"目前这两种能将手工和数控相结合的人才少，想两种技术都学而且掌握好的人更少，这是个理念的问题。"

三个人都明白理念问题经常是迫切需要跨越的问题。

"先招人进来再培训呢?"张轲闻问刘自胜和王薇。

"这暂时能解决问题,还要看招进来的人的学习能力和思维。"刘自胜没往下说,他们都明白这里存在的是对一个技术工人的再塑造,而技术工人对自己所掌握的领域往往都有不可侵犯的自信,那也是一道需要跨越的思想鸿沟。

"普通操作工人的日平均工资是300多元,我们已经开出500多元的薪资条件来招人,还是没有找到能满足要求的员工。要不试试把工资提高到1000元,在江浙沪一带再做一轮探寻,看看能不能找到合适的人?"王薇从人事角度出发给出建议。

张轲闻思考了一会儿,1999年一个模具工的工资给到一千块,这比经理级别的管理人员工资还要高了,可目前来看好像也只能这么办:"我先给总部打份报告,说明一下情况吧。"

张轲闻在发往德国总部的情况说明邮件中写道:新项目需要若干能操作新设备的模具工人,既要具备高超的钳工徒手加工能力,还能够操作数控机床。目前在中国,不要说太仓,就是上海这样的工业重地,也没有几个符合要求的工人。现在太仓公司一般工人的日工资是300元,班组长500元,所以中国区人事经理建议用1000元左右的高薪,吸引上海周边的高级技师,然后将他们送到德国进行三到六个月的培训,以符合能够操作新设备的要求。

三个模具工人的工资对于一个企业来说并不算是太大的金额,张轲闻提交了申请报告之后,那封邮件却仿佛泥牛入海,无声无息。张轲闻甚至几次去检查自己有没有将那封邮件发送成功，但明明显示着对方已经接收。本以为十天就会得到回复，却迟迟没有消息，眼下他只能等，耐心地等。等的同时，张轲闻让王薇继续招人，就这样等了三个月。

在没有得到总公司的回复之前，王薇能做的就是继续招人，让年长的工人学数控机床难，她寄希望于提高工资让年轻人接受徒手加工。但在当时掌握数控技术的人很少，这样的年轻人在人才市场上十分抢手，总公司对加薪的批复没下，她不敢把工资加上去，招人陷入僵局。

刘自胜这段时间也没闲着，决定自己先学习，想着万一招不到人，只能自己先上手应付一阵子，这些显然都不是长久之计。

王薇每天在公司里碰到张轲闻都一副没精打采的样子，张轲闻也不再多问，如果有好消息，她肯定不会是这副表情。对王薇来说不能为公司解决需要的人才问题简直是对她工作能力的侮辱。

张轲闻发动自己身边所有人际关系招人。那时候，克恩（太仓）公司不算大，很多太仓人对于这家德国投资的公司还保持着观望的态度。

张轲闻下班回家，父母已经做好了饭菜，他坐下就问父亲："爸，你的老朋友里有没有孩子是模具工？"

张轲闻的父亲听了开头，昨天刚提过有个朋友的女儿不错，还以为儿子想通了，答应他去相亲呢，听到后面的模具工三个字，脸沉了下去："没有。"语气很坏，可是张轲闻并没听出来父亲的不高兴，最近他招人招得走火入魔，逢谁都问。

张轲闻自上海交通大学毕业，本来在上海的工作不错，突然回太仓，进入一家刚刚落户的小公司，美其名曰是德企总经理，毕竟建厂的时候一个公司里还不到十个人，这都六年过去了，张轲闻的父亲还是没想通。不止如此，为了搞好这家公司，儿子今年三十六岁了，还不结婚。这让父子俩的关系有点微妙的紧张。张轲闻知道这里存在观念的差异，就算是解释也解释不通，他就很少和父亲聊天，反正大部分时间都贡献给了公司，他想着只要做出成绩，很多话也就不必多说了。

这六年中他遇到不少困难，但很快就能解决，还是第一次遇到这么久都解决不了问题。

张轲闻每天上班第一件事就是处理邮件。他先浏览发信人，事实上他就是在等总公司的邮件，连续点开几个都不是他期盼的回信，他以为今天又要白等了，却在点开最后一封总公司的邮件时，眼前一亮，是他盼望已久的申请回复，而信的内容让他颇感意外。

集团决定在中国太仓设立德国双元制专业技术工人培训中心，引入德国职业教育模式，配备全套的德国培训设备和德国的培训主任，为太仓、为克恩培养符合企业标准的技术工人。总裁斯坦姆博士提出联合太仓其他德国企业，引入德国双元制模式，每年至少投入100万元人民币。

这个决定大大出乎张轲闻的预料。仅仅因为三个模具工的需求要搞一个专业技术工人培训中心，这两种解决问题的方法，是完全不同的经营理念。

张轲闻立即召集公司管理层开会。管理层所有人总算盼到了回信,以为是申请通过了,接下来可以加薪招人了。听张轲闻传达完总公司的回复之后,他们的吃惊程度不亚于张轲闻。在克恩(太仓)公司工作了这么多年,又经历了这次新项目招聘困难的风波之后,管理层所有人深知这个决定无疑是高瞻远瞩的方案,但同时存在的问题也让他们十分担心。

"没想到总公司因为三个模具工做这么大的决定。"王薇感叹不已。

"斯坦姆博士的想法一定有他的思考。只不过,我担心这样的行为在中国史无前例。这个计划看起来是个长期的战略,费时费钱。既没有清晰的法律环境,也没有成熟的培训运营团队。而所有这些不明因素都有可能导致项目夭折,造成人力、物力、财力和时间上的损失。"行政总监负责法律事务,说出自己的顾虑。

"如果按照德国双元制的培训周期,第一批学员能进入工厂工作,至少需要三年时间,还不算培训中心的筹备阶段,这个时间有点长啊。"刘自胜对德国的双元制还是有点了解。

张轲闻内心也开始了激烈的斗争。总公司的决定仿佛给他打开了另一个世界,也带给他另一种思考,但实际困难也要考虑,他决定将会上反映的这些情况向总部做一个详细的汇报,以备总部进一步考虑方案的可行性。

总公司对太仓公司目前遇到的瓶颈十分重视,听取了众多意见。这次很快就得到了反馈,斯坦姆博士在集团会议上针对太仓公司的问题做了总结性发言。

斯坦姆博士认为大家对形势的判断有相当的合理性,对项日的艰难也做了充分的研究，但是对中国经济形势的发展不够乐观。中国汽车产量从1995年的15万辆增加到100万辆，只用了短短的五年。可以预期，中国一定会在未来的十年将汽车产量增加到1000万辆，从而成为全球数一数二的汽车市场。大家应该为这个可见的未来做好准备。不光是技术、设备、产品和市场等方面做好准备，更要在人力资源的培养方面做好前期规划。克恩在太仓的发展是非常成功的，从1993成立到2000年，公司业务发展迅速。一方面我们得益于中国汽车市场的爆发，另一方面我们也得益于太仓市政府的大力支持。建立这个德国双元制专业技术工人培训中心可以为克恩在中国业务的进一步发展打下坚实的基础，同时可以回馈太仓，为太仓年轻人的职业生涯发展提供更多的机会。最后，这个项目也会为巴登符腾堡州与江苏省的友好省州合作开启新的篇章。

大家听完斯坦姆博士的讲话，一致同意斯坦姆博士对大势的判断和对项目计划做出的决定。

张轲闻感觉到压力越来越大，毕竟他只懂运营一个企业，总公司新的决策事关教育，教育可是他从来都没有碰过的领域。

时不可待，这个决策一出，工作就马上展开，总公司决定派遣曾参与克恩太仓公司建厂的韦博亲自到太仓与张轲闻共同推进这个项目。

"双元制教育，你懂吗？"王薇有点心虚地问张轲闻，她在网上找到一些相关的资料了解一番，仍然是一知半解。

张轲闻经常去总部开会，对德国的双元制教育也有所耳闻，他觉得自己只关注企业的经营和发展了，双元制教育对他来说是新的课题,他勉强笑笑,风趣地说出两个字:"略懂。"

紧张的气氛被这句玩笑打破,两个人有种苦中作乐的滋味。"不懂就学呗。"张轲闻接着说,"克恩是百年企业,斯坦姆博士严谨认真不会儿戏,我们边做边学吧。"

王薇点点头:"好,一起努力,我和总公司人事部门对接一下,网上找到的内容有限,让他们给我发一些关于双元制教育的详细资料,我再了解了解。"

张轲闻去机场接韦博,有过几年的工作接触,他们已然像老朋友一样,见了面就互相拥抱。"欢迎又回到太仓。"张轲闻拍拍韦博的背。

"很高兴能回来。"韦博也很高兴。

一路上他们都在讨论这次总公司的决策。韦博告诉张轲闻:"斯坦姆博士做这样的决定就是没把太仓公司当成临时性的投资,他有很长远的打算。"

"是的,这样的决策,我明白其中的深意。"其实张轲闻这6年来最大的感受就是踏实,克恩的企业精神就是脚踏实地向前走。克恩并不算是特别大的企业,也已经近百年历史,这样执着于一个领域内的精益求精,不浮躁不动摇的精神是他最喜欢这家公司的原因。

韦博看着窗外的风景:"哇,每次来太仓都能看到变化。"

"是的,每年都有变化。"张轲闻很高兴地指着外面的一片空地,"你看那边,我们的新厂就要建在这里了。"

"哦,看起来真不错。"韦博赞叹道,"真没想到,我们可以扩建到这么大,张,你做得很好。"

韦博几乎没有休息,直接和张轲闻到公司召开会议。2000年的克恩太仓公司里,只有管理层的人能够流利地用英语和韦博交流,他们知道这项策略已经不仅仅是一个公司的问题,而且对太仓的德企发展意义重大,影响深远。

双元制职业教育模式的一元是企业,另一元是学校。其宗旨是培养具有专业能力、方法能力和社会能力,具备综合职业能力的优秀制造业蓝领。双元就需要企业与学校密切合作。

随后的日子,韦博和张轲闻开始马不停蹄地奔走各地。他们先后去了天津中德学院、同济大学、上海交通大学、上海电子专科学校,以及汉斯-赛德基金会、德国商会上海办事处、德国驻上海总领馆接洽,同时与太仓市政府和开发区管委会达成了共识。太仓开发区管委会领导层敏锐的触觉与斯坦姆博士的决定不谋而合,解决企业的需求,服务好企业,是经开区管委会的主要责任,他们表示会全力配合张轲闻和韦博推进这件事。

"我知道这是一个不挣钱的项目,但这对德资企业的长远发展和我们太仓未来的招商引资有着重要的意义……"张轲闻在第一次双元制实施计划的交流会上发表讲话。经开区管委会主要领导纷纷点头表示赞同。交流反馈非常及时,在张轲闻的讲话结束后,响起热烈的掌声。

"这个项目可以打消德国投资企业对当地人才,特别是蓝领人才质量的顾虑。同时可以为太仓当地职业人才培养引入更多元素。"管委会领导充分肯定引入德国双元制教育的意义,没想到这么快就得到了太仓方面的支持。张轲闻看向韦博的时候,韦博表情认真，脊背挺直地听着中方的发言，倒没有张轲闻那么兴奋，他永远严谨认真，一丝不苟，从不会喜形于色。

彼时，德国方面也传来重大利好消息，在斯坦姆博士的积极推介下，德国巴腾符腾堡州决定给该项目资助 35 万欧元的教学实操设备，包括多台铣床、车床和其他加工器具。斯坦姆博士的好朋友德国慧鱼集团董事长 Fischer 先生也责成他的慧鱼中国公司参与此项目。斯坦姆博士立即把克恩集团的培训经理派到太仓负责"德国双元制专业技术工人培训中心"培训课程的计划和设立。

德方积极促进，太仓开发区管委会紧随，积极承担后勤保障。项目各方都热情高涨，日夜准备，就等着培训中心签约落地。

看似一切顺利的时候总有些插曲为这首动听的旋律带来不一样的杂音。

风风火火跑了好几个月后，张轲闻遇到了难题。他坐在办公室里，呆呆地看着玻璃墙外面的员工们走来走去的身影。双元制教育必须是由工厂和学校的紧密合作才能完成对学生在实践和理论两方面的培训，双元制培训的目的不仅是技能培养，也是世界观和职业观的培养，学员要在企业中耳濡目染，才能达到最好的效果，实践教学必须在企业里进行。理论培训就要选择一家合作学校来完成，为了保证学生的素质和培训中心的社会地位，经开区出于好意，希望合作学校是大专以上院校。

德国企业家们却建议寻找一家中等职业学校作为合作伙伴，培训目标是高级蓝领，模具工和数控机床操作工。如果录取高中毕业生,三年培训后授予他们大专文凭,以及德国工商大会的毕业证书,那么这些毕业生就有可能坐在办公室里,做一些初级文员和初级管理员等工作,这与目前整个培训教程和培训目的不太吻合。毕竟,克恩太仓公司急于解决的是新产线上需要的模具工,是要能在生产一线的人。

张轲闻深知现在的僵局在哪里,对他来说,这个问题已经不是工作领域,他要把两种不同的理念解释给双方听,但双方的思维相去甚远,如何让他们接受新的理念才是他要动脑筋的事。

下班后,满脸愁容的张轲闻一个人走在太仓街头,不知不觉,他走到一家小酒吧门外,酒吧的门很小,不像很多店铺希望路过的每一个人都能清晰地看到他们的商品,而这样的一扇门也能轻易地引起别人的好奇心。张轲闻就是。他看到门牌上的英文HOME,大概就猜到了这是一家酒吧,但的确有想让他进去看看的吸引力。他走进去,里面也不大,五六十个平方,德式装修风格,有些德国人在喝酒,也有一些中国人,各自聊着他们喜欢的话题,互不干扰,唯一相同的就是笑容绽放在一张张微醺的脸上,那种气氛看在他眼里,心中阴霾一扫而空,不禁微微扬起了唇角。他想起韦博,拿出手机给韦博打了个电话直接问道:"要不要出来喝一杯?"

韦博欣然接受邀请。

"你好,生意不错啊。"张轲闻和气地跟老板打招呼。

"还好还好,这几年太仓德国人多,他们喜欢喝我这里的啤酒,因为正宗。"老板很自信,边说边将啤酒递到张轲闻面前,"您一个人?"

"一会儿还有个朋友。"

"德国人?"老板又问。

张轲闻笑了:"对。"

"一看您就知道一定是在德企工作。"老板继续和张轲闻攀谈。

"这也能看出来?"张轲闻饶有兴趣地问。

"当然,衣着、谈吐、态度,都能看出来。"老板仍然热情地和他说话。

"西装革履?"张轲闻看看自己身上的西装,接过啤酒杯抿了一口。

酒吧老板自然地说道:"也不能这么说,就是在没喝酒之前有一种严谨的气质。"

张轲闻听了朗笑几声:"你说话也很严谨啊。"他听出那老板的言下之意,喝啤酒是德国人最喜欢的放松方式,他们可以用一瓶酒卸下身上的武装还有大脑里的工作,真正回归自我。

"这必须呀,干一行爱一行,特别是在太仓做酒吧,和别的地方都不一样。"那老板和张轲闻聊得很开心,这也是他的工作之一,在顾客等朋友的时候陪客人排解寂寞。但如果遇到一些不大说话的人,他会适时地保持沉默。

张轲闻的兴致又来了:"哪里不一样?"

"这位老总,不瞒您说,我也是从德国回来的留学生,所以我懂你们,我的客人都非常优秀,所以我很乐意为你们服务,因为你们都在做实实在在的事。"老板说这话的时候很认真。

张轲闻笑了笑,难怪这酒吧里的德式风格这么明显。他惊讶地问:"可是没有人会在这里讨论工作吧?"

"不是非要讨论工作才能看到好的品质,您身上就有一种儒雅谦逊的气质,让我们做服务的人都有种被尊重的感觉。"老板自然而然地送上了几句恭维的话。张轲闻又笑了:"难怪你的生意好。"

老板含蓄地笑着:"还有就是太仓人很少晚上出来泡酒吧。"

"我就是太仓人啊。"张轲闻不赞同地反驳道。

"所以我说您肯定在德企工作。"老板解释得合情合理,令张轲闻一时语塞。

正说着,进来一位金色头发,戴着金丝边眼镜的男人,张轲闻一看,笑着挥起手。酒吧老板见了连忙说:"我去拿啤酒。"转身热情地和韦博打了个招呼。

张轲闻没有和韦博聊工作,这是下班后不成文的规定,他只和韦博聊了聊太仓,关心韦博在太仓的生活是否习惯。韦博告诉他:"上次来太仓停留的时间短,并不觉得,现在我的确有饮食方面的忧虑。"

张轲闻每天在公司里都是和韦博一起吃午餐,韦博有信仰,张轲闻也给予了极大的尊重,韦博每天都把饭吃得干干净净,从来不会浪费粮食,听到他居然会有饮食方面的忧虑,不禁自责地问韦博:"公司里的饮食不好?"

"不是公司里,我知道你们根据我的喜好在为我安排午餐,只是离开公司,面对中国的餐馆点餐对我来说是个考验。我经常会点错。"

看着韦博委屈的样子,张轲闻充满歉意地说:"太仓的西餐厅太少了,甚至可以说还没有一家真正的西餐厅。"这的确是个问题,张轲闻心里想着。"不过,我相信很快会有的。"他又看向那个酒吧的老板。

酒吧老板适时地送啤酒过来。张轲闻半开玩笑地说:"老板,你不考虑开一家西餐厅吗?"

酒吧老板微微一怔,看看张轲闻,又看一眼旁边坐着的韦博:"您的提议太好了,我一定认真考虑。"

"德企越来越多,你可以增加一项经营内容。"张轲闻觉得自己变得越来越爱操心了。

酒吧老板走的时候脸上的表情是认真的,张轲闻猜他一定会认真思考这件事。酒吧老板有一双大大的眼睛,张轲闻看到那双眼睛在转动,那是个不错的年轻人,有勇气,有魄力。

张轲闻的手机响了。

"看到你在酒吧喝酒,本想进来,看到你有朋友在,就不来了,周末我家里烧烤,你来不来?"吴灏旭笑着说道。

张轲闻转头看向窗外,那里站着一个四十岁出头的帅气男人正向他招手,中等身材,黑色的针织开衫,深色的牛仔裤,棕色的休闲鞋,闲适自在的装扮不失儒雅风范,一看就知道是个讲究生活品质的。

吴灏旭高中的时候和张轲闻是校友,他们都在上海上大学,又都回到了太仓,是那种很多人口中在上海混不下去了,才回太仓的人。其实,他们俩都有自己的人生规划。吴灏旭是为了爱情,为了回到爱人身边回到太仓后开始自己创业。张轲闻在上海工作了一段时间后,一次偶然的机会,他看到德国百年企业克恩集团要在太仓投资建厂,需要一位中国区负责人,即使他已经有一份不错的工作,但做一家外资企业的负责人,对三十岁的他来说依然充满挑战,他投简历后很顺利地得到了这份工作。可总有些人并不这样想。张轲闻和吴灏旭都是高学历,有自己的想法,并不介意外界的议论,用他们的话说,自己的路自己去走,冷暖自知。

那时,他们还是两条平行线,没什么交集,直到克恩(太仓)公司筹建期间,张轲闻遇到了吴灏旭。吴灏旭比张轲闻年长几岁,一个学建筑,一个学管理,对张轲闻来说,吴灏旭就是高中学长而已。可回太仓后,随着接触,渐渐发现彼此志同道合,成了好朋友。后来,吴灏旭结婚生了个女儿,张轲闻一心忙事业,至今单身,所以吴灏旭经常叫他来家里吃饭。

"韦博,周末要不要和我去参加朋友的家庭聚会?"张轲闻笑着邀请。

韦博高兴极了:"当然。"

"我带新朋友来,你多准备点肉。"张轲闻对着电话那边的吴灏旭说道。

"没问题。"吴灏旭笑着挂断了电话。

周末,张轲闻和韦博带着啤酒到了吴灏旭的家里。吴灏旭一家人热情地和韦博打了招呼,就让他们到院子里小坐。吴灏旭那时住的是一幢自建别墅,是当时太仓最好的别墅小区,能住在这里的都是有些家底的太仓人。韦博保持着他的绅士风度,大周末的穿着西装站在吴家的小花园里,显得十分正式,但与这样的休闲气氛有点格格不入。吴灏旭的妻子肖茹见了,问张轲闻:"他的西装看起来很贵的样子,可我们吃烧烤,会不会有味道?"张轲闻很感谢肖茹的细心,走过去让韦博脱掉了西装挂在门厅里。

"不会怪我多带了一位客人吧?"张轲闻感激地对肖茹说。肖茹微微一笑:"热情好客是我们中国人的传统美德嘛。"肖茹四十多岁,保养得很不错,大概也是因为生活的富足,加上一个不用太操心的女儿,所以她看起来比同龄人年轻许多,身上有淡淡的书香气,还有江南女人的灵秀,温柔娴静,吴灏旭会为了她回太仓创业就是她最大的魅力,因为她不想离开太仓。

吴灏旭和肖茹的女儿吴欣看到韦博,兴奋地跑上前用英语和韦博交流,看样子他们聊得很开心。

"不好意思,这丫头打扰你朋友了。"肖茹笑着端来一份水果,放在张轲闻和韦博面前,韦博马上礼貌地表示感谢。吴欣见妈妈对韦博用中文说"不客气,不客气",连忙纠正:"妈妈,你要说 Sure。"肖茹张了张嘴,上学的时候,她也学过英语,可是现在总觉得说不出口了。

张轲闻又朗笑起来:"这丫头的英语不错啊。"

"张叔叔,你教我说德语吧。"吴欣马上说道。那一年,吴欣还是个初中生,正在准备中考。

"可以让韦博教你啊。"张轲闻指着韦博。韦博听不懂中文,但他能感受到所有人之间的友好,脸上也带着笑意。

微笑是世界上通用的表达友好的方式。吴欣仍然缠着韦博,韦博很有耐心地和她说话,肖茹听不懂他们在说什么,能听懂的大概只有张轲闻了。吴灏旭大学毕业后也很少说英语,这门学科彻底磨灭在他们的生活中了。

吴灏旭蹲在院子的角落里生火,点着木炭不是件容易的事,张轲闻走过去帮忙,他看到吴灏旭将所有的一次性筷子一层层搭起,空隙中间放着些纸巾,岌岌可危又好像无比坚固的筷子建筑下面摆放着几个酒精块,就笑着问:"这个工程是你发明的?"

"当然,你别小看它,它可以让木炭尽快点燃。"吴灏旭大气都不敢喘地放好最后一根木筷,"点火。"

"点哪里?"张轲闻不知从何下手,生怕一不小心就把这宏伟的建筑碰倒了。

"下面那个通向酒精块的纸绳。"吴灏旭指挥张轲闻。

张轲闻小心翼翼地在这个危险的建筑物下点燃了用餐巾纸搓成的纸绳,火苗瞬间烧到酒精块,随着火苗的上窜,整个建筑都点燃了,建筑中的木炭也渐渐变红。

"哇,这是什么原理?"张轲闻赞叹不已。

"因为有空隙,才能让他发挥出最大的能量。"吴灏旭对自己的这个发明创造很得意,"建筑学,还是我比较专业。"

虽然是一句玩笑话,张轲闻却像被击中了般怔在那儿良久。空隙和桥梁为什么不能起到同样的作用呢? 张轲闻茅塞顿开,对,他可以说服中德双方各自退让一个空隙出来,或许能更好地促成合作。

张轲闻在之后的谈判中经过多轮的解释、讨论,开始制造双方谈判的中间空隙,让双方都有喘息和回旋的余地,最后中方考虑到德国双元制教育已经经历了 100 多年的实践,应该是成熟的体系,对中国来说学习和接受别人的经验是传统美德。

几番探讨后,职中校长说:"企业对本行产业发展的最新动态更为敏感,企业的要求,产业的需救济,就是我们培育人才的方向。"双方最终达成一致,由德国公司负责实践培训,太仓职业中专学校负责理论培训,邀请上海德国工商大会负责教程、大纲和考试委员会的组织工作。

双元制的推行有了新的进展之后,张轲闻松了一口气,可是不等他庆祝,新的问题又产生了。

张轲闻觉得自己最近快长在谈判桌上了,和过去的商务谈判不一样,他面对的是一所学校,和学校里的教育工作者们谈,他们和商人的思维不同。

坐在他对面的老校长让张轲闻有种自然而然的尊敬。老校长教育工作经验丰富,这样的经验,同时给了他很多思想上的桎梏。

"我觉得培训老师还是要由学校派出,我们的老师都是专业的,他们完全能胜任这样的工作。"老校长对自己学校老师的教学能力给予了充分的肯定。

张轲闻能理解这位老校长,可显然老校长没能充分理解德国双元制教育的模式:"校长,我当然相信你们学校的老师都是出色的,德国双元制的教师是要通过手工业协会,所以双元制的教师需要有实践经验的人来担任,并且还要经过培训和考试。有些技术人员不一定适合做老师,所以,这些老师必须经过企业面试才可以上任。"双元制培训里的教师一定是理论和实践相结合的人才能胜任,或者说实践能力更为重要。但校方仍然觉得理论是最重要的。

老校长在慢慢理解张轲闻的意思。

张轲闻继续解释:"因为我们对学生的培养方向是模具工,所以要招收有经验的模具师傅做培训老师,目前国内没有合适的老师,我们建议先选拔一批老师人选,这些老师由德国工商大会负责安排培训,培训合格后发证上岗,教我们的学生。"

"现在的职中条件有限,出去培训的经费也很难解决。"老校长说出了苦处,"而且,我只能在学校里挑选教师,毕竟在我们的教育体系,有我们的用人规则,不能随便在外面招老师。如果从外部招聘老师,不便于我们学校的管理,校企联合办双元制也要考虑到我们学校的工作安排。"

张轲闻马上表态:"经费问题我们可以解决。"

一步一坎,张轲闻终于明白要做成一件事,尤其是一件改革性的事情有多难。从那以后,他非常理解和佩服历史上所有的改革家们。

他去公司找韦博:"我能进来吗?"

韦博见是张轲闻,放下电脑,请他进来。张轲闻把和学校在聘请教师上的分歧汇报给韦博,又把对方提出的难处汇报了一遍。韦博陷入沉思,随后,他返回自己的办公桌前,一边打字一边说:"可不可以告诉我,什么样的计划能让学校同意我们的意见? 要知道,双元制最重要的元素就是教师一定是精通教学工具的人,而不仅仅是熟练掌握理论的人。"

"大概这就是两国教育认知的不同。"张轲闻并不觉得哪一方的想法是错的,但双元制教育是另外一种体系,"德国的双元制教育为什么那么受认可?"

韦博好像并没有听懂张轲闻的意思,张轲闻只好自问自答:"因为这是你们认为最可行的方式。"还是理念和认知的不同,张轲闻有种怅然若失的感觉。

"你放弃了吗?"看到他叹气的样子,韦博一本正经地问张轲闻。面对那双深邃得好像海洋一样的蓝色眼睛,张轲闻仿佛被闪电击中了一样,浑身一震:"怎么会?!"

韦博笑了,笑得很含蓄:"我们可以设想一下校方所顾虑的几个问题,逐一帮他们解决,只有解决问题,才能让事情有进一步的发展。"说着,他开始在电脑上认真地记录。

有些品质是互相影响的,韦博一直觉得张轲闻身上东方人的特质很明显,儒雅又温润,他说出来的话总是让人很容易接受,不用像他那么严厉苛刻,就能把事情办得很漂亮。而张轲闻在韦博身上看到了坚韧和严谨、细致和不屈,他非常庆幸有这样的工作伙伴,特别是韦博的认真态度,让他和原来的"差不多就行"的想法彻底告别,渐渐变成越来越满意的自己。

"韦博,听说1993年你被派到太仓与政府商讨设立中国公司的事宜,最终签署的是一份纯中文的协议,当时你完全看不懂。"张轲闻想知道韦博到底怎么做到那么信任太仓这方代表的。

"是的。"韦博毫不隐瞒地告诉他,"与太仓代表面对面手握手,在目光中我们看到了彼此的真诚,那比纸上的字更有说服力。你们中国有句话:精诚所至,金石为开。"

当时,双方出于真诚的合作意愿完成了太仓第一家德国独资企业的签约仪式。用同样真诚的态度与校方来来回回地讨论研究后,终于,得到双方都满意的结果。

就像韦博说的,问题是需要逐一解决的,在解决了教师的聘任问题之后,他们又要面对双元制教育最重要的环节,那就是进企业实训教学的问题。

校长坚决反对出校园教学:"你们说的教学方式不利于对学生的管理,太仓职业学校有良好的校舍和与之相应配套的实训设备,校方希望实训场地放在学校,这对课程的安排、学生的交通安排都比较方便。"

双元制教育要将实训场地放在工厂,学生可以每天呼吸到工厂的气息,感受到工厂的景象,从而为他们今后的职业生涯打下基础。

"那他们怎么和企业产生感情?"张轲闻情急之下问出本质问题,这回换坐在对面的校长一头雾水地看着他。

每当张轲闻和公司里的人有些沮丧的时候,都能看到韦博带着温和的笑容走进公司。那笑容就是照进春天的阳光。

"张,昨天我有个好想法,我们一起讨论一下。"韦博亲切地对张轲闻说。张轲闻觉得自己一个中国人都想不到有什么办法说服职业学校的老校长,韦博能有什么好办法?他又想到韦博做事严谨的态度,决定听听他会怎么说。果然,韦博找到了空隙。

"我想邀请职业学校的校长去德国的双元制学校看一看。"韦博觉得要说服一个人,最好的办法就是让他亲自去体验。

很快韦博就带着老校长去德国了。

韦博一直本着实事求是、求同存异、良好磋商的态度。他用诚恳的态度向老校长和太仓教育界相关人士介绍了德国的双元制教育,带他们参观德国的双元制学校。韦博觉得再多的谈判都不如一次实地考察。

张轲闻将好消息告诉韦博:"校方对双元制教育的模式有了新的认知,彻底确定了双元制培训落地。"韦博淡淡地说:"太棒了。我们马上进行下一步工作吧。"就像一切都在他预料之中。

张轲闻还没回过神,韦博已经进入了他的下一项工作中——在电脑上起草培训中心的事宜。张轲闻苦笑着摇摇头,原来德国人和他们生产的机械设备一样性能那么好,简直是一个永远不会停止的机床。张轲闻对韦博非常钦佩,他回到自己的办公室,开始为下一步的工作做准备。

2001年11月,太仓市德资企业专业工人培训中心成为德国双元制职业培训机构。

第二章　情理之中

2003年7月，烈日炎炎，太阳炙烤着大地，也炙烤着每一个高考结束的家庭，吴家一家三口，脸色严肃地坐在客厅里。

吴灏旭和肖茹不知道他们是不是被热糊涂了，听力出现问题，刚查完高考成绩的女儿一本正经地向他们宣布一个新的决定，去德国留学。

吴欣不是顶尖的学霸，但成绩优异，以她的高考成绩在国内考一所名牌大学不在话下，就算想申请较好的英美大学也并不是一件难事，怎么都想不到吴欣竟然想去德国留学。

吴灏旭自己经营一家装修公司，正赶上房地产经济向好，装修行业跟着水涨船高，赚了些钱。妻子肖茹在电业局的行政部门上班，在当地像吴家这样的家庭算得上是条件不错的中产阶级。他们只有这一个独生女，夫妻俩很重视女儿的教育，从小就精心培养。吴欣也争气，不但学习成绩优异，还有许多特长，最重要的是吴欣在学业上从不让他们费心，他们是那种经常被同事、朋友羡慕的父母。

　　肖茹半张着嘴，眨巴着眼睛看向女儿，半天才说出一句话："你、你想吸收多元文化，有很多选择，德国的大学是出了名的难考，而且，而且考德国的大学一定要先过德语关，学了这么多年的英语，考英、美国家的大学更容易吧？何况在中国学德语的条件有限。我，我都不知道你应该去哪里学德语。"话音刚落地，吴灏旭就瞥她一眼，上海同济大学有最好的德语系，他们的女儿非常清楚。

　　毗邻上海市的太仓是名副其实的江南富庶之地，在这里出国留学的人很多，不算什么大事，但去德国留学的，还是少数。都知道德国的好大学都是公立大学，费用较其他国家少，但吴家并不差女儿出国留学的钱，所以，吴欣去德国留学的决定让夫妻俩十分费解。

　　"我知道，所以我要去德国备考。"吴欣坚定地看着父母。

　　"这可不是你想得那么容易。"吴灏旭和妻子同样不理解女儿突然的决定。转念想到了张轲闻，难道，是因为张轲闻和韦博经常来家里玩，女儿才有了去德国留学的想法？可女儿高考之前，完全没有和他们提起过有去德国留学的打算。如果女儿早点说或许他也可以帮女儿做些准备工作，可现在，高考都已经结束了，而且女儿的成绩不错，怎么会突然萌生出这个想法？吴灏旭觉得是不是自己最近公司里太忙，忽略了女儿。

　　"爸，太仓现在的发展你看不到吗？中德合作多少年了，越来越多的德企落户在这里，你就不对德国这个国家感觉到好奇？我听张叔叔讲过德国的大学，我很想试试。"不到二十岁的吴欣有青春的冲动和热情,可与之相反的是客厅里凝固的空气。

良久。

"好吧,如果你能考上,我就同意。"吴灏旭做出这样的决定。

"真的?说话算话,只要我能考上,你就让我读,是吗?"吴欣又将目光转向母亲。肖茹一时无措,躲开女儿投来的目光,没有表态。女儿一向不走寻常路,一直以来肖茹就没成功地说服过女儿,所以,她能表什么态呢?连丈夫都妥协了。她不满的眼神,吴灏旭看在眼里,他没有选择回应妻子,他想,他们需要私下再交流。此刻,在女儿面前,他们只能暂时沉默。

吴欣再次开口:"对了,爸,我要去学新闻传播专业。"

选择去德国留学是她抛出的第一只靴子,这第二只靴子落地,让吴灏旭和肖茹始料不及。肖茹终于忍不住倏地自沙发站了起来。"你是理科生,学新闻专业?"她的忍耐到了极限,"老吴,不能让她这么任性!"将丈夫也拉入这场即将爆发的母女战争之中。

当时,德国是高度发达的工业化国家,世界第三大经济体,欧洲第一大经济体及市场,全球第三大出口国。在科技、教育、医学、工业等方面处于世界领先地位。汽车及配件、机械设备制造、电子电气、化学及制药工业等四大支柱产业居世界市场领先地位。即使受到金融危机和欧债危机冲击,德国的经济波动也较其他欧洲国家更低,危机后的经济复苏也比其他国家更快。经历不断冲击尚能保持全球领先的工业实力,足以证明德国的工业领先全球,而他们的女儿居然要去这么强大的工业大国学新闻传播专业?他们怀疑那个热糊涂的人不是他们,而是他们的女儿。

"这有什么问题吗?"吴欣是很多人口中那种别人家的孩子,想考什么学校就能考上什么学校,想把哪一门学好,就能把哪一门学好。她自信地看着母亲,"只要想学就能学好不是吗?"

女儿的话再次噎住了肖茹就要脱口而出的说教套话。肖茹紧咬着下唇:"老吴,你,你不说说她吗?"每当关键时刻就是让丈夫出面,"在国内新闻专业都不是一个很好的选择,你还到德国去学新闻传播,你是不是疯了?"肖茹觉得气血上涌,激动得快保持不住她一贯维持的温柔形象了。

吴灏旭眉头紧锁,要他说什么好呢?他觉得自己脑袋里面运转的机械零件,转得没那么快。

见丈夫没有反应,肖茹更生气了:"不行!我不同意。"

"我想打通一扇门,或者架起一座桥,不是物质的,而是精神的,新闻是个窗口。我们认识的世界很大一部分来自新闻,我想成为其中一员。"吴欣回答母亲。

吴灏旭和肖茹看着女儿,她神色自若,那种坚定和无所畏惧的样子,触动了他们的某根神经,所有阻止的语言都说不出口了。吴灏旭和肖茹在家庭教育中秉承着自主和尊重,培养独立思考的原则,看起来他们的教育很成功,女儿非常有独立思考的能力。夫妻俩对视一眼,不知道这算不算搬起石头砸自己的脚。

"你们带我到许多国家游历,让我接触多元文化,让我看到了文化的差异也看到文化的隔阂,那种感觉让人有点难过,需要有人做一些事。我总是觉得现在国与国之间缺乏一些互相了解的机会。你们知道为什么去德国留学一定要通过德福考试吗?

第二章　情理之中

因为他们希望我们了解他们的文化,说明他们有文化输出的想法,那为什么我们不能输入给他们一些我们的文化?"吴欣继续她的演讲,这些话她从来没有对父母说起,在他们面前,她一直在演绎好一个孩子的角色,而现在她终于可以袒露心声,表达她的思考。

他们的女儿长大了,在四十多岁的吴灏旭和肖茹眼里,女儿太理想化了,可谁的青春不是如此呢?

吴欣看看父母:"你们是不是又要我说太天真? 可是爸爸、妈妈,青春就是用来拼的嘛,如果被财富、顺境包围,会失去斗志的。或许也是你们给了我最大的底气去试错,有些人没有我这样的条件去试错,他们没有试错的成本。所以我为什么不能拼一次? 年轻人不是应该去承担挫折和考验,去学习、去经历吗? 幸福感来自自身的提升,而不应该来自别人给予的财富。"她看着父母,希望他们能理解她,从小到大,她的父母都比别人的父母开明,她相信这一次他们也能做到。

吴灏旭和肖茹好像已经很久没听过这样充满青春斗志的话了,还是出自女儿的口中,他们的血液随着女儿一样沸腾了一会儿,吴灏旭深吸了一口气,"去吧,你的青春你做主。"

肖茹和许多母亲一样有保守的传统观念,她看丈夫的眼神中的怒气眼看着就要喷薄而出。吴灏旭不知是真心还是假意,转头对她说:"年轻人就应该有这样的冲劲。"

肖茹失去了倚仗,就算心里有一百个不愿意,也只能叹口气:"好吧,好吧,相信你,你可别后悔。"

有些路走上去好像就不能回头了,要一直走下去。

"我什么时候后悔过?我就知道,我的爸爸妈妈是最优秀的父母!"吴欣兴奋地离开客厅,夫妻俩的脸上只剩下无奈的苦笑,"真的让她去?"肖茹刚刚的坚定转瞬就动摇了。

"放她去。"吴灏旭突然觉得女儿比自己勇敢,能做自己想做的事,多么幸福,为什么要阻止女儿呢?他笑着安慰妻子,"放心吧,一切她应该经历的都经历过之后,她才是真正的她。"

肖茹从来没有像今天这样感觉到自己的家庭思想觉悟这么高尚,也从没像今天这样再次了解自己的丈夫和女儿。这么多年,面对女儿的一些突发奇想,她都或多或少支持,幸好女儿从未让她失望,她好像在与女儿一起成长,或者是女儿使她成长。

吴灏旭把这个消息第一时间告诉了他的好友张轲闻。

"哦?这丫头很有想法嘛。"张轲闻在电话那边笑呵呵地说道。

吴灏旭无奈地说:"她什么时候和你聊那么多?有这样的决定绝不可能是看了太仓新闻的结果吧?"

"为什么不是呢?你女儿比你这个老爸可是有头脑得多了。"张轲闻说着朗声大笑起来。

"好了,说说吧,她有几成把握?"吴灏旭不放心地问好友。

张轲闻却不以为然,轻松地告诉他:"相信她,她可以创造一个更完整的自己回来的。不要再做保姆式的家长了吴兄,换换你的脑子。"

这个回答等于没有回答。吴灏旭刚要说什么,张轲闻紧跟着接了一句:"生活上我会让那边熟悉的人照顾她的。不过,真的应该相信她可以做得很好。"

吴灏旭经常听张轲闻讲起德国的事,但对德国的教育了解得有限,只知道最近张轲闻也在忙着一些和德国教育相关的事,既然张轲闻这样说,吴灏旭稍觉安心,那就让女儿去拼她的青春去吧。

吴欣把这个结果发给她最好的朋友:"我要去德国留学了。"

看着电脑上那个熟悉的QQ头像,吴欣那张欣喜的脸上划过一丝落寞,三年了,只有她一条条发送过去的信息,却从没有收到对方任何回音。

苏萌和吴欣从小就在一个幼儿园;升小学后在同一所小学同一个班,两个女孩子成绩相当,既是竞争对手,又是互相帮助的好朋友;小学升初中的时候她们又一起考进当地最好的初中,还是同一个班级。她们彼此鼓励,默默立下目标,还要一起考进她们心中最好的高中,再一起考大学。

然而,中考成绩公布之后,听说苏萌没考好。吴欣很担心苏萌,几次跑去苏萌的家里找,苏萌的父母都说苏萌回乡下她祖父那里去了。她焦急地问苏萌的父母怎么能找到苏萌,苏萌的父母看着她,没有多说什么。

顾忌到孩子的自尊心,苏萌的父母告诉肖茹,苏萌最不想见到的人,就是吴欣。后来,肖茹对女儿说:"中考失利对苏萌的打击太大,你先不要找她了,等她慢慢好起来吧。"

从那天开始,吴欣偶尔会在QQ上给苏萌留言,从来不提学习的事,只说些女生的心事,这是她第一次和苏萌谈起有关学业的选择。高二那年她才知道,苏萌中考出现重大失误,考试成绩一落千丈,别说最好的高中,连普通高中都没有考上。后来,苏萌好像从这个世界消失了一样，没有一点音讯。她问了很多同学，没人知道她去哪里上学了。幸好苏萌的网络联系方式还在，吴欣还能给苏萌发送消息，虽然那些发出去的消息一直没有回复，但这是吴欣心中唯一的希望，她相信苏萌没有离开她，只是换一种方式陪伴，她愿意等她。

看着这条信息，苏萌默默地关上了电脑，将书桌上的灯打开，看着上面的图纸，心想：是否每个人都有一种命运？那等待我的又是什么呢？

两个月后，吴欣拖着她大大的行李箱走了，肖茹不放心想跟着她一起去，把她安顿好了再回来，被吴欣拒绝了。她说："既然独立，就从现在开始，你再多的陪伴也要离开。"

看着女儿走入安检入口，肖茹含泪说了一句："不知天高地厚的丫头。"

"她去闯自己的天地，构建自己的世界了。我们终究是要学会放手的。"吴灏旭拍拍妻子的肩膀安慰道。作为建筑设计师的吴灏旭更能体会构建一个全新的世界是一种什么样的体验。

"我看人家的女儿在身边也很好，都怪你，答应她跑那么远。"肖茹对吴灏旭不满地发起牢骚。明明她自己也答应了女儿，现在全怪到丈夫身上。吴灏旭早就习惯了妻子这样的责怪："像你一样，每天按时上班，按时下班，几十年如一日对着那些同事，看着他们和你慢慢变老？"

肖茹怔了怔，喃喃地说："我觉得挺好。"心里却有些迟疑。她只是惯性地重复着她不敢打破的生活，而女儿没有像她这样循规蹈矩，除了她，还有许多人想做又不敢做的事。年仅二十岁的女儿那张充满勇气的脸和坚毅的眼神再次出现在肖茹的脑海,她突然又感到自豪了。嘴上,她却没有这样说。

吴灏旭倒是十分骄傲:"我女儿做任何决定都好。"

男人和女人的想法总是不同的,吴灏旭觉得到了女儿这一代,会更不同。

"走吧。"直到女儿的身影消失在眼前,夫妻俩才转身向停车场走。两个人沉默地并肩走着,谁也没说话,脑海里都是他们女儿的脸。

从机场开车回家的路上,车里十分安静,半个小时前,女儿的气息还在车子里流动,偶尔还有她清脆的声音说着笑话。可这会儿,竟然安静得让人难过。肖茹转身看后面空荡荡的,开始抹眼泪。吴灏旭想找些话题,又觉得喉咙发紧,好一会儿,他才平静地说了一句:"张轲闻找了他们公司在德国的朋友照顾她,放心吧。"

肖茹默默地点头,眼泪一串串地往下落,擦都来不及。

"她从来没离开过家,一出去,就去了这么远。我……"肖茹哽咽着说不下去。

"相信她。"吴灏旭一路上都在安慰肖茹,几次忍回氤氲在眼底的雾气,"德国人民严谨,热爱艺术,有很好的修养和良好的人生观;至于中西方的差异,正是她要学习的,不用担心。"不知道是在安慰妻子,还是在安慰自己。

吴欣坐在飞机上,充满向往,全新的生活、全新的世界在等着她。这两个月,她缠着张轲闻问东问西,问了好多问题,还拿出随身携带的记事本,一页页地翻阅,像等待开启人生另一段篇章一样兴奋。

年轻真好,不知畏惧。

"我走了!"

苏萌看着吴欣发来的这三个字,抬头仰望蔚蓝的天空,一望无云的蓝天上时有飞机缓缓飞过,她不知道哪一架是飞往德国的,只知道她和吴欣的命运从此以后大概再也不会有交集。她躲了三年,以后她再也不用躲她最好的朋友,她可以大大方方地去她们常去的地方,也不必在假期躲到乡下。她落寞地垂下头,说不上心里到底是高兴,还是难过。

书桌上那本讲义上面"德国"两个字,今天特别显眼。

思绪回到三年前。那一年,她们一起参加中考。

考试的第一天,苏萌突然发起了高烧。整整一个上午的数学考试,数学试卷和她体内的病毒异常团结地向苏萌发动进攻,她咬紧牙关忍着剧烈的头痛走进考场。病毒并不尽人情,也不留情面,影响她的思考,直到考试结束的铃声响起,她才答完最后一道题,根本没有时间检查。当她拖着沉重的步子走出考场时,眼泪也跟着奔涌而出,某种不好的预感,比病毒带来的痛苦还让她难过。

苏萌知道自己肯定考不上她心中理想的高中了,然而她更没想到的是,她与任何一所高中都无缘,她居然没有数学成绩,成绩单上数学分数显示的是 0。苏萌的父母焦急地到处打听、查询过后才知道他们的女儿的数学考试卷没有写名字。缺少一门成绩,总分可想而知。原本成绩优秀的苏萌也因此受到了巨大的打击,她把自己关在房间,蒙头大哭。苏萌的父母心疼女儿,站在门口劝说,生怕她意志消沉。

苏萌的父亲苏志强是太仓职中的教师,母亲沙丽丽在社保局做会计,虽不算怎么富裕,但几代人的积蓄,衣食无忧,过着像大多数太仓人一样安逸的生活。所以他们对女儿并没有太高的要求,最大的期待就是考一所师范大学,毕业后也回太仓做老师。

中考的结果已成事实,身为教育工作者,苏志强对待考试中的无常能够很快地接受,他整理好自己的心情就开始安慰妻子和女儿了。在沙丽丽心中,一家人在一起就很幸福,也从不强求什么,也许是因为过去女儿很优秀,在学习问题上一直有丈夫在关注,无论是在邻里间亦或是同事中,她都是幸福的女人。她也是第一次受到这么大的打击。

"这也是她要接受的人生考验。"苏志强对妻子说。

"话是这么说,可这一次伤到的是萌萌的自尊心。人家吴欣如愿以偿地考进了她们向往的重点高中。她肯定很难过,我都不知道要怎么劝她,平常大大咧咧的性格,你什么时候看到过她不说话?这都几天了,唉。"沙丽丽无奈地叹口气。

沙丽丽已经连续请了一周的假在家里陪女儿,单位里一直打电话给她,工作堆成了山。她和丈夫商量让苏志强请几天假换换她。苏志强觉得这样下去也不是长久之计。最后,他们决定把女儿送到乡下的父母家里住一段时间。苏萌是个孝顺的孩子,或许回到老人身边能让她更快地好起来。

苏志强在女儿的房门外敲敲门,推开一条缝,说:"萌萌,回乡下住几天吧,亲公亲婆想你了。"

苏萌在床上一动不动地躺着,若不仔细观察,看到被子在微微起伏,根本没人知道那张床上躺着一个人。十天了,除了维持生命的吃喝之外,她就这样躺在床上,双眼紧闭,醒醒睡睡。房间里的窗帘一直拉着,分不清是白天还是黑夜,甚至不知道那个成绩是不是她的一场梦。她想自己快点从梦中惊醒,梦醒了,一切就好了。

可惜,一切都不是梦。

苏萌勉强让自己正常地思考了一下。"好!"她答应了。

苏志强没想到女儿居然答应得这么快,沙丽丽更惊讶,这算是女儿这十天以来唯一正常地回答他们的问话,虽然就一个字。前些日子,无论他们说什么,女儿除了点头和摇头,只字不语。苏志强每天都在为女儿做心理疏导工作,就算沙丽丽有抱怨和牢骚,看着女儿日渐憔悴,也不敢多说一个字,只能细心地做好后勤保障。

"那明天爸爸送你回去。"苏志强见女儿应声,紧接着说道。

女儿的房间内再没有回应,夫妻俩在门口站了一会儿才转身:"送回去没事吧?万一爸妈看不住她……"

"不会,她对亲公亲婆那么好,舍不得让老人伤心的。"苏志强笃定地安慰妻子,"我们的女儿,你应该了解。我们应该相信她。"

"我是心疼她呀。"沙丽丽说着,眼底又泛出泪花来。

"接受现实。"苏志强的名字没有取错,看起来他很坚强。

沙丽丽轻声问:"那以后,她怎么办?"

苏志强把妻子拉回他们的房间,关上房门,轻声说:"我正要和你商量这件事,我们职中正在和太仓的德国企业联合创办双元制模具专业班,我想让她去试试。"苏志强非常冷静地告诉妻子:"我工作上接触过一些,还是非常不错的。"

"可这能行吗?不是说,刚开办吗?结果什么样没人知道,你就送女儿去当小白鼠?你这也太敬业了,是不是怕招不上来学生,就把自己女儿送去做实验啊?"沙丽丽听丈夫提起职中正在和德资企业联合创办双元制教育的事,但听说归听说,她从来没想过,这件事会突然和自己关联在一起。

"我这段时间又找老高了解了一下,德国的双元制教育非常成功。我们应该支持,也应该让女儿去试试。"苏志强口中的老高是他的同学,目前在教育部门工作,为了女儿的事,他特意去找老高打听过。老高对德国的双元制教育非常赞赏,对苏志强说,他们也要打破一些固有的思想,接受点新事物了,何况,德国的双元制教育在德国始于中世纪,有很丰富的经验和积累。现在太仓很多德企老总,重要部门的负责人都是德国双元制教育培养出来的。苏志强这段时间没闲着,学校里的双元制模具专业班如火如荼地筹备了很久。

"可这种模式,我们根本没有经验,这是第一届啊,能行吗?"沙丽丽仍然忧心忡忡。

苏志强笑了笑:"你到太仓的德企里走走看看就知道了。只坐在办公室里听新闻,是了解不到真实情况的。我们的新校长是职业教育的老教育工作者,对于职业教育的长远发展,他看得比我们深远,之前断断续续谈了那么久迟迟没有结果,他一上任就推进了这个项目,说明这是一件非常有意义的事。"虽然嘴上这么说,但苏志强对双元制的了解还是有限,他也只是在学校的会议上听过。他学的数控是现在的热门专业,这一批双元制教师他没有参加选拔,学校选了范琦到德国培训去了。

沙丽丽突然眼前一亮:"那你能去教这个班吗?"

苏志强涩然一笑:"我可不行,双元制模具班的教师要求英语口语要好,我这英语水平可不行。放心吧,那些老师都是经过选拔又送到外面专业培训过的。"

"要不是你在职中,我都不知道什么双元制教育,外面的人就知道是职业中专。"沙丽丽一会儿高兴,一会儿落寞。

人总是在和切身利益息息相关的事情上更加重视,现在的苏志强,因为女儿,对双元制教育进行了深度地了解。

"唉,我不是觉得委屈了女儿了嘛,她成绩一直那么好。"沙丽丽还是为女儿的中考失利难过,喃喃自语。

"就因为她是个要强的孩子,我相信她在哪里都能发光。"苏志强坚定地说道,"我们俩这前半辈子都是顺顺当当地过来,虽然别人看起来不错,但又觉得少了点什么,也许女儿走的路更精彩呢。"

"你真想得开。"沙丽丽瞥了丈夫一眼,没好气地说。

苏志强笑了,想不开又如何?他是这个家的主心骨,他不能让女儿倒在第一个人生路口,他要让她释放出属于自己的光彩。

"都什么年代了,条条大路通罗马。"苏志强拍拍妻子,"你要相信一个城市的决策,城市的领导者比我们看得深远。"

沙丽丽没再说话,心里隐约觉得丈夫的话是对的,不管那么多,日子还要过下去,未来谁又能预料得到呢?重要的是当下的选择，无论怎样都不能放弃，女儿的未来应该由她自己创造。他们这个小家庭虽说只是普通的工薪阶层，但沙丽丽认为爱是他们这个家最大的资本。

第二天，苏志强特意请假，送女儿回沙溪乡下父母的家里。

苏志强乡下的老家在沙溪，太仓名镇，历史悠久。苏家在沙溪镇有座老宅，苏志强的父母住在那里。说是乡下的老宅，其实是一座三层小楼，外面还有一个几十平方米的院子，老两口在院子里圈了一块地种点蔬菜，不但可以自给自足，每逢周末、节假日，还能给苏志强一家带回去一些绿色环保的亲情蔬菜。太仓很多人都过着这样的日子，城里有个特别的现象，叫假日空城。所以，节假日的时候在城里的一大部分都是新太仓人，土生土长的太仓人大多回他们的乡下老家去团圆了。

苏志强的父亲也是位教育工作者，知道孙女中考失利的事，不知打了多少个电话，这时看到孙女简直变了个人似的。过去的苏萌性格开朗、可爱，特别乖巧。可眼前的孙女，蓬头垢面，没精打采，整个人瘦了一圈儿，甚至穿着家居服就来了。进门后也没和他们打个招呼，直奔二楼自己的房间。

苏阿公看看儿子。苏志强无奈地叹了口气，轻声说："她肯定是难为情见你们，别管她。这个时候安慰的话没用。"

苏阿婆从客厅里走了出来。"萌萌没事吧?"她只看到孙女的人影一闪而过，眉心紧锁地问儿子。

"姆妈，萌萌心情很低落，这些日子你们多看着她，别让她往外跑就好。"苏志强关照母亲。虽然他也有些不放心，但他知道女儿同意回来，就是说明她在康复的过程中。

苏志强又把父亲拉到院子里的小菜园旁边,把他想让女儿去双元制模具班的决定告诉了父亲。父亲也是职业学校的老教师了,听儿子讲完双元制教育,沉默了一会儿,说:"职业教育和普通高等教育不同,我听说现在的职业教育中专也有升学的机会,如果读了这个双元制,还能有这样的机会吗?"

"爸,这是两个方向,一个是给太仓的德国企业定向培养人才的,可能就不升学了。走另外一条教育线路,进入德企工作之后,如果能力好,还会享受企业的进一步培训,就像以前我们的委培生。"苏志强给父亲解释。苏阿公皱着眉思索了许久。

苏志强给父亲递上一支烟,幽幽地说道:"这也是目前经开区重点在做的事情,他们比我们老百姓考虑得更长远。应该不会错的。"

"哦,这样?那就让萌萌去吧。只是我不知道她一个女孩子进这样的企业里能做什么。"苏阿公很专业地说道。

苏志强一直在思考这个问题。城市发展走到这里,双元制专业班的出现,一定是顺势发展的,但听名字就知道肯定和学个会计、护士不一样,要更辛苦。事实上,苏志强已经了解到第一批的培训班是克恩(太仓)公司要的模具工人,一个女孩去做模具工,大部分家庭都不会让女儿学这样的专业。

苏志强考虑再三,没和父亲说得太详细,他们太疼爱这个孙女,肯定是不会同意的,只好说道:"前些日子,我们一直在家陪着她,可这不是长久的办法,就想着把她送回来。她一直心疼你们,不会让你们伤心,应该不会做出什么出格的事,在家里跟我和她妈拧着来,我们反而劝不了她,您是老教师,多陪她聊聊,您说她,她听。"苏志强岔开了话题。

"放心吧,我做思想工作比你年头多。"苏阿公安慰儿子。

如果说这一辈子苏志强唯一违背女儿心愿的一件事,就是他和沙丽丽两个人做主背着苏萌填报了志愿,为苏萌选择了太仓职业中专的双元制模具专业班。

很快,苏志强接到了校方的通知,要进双元制培训班还需要进行第二次选拔,就是还要进行一次考试,除了文化课,还有面试环节和动手能力测试。这难住了苏志强和沙丽丽。

夫妻俩坐在客厅里发愁。"怎么办?萌萌能去吗?"沙丽丽担忧地问丈夫。

苏志强也没想到会有第二次考试,考文化课他一点都不担心,可是面试和动手能力测试下来,女儿一定知道了他做主报了双元制模具专业班,这样她想从职业中专考学的机会就没有了,一心想考大学的女儿会不会怪他?

回到乡下的苏萌仍然躲在自己的房间里不出来。阿婆上来敲门:"萌萌,吃桃子。"听到阿婆的声音,苏萌从床上起来打开房门,接过阿婆手里的桃子。阿婆跟着她进了屋:"萌萌呀,没关系的,我们就在太仓读读书也蛮好的,一个女孩子不要跑太远了。"

"哦。"苏萌一边吃桃子,一边有心无意地听着阿婆的话,阿婆在一旁唠唠叨叨地说了很久,她也没嫌烦。

苏萌个头不算太高,一米六三左右,瘦瘦小小,一头齐耳黑发,一排整齐的刘海,白白净净,有属于江南女孩子的秀气,无论怎么看都有个学习艺术的外表。她还不知道父亲的决定会给她带来什么,她只知道阿婆是最好的阿婆,对她一直非常宠溺。所以，无论阿婆说什么，有的没的，有用的没用的，她都听着，也不心烦。

"晚上你想吃什么？我给你烧。"阿婆笑着问苏萌。

"菜园里有什么，我就吃什么。阿公今天钓鱼了吗？"十几天的沉默之后，苏萌终于正常说话了。大概离开那座城市对她来说也是一种逃离，回到乡下看到阿公阿婆纯朴的生活，她的心情的确好了很多。

"钓了钓了，那今天我们烧一只大扁鱼。"阿婆喜笑颜开地说着。儿子送孙女回来的时候，孙女那副邋遢的样子是她从来没见过的，很是心疼，看到孙女有了变化，阿婆简直笑得合不拢嘴了，什么中考、高考，在已近七十岁的阿婆眼里根本不如自己孙女的心情重要。

阿婆像领到了光荣的任务似的对孙女说："那我去园子里摘菜，你在屋里玩会儿。"便下楼忙活去了。

"老苏老苏，萌萌要吃鱼……"

苏萌听到阿婆喊阿公的声音，心里有说不出的滋味。她终于开始思考自己下一步的学业了。来到乡下之后，她才像是从梦中醒来似的。她回忆着学校发的分数条，没错，她的成绩是真的。这样的成绩能考什么学校？她从来就没想过自己会考这么低的分数，所以她也从来没有研究过这么低的分数可以上什么学校，可她不敢问任何人。她知道吴欣来找过她，但是被妈妈拦住了，因为她对妈妈说不想见任何人，而这个任何人中暗示了包括吴欣。沙丽丽刚听到的时候还有点不解，可她马上理解了女儿的心情。

第二章　情理之中

苏阿公和苏阿婆忙了一阵,饭桌上有鱼有青菜,还有苏萌喜欢吃的白虾和米糕。七月底,苏州的天气越来越热,二老忙了一身汗。

苏萌看到他们宠爱的眼神,眼泪不听话地涌了出来,紧接着哇地放声大哭。苏阿婆吓了一跳。苏阿公知道孙女这是在哭心底的委屈。苏阿婆被孙女哭得心都碎了,也跟着抹眼泪,嘴里不停地劝:"不哭不哭,我们萌萌这么优秀,学什么都会学得好。"

苏阿公倒没劝,静静地摆着碗筷。苏萌见阿公摆好了碗筷,自己也哭得差不多了,去水池边洗了一把脸,乡下的水都是甜的,苏萌觉得整个人都变得清爽起来。苏阿婆递过来毛巾:"好了,哭完就好了。"

苏萌擦干脸,走到桌边:"饿死我了。"大口大口地吃,也没让让她的亲公亲婆。二老看着孙女吃得那么香,比自己吃还高兴。苏萌吃了一会儿,不顾嘴里塞满的菜,对他们说:"你们别只看着我吃,一起吃啊。"

老两口对视一眼,拿起筷子,一边给苏萌夹菜,一边吃。

沙丽丽打来电话:"姆妈,萌萌怎么样了?"刚一下班,沙丽丽的心就飞到乡下。

苏阿婆忙说,"蛮好蛮好,吃饭呢。你要和她说话吗?"

苏萌一听,就猜到是妈妈打来的,她摆了摆手,不想接妈妈的电话。苏阿婆原本笑意融融的脸上转瞬严肃下去:"她吃饭不方便接电话,你们不用担心。"

沙丽丽半张着嘴,知道一定是女儿不想接她的电话,女儿竟全然不顾她这老母亲牵挂的心。不过听起来这二老一小,相处得不错:"好,那你们吃饭吧,我和她爸晚点过去看看。"

"这么晚了,你们就不要来回跑了,萌萌挺好的。周末休息了你们再来。"苏阿婆劝沙丽丽。阿婆并不知道前些日子苏萌在家里的样子,反正现在的苏萌和过去来乡下的时候没多少区别。

沙丽丽不知该说什么才好,只好挂断电话。苏志强下班后也给父母打去电话,同样没听到女儿的声音。夫妻俩回到家里,连做饭的心思都没有:"真的没事了?不去看看总是不放心。"

"你还不明白吗?萌萌现在不想见的人里还有我们。"苏志强也很无奈,"唉,我们去面馆吃个面吧,别做饭了。"他见沙丽丽根本没有烧饭的心思。

"哎呀,这段时间被这丫头闹腾得日子都不会过了。"沙丽丽跟着丈夫出了门。

苏志强只想让他们的日子尽快回到正轨才行:"周末去乡下和萌萌谈谈考双元制模具专业班的事。"

苏州的夏天,白天和晚上的温差只有两三度,仍然热得要命,才走出门就已经汗流浃背,而今年7月似乎特别地熬人。沙丽丽和丈夫一前一后,没有交流地走着,走进面馆的时候正巧碰上个熟人,以前的邻居老陆,他家孩子和苏萌一样大,也是今年中考。沙丽丽最怕这样的时候碰到熟人,特别是孩子同龄的熟人。就算她真的觉得女儿考得好坏没什么关系,别人可不这么想。

"你们夫妻俩来吃面?女儿呢?"老陆看到他们,笑脸相迎。沙丽丽从老陆的笑容中仿佛看到了他们在说自己的儿子考上了重点高中一样。

苏志强笑着说:"回乡下了。"

"萌萌那么优秀,考哪了啊?"真是哪壶不开提哪壶,沙丽丽本来就不太好的胃口彻底没有了。

"没考好,没考好。"沙丽丽顾左言他。

老陆显然听懂了什么,尴尬地笑了笑:"呀,我去取面。"离开了。

虽然没有被追问的尴尬,但沙丽丽知道接下来她要面对很多这样的询问。苏志强看到妻子脸上的尴尬,低声劝妻子:"人生的路还长着呢,这才是个开始,面子重要还是自己的生活重要?我们也要学会面对。"

大道理谁不懂呢?但要做到还是很难。

沙丽丽低头吃面,一声不响。

终于到了周末,苏志强和沙丽丽起个大早就准备回乡下。对于女儿中考失利的事,没有想象得那么容易接受,但现在他们也在不知不觉中慢慢接受了。

苏志强和沙丽丽走到父母家门前,院子里特别安静,推门进去的时候,里面也没有声响,苏志强连喊了几声都没有人回应,夫妻俩神经倏地绷紧了。沙丽丽一路小跑到楼上女儿的房间,推开门,半个人影都没有。

"这,这都去哪了?"沙丽丽慌了神,拿出手机准备打电话。

苏志强也正要打电话,就看着祖孙三人从外面回来。苏萌看起来好多了,正滔滔不绝地给她的亲公亲婆讲着什么,老两口乐呵呵地听着。院子里面的苏志强和沙丽丽脸上的惊讶逐渐消散,俩人对视一眼,看着他们仨走进来。

"你们什么时候到的?"苏阿婆看见儿子、儿媳,笑着问,"你阿爸一早去钓鱼,萌萌非要去把亲公找回来。"

一想到鱼塘,沙丽丽就两腿发软,还好看着女儿安然无恙地回来了,上前拉住女儿的手:"这么热的天,还去钓鱼啊?"本来责备的话硬生生被她变成关心的语气。

"萌萌想吃鱼啊。"苏阿公理直气壮地说着。

"要是我们不去接亲公,他就要中暑了。"苏萌嗔怪着说。

苏志强和沙丽丽又对视了一眼,听女儿说话的口气,好像没什么事儿了,心里不免有些高兴,一时之间不知该说些什么才好。

"没事,我知道自己的身体,如果不行,我就回来了。看你亲公这身体,棒棒的。"苏阿公笑着拍拍自己的胸脯。

苏志强和沙丽丽怔怔地站在那儿,像两个外人似的。见祖孙三人都若无其事的样子,苏志强想借着这愉快的气氛把这次来的主要目的说出来:"萌萌,有件事爸爸要和你谈一谈。"沙丽丽不想太快破坏眼前和谐的气氛,难得女儿心情好一些,丈夫要说的事她很清楚,于是她拉了拉丈夫的衣角。

"好啊。"苏萌看着父亲,"是不是报学校的事?"看来女儿是真的没事了。苏志强怔了怔,旋即回过神似的点了点头:"就是这件事。"他从一个档案袋里拿出一张纸,"首先,爸爸要向你道歉,没经过你的同意给你报了职中的双元制模具专业班。"他将那张纸递到女儿面前,"爸爸觉得这是个非常不错的选择。"

苏萌垂眸看了一下,不以为然地说:"随便。"

这么淡然的态度,让沙丽丽和苏志强都感觉到了不对劲。

沙丽丽说:"萌萌,如果你不喜欢,可以不去……"

"去呗。"苏萌打断了沙丽丽的话。反正现在去哪都一样,苏萌心里想着。

刚刚还看着女儿和父母开心地交谈,这会儿态度来了个180度大转弯,这种淡然,更让人担心。"萌萌,你看一看好吗?"苏志强的声音很轻,他很少用这样的语气说话,所有人都能从他的语气中听出妥协。苏萌不忍,接过父亲手中的纸,她到底还是个乖巧的孩子。

"还是选个更适合女孩子的专业吧。"苏阿公在旁边补上一句,他听了就知道这种专业是做什么的,瞥了儿子一眼。

"就这个吧,我看挺好。"苏萌看完那张面试通知书,"你们从来没把我当女孩子养啊,为什么要有性别歧视?我去。"

苏志强和沙丽丽定定地看着女儿,苏萌已经恢复了以往的样子。沙丽丽突然觉得眼前一片模糊。苏志强是男人,而现在他也分明感觉到了心疼,那种感觉他这一辈子都没有过几次,因为他最心爱的女儿回来了,这才是她本来的样子。

苏萌并没有他们看到的那么想得开,她只是看到这个培训班的第一感觉就是培训班里的女生应该会很少,那才好,她现在想和过去她认识的所有人都断绝来往,也许这些奇奇怪怪的班级可以做她的避风港呢,从这一刻开始她已经会隐藏心事。

很多重大的决定在做出之前或许并没有那么多伟大的意义,原因总是非常简单。苏萌的想法非常简单,即便她可以像往常一样生活,那是因为这个院子里的亲人爱她,但她的自尊也是她想捍卫的,只有她自己知道内心深处还没有准备好接受这一切。

苏萌很久没有打开电脑,更没有登录QQ。在同意了父亲的决定之后,她打开电脑,刚登录QQ,就看到那个熟悉的头像不停地闪动。她知道那是吴欣,可是她没有勇气点开,也没有勇气看她发来的消息。她选择了无视。她上网查找父亲说的双元制教育,她想知道那到底是什么。可惜,网上可查到的有效信息很少,她又看了看那个闪烁的图标后,关上电脑。

到了面试的日子,苏萌穿着一件白色的T恤衫、蓝色的短裙,一头清爽的短发。洋溢着青春的脸上最常见的就是某种不服输的气质,不再蓬头垢面、不修边幅的苏萌楚楚动人,看起来她似乎真的不太适合模具工这个专业。

面试第一考是英语口语能力。苏萌的成绩本来就好,口语顺利通过考试,笔试也很顺利。苏萌交卷的时候又想到中考那天的情景,心里一酸。来面试的人很多,大约有上百号人,苏萌知道这个培训班只招收20个学员,1∶5的比例。她站在一个并不显眼的地方,观察所有来参加考试的学生,发现没有一张熟悉的面孔,暗自欣慰,不禁又黯然神伤。这样一来,是不是就没人知道她在哪里上学,更不会有人告诉吴欣?眼底泛起泪意,忍了又忍,没让它们滚出眼眶,她想,那些和她熟悉的同学应该都考上自己理想的高中了吧?

最后一场考试是动手能力。苏萌看着摆在眼前的一张图纸和一根柔软的铁丝,心想,这太容易了吧?她和亲公经常做手工,亲公曾是职业中学的教师,对这些小手工特别精通,从小就带着她做这些游戏了,她很快就完成了图纸上的任务,交给考官。考官不是学校里的老师,西装革履,在这座城市里,穿得那么考究的人还不多,就显得格格不入。所以,苏萌总会多看他几眼,而她交卷的速度同样引起了考官的注意。

苏萌刚提交自己的手工,身后一个男生也起身交卷,苏萌这才发现在这里考试的大多是男生,女生寥寥无几。连她走出考场的时候都能听到等在外面的家长在议论:"怎么还有女孩子?"就好像女孩子天生被限制了某些职业。她不满地瞥了一眼那些家长,径直向父母走过去。

"怎么样?"沙丽丽远远看到女儿,迎上去。苏志强是职中的教师,但今天,他是考生的家长,禁止进校园。苏萌在里面考了一天,他们就在外面等了一天,拿在手里的矿泉水都忘了喝。苏萌拿过妈妈手中的矿泉水,边喝边说:"简单,文化课的内容都不难。口语应该还可以吧。手工就是用铁丝做个自行车,以前我和亲公做过,很容易了。"她如实告诉父母,信心十足。

苏志强对女儿参加第二次考试本就信心十足,毕竟,中考是一场意外,他相信女儿一定能考取。一家三口高高兴兴地回去等消息。不出所料,苏萌被录取了。

考完试苏萌就又回乡下去了,说是想陪陪亲公亲婆,其实她有自己的想法,她不想待在城市里,怕碰上熟悉的同学,更怕吴欣还来找她。

苏志强把被录取的消息告诉苏萌,苏萌并没有太大的惊喜,对她来说,这是必然的事情。经过一个多月的调整,终于要开学了。

这是太仓职业教育发展史上的一次大胆的尝试,引入德国双元制教育,第一届双元制模具专业班的主要合作企业就是克恩(太仓)公司和慧鱼(太仓)公司,中德双方都非常重视,因为不止这个班,所有来参加仪式的十几家德国企业都对双元制专业班的成立充满期待。经开区、德资企业和学校三方协商,决定举办一个大型的开学仪式,被录取的学生都要参加仪式。

学校里搭起彩虹门,还有来自苏州和太仓各家媒体的记者。这下要上新闻了,不,她不能让熟悉的人看到她。苏萌故意在拍摄任何镜头的时候低下头,齐耳的头发挡住了她姣好的脸庞。

苏志强远远地看着女儿,看出她在故意躲避镜头。他能理解女儿的心情,也知道她在回避什么,他才知道,虽然女儿看起来已经没事了,但她内心深处的伤痕还没有真正抚平。

现场的气氛十分热烈,不但太仓经开区的领导亲自到场,校方也是非常重视地让全体教职工出席,更别说来了许多德资公司的德方老总,那些高鼻梁、白皮肤的德国人和每一位学生亲切握手。那天,苏萌觉得这辈子都没见过那么多外国人,她也万万没想到,太仓已经有这么多德国人了。这个双元制班到底是什么样的,这些人如此重视?整个开学典礼,台上的人在讲话,学校领导、政府部门、德企老总,他们的话很振奋人心。苏萌迷茫地看着这一切。

苏萌经常来父亲工作的学校,她也非常清楚在当时职业学校的条件不算好,设施简陋。可他们的教室不一样,一切都是全新的。德方给予的资助都用在这个班学生的学习上面。一位高大的德国人站在讲台上,他用英语做了发言。苏萌才发现自己的英语还不够好,她只能听懂一半。

当苏萌从这场盛大又热闹的仪式中回过神,才发现这个班级里只有她一个女同学。

"天哪,连个一起吐槽的人都没有。"她在心里嘀咕,脑海里又浮现出吴欣的脸,五味杂陈。

"怎么会有女孩子被录取?"一个男生的声音传到苏萌的耳朵里。她不服气地回过头,后面站了一排男生正看着她,至于刚才是谁说的那句话,根本看不出来。苏萌盯着他们看了一会儿,又转过身去。因为她是唯一的女生,也因为她的个子最矮,她被安排坐在教室的第一排。

苏萌和所有的同学感觉到自己的班级和职中里的其他班级不一样,和其他普通班级的教室离得很远,这让苏萌很高兴,因为普通班级里总会有一两个曾经的同学,无法实现她想逃避所有熟人的目的。可他们这个班注定会被高度关注,就像一批被保护、被参观的熊猫,总有普通学生跑过来,站在窗外向里面看。还有来自各方的参观,苏萌是班级里唯一的女生,一般的活动都是男生在前面,她的个子矮,只要站在角落里就好了。可是,总会有人发现她,她已经尽量穿得很中性化,为此把她的齐耳短发剪得更短,如果不是那一脸的秀气,掩饰不住她的女生特点,真可以混淆视听。还是有人发现了她,想采访她,都被她坚定地拒绝了。开学仪式的盛大和来自各方的关注让班里的同学们莫名地有了自豪感。大概只有苏萌没有这样的感觉,她只觉得有点烦。

"爸,我们班只有我一个女生。"苏萌趁下课的时候跑到爸爸的办公室,虽然苏志强不教他们双元制班,但对这个班的情况已经了如指掌。

"你们老师是不是告诉你们了,每个月都有考核,末位淘汰制,考最后一名的学生最终是要被淘汰的。"苏志强严肃地告诉女儿。

苏萌对此有点印象,谁让她的英语还只处在答考卷的基础之上,开学那天那位戴着金丝边眼镜的德国先生说的话,她真的只听懂了一半。"啊?学校还搞这个?那不是上班了才会有的事吗?我们是学生。"相对于这个消息,苏萌关心的是另外一回事。

苏志强瞥了女儿一眼:"正经点。我可告诉你,我是为了保证你能顺利毕业交了保证金的。"

"保证金?"

"对啊,如果你不能毕业,这笔钱就没了。"苏志强吓女儿。

苏萌凑到父亲面前。"多少钱?"她神秘兮兮地小声问道。

"几万块呢。"

"那么多?不会吧?爸,你是不是在骗我?"苏萌不敢相信地看着父亲。苏志强从抽屉里拿出一张合约扔给苏萌,这是学校第一次招双元制班为了能保质保量地完成对学生的培训,双元制班考取的同时等于拥有了进入企业的资格。这是一份双向保证合同,是学生与企业之间的重要约定。凡是签订双元制培训合同的学生,一旦通过所有考核,即便企业有裁员风险,都要录用双元制培训的学生。苏萌认真地看完:"爸,你这是卖女儿啊。"

"别乱说,这是一种承诺,人家用最好的设备和教学培养你,当然需要你信守承诺好好学习,毕业以后就要去克恩(太仓)公司或者慧鱼(太仓)公司工作。"苏志强一直没有机会把双元制模具专业班的详细情况说给女儿听,借着这样的机会,他好好给女儿上了一课。

苏萌本来是想到这里避风头的,哪会想到自己的亲爹就这样把自己"卖"了。"说来说去,还是卖身契。"她一脸哭相。

"你这孩子,不要乱说。也可以说,你的一只脚已经踏入克恩(太仓)公司了,一个真正的大学生都不一定有你这样的机会,你要好好珍惜。"苏志强用了两个月的时间搞清楚双元制教育,他也在重新复习英语,他想有一天自己也能成为双元制教育中的一员。

信守承诺,在德国人心里是非常重要的。所以进入双元制专业班的孩子从录取开始几乎已经成为这个企业的一员了,而不仅仅是一个学校里的学生。

"好吧,我会好好学的。"苏萌向父亲做这个承诺的时候,全然没有想到以后她要经历什么,"可是班里只有我一个女生,他们会因为我是女生把我淘汰吗?"

"不会。"苏志强坚定地告诉女儿,"只要你做得好,就不会,相信自己。"

苏萌眨了眨眼睛,突然之间好像对充满未知的未来有了点兴趣。

因为有末位淘汰制,班里的同学学习特别认真。苏萌后来知道这个班有一半的同学来自太仓的乡镇,对他们来说,进这样的班里学习是非常光荣的事情,所以就更加珍惜在这里的学习机会。

苏萌的家在城里,每天走读,其他学生多数在学校里住宿。开学的前两个月,他们在学校里学习文化课,按着双元制的培训规则;八周之后,他们就要进入企业里去学习;八周学习结束,他们就要进行第一次考核。对于苏萌这个学霸来说,这些学习内容很容易掌握,她每天放学回家后的时间很多,也很轻松,她听说那些考上高中的孩子每天都要学习到很晚。

"老爸,帮我报个德语班吧。"苏萌在饭桌上把自己的想法说了出来,"我看我们班的教学计划上,过段时间要进企业工作,虽然英语也可以沟通,但是不是学会德语更好一点?"

苏志强很支持女儿的想法,他开始每个周末带女儿去上海学习。

八周之后的文化课考试,苏萌并没有成为最后一名,但让她始料不及的是,她的排名竟然在这个班的后几位。

苏志强也很关心女儿的排名,苏萌的班主任范琦把班级成绩单拿给了苏志强看。范琦和苏志强做同事十几年,知道苏萌中考的情况,但面对成绩单,他还是认真地对苏志强说:"老苏,苏萌这个成绩可并不理想,德国企业的考核很多,其实有很多考核指标我也不是特别清楚。我只知道他们要参考很多数据来决定他们要的人才进行继续培养。我知道苏萌中考是意外,但这个班可不是我能照顾的。"

苏志强一脸严肃,连忙对范琦说:"你别误会,我懂,这个班和我们学校里的不一样。更严格,更难。"他能理解范琦的意思,但他和女儿苏萌一样没想到这个班的爆发力会这么强。

第二章　情理之中

突然之间,他觉得要更加认真地对待在这里的学习了。

"马上就要进企业里学习了,我也不能天天跟着他们,而且进企业对苏萌来说更有难度,那可是真刀真枪地上机器做模具,你看班里都是些身强力壮的男孩子,苏萌和他们竞争本来就吃亏。"范琦说出自己的担忧,"不过,话说回来,你也不要太为难孩子。"

苏志强沉默了一会儿后说:"谢谢你啊,我回去和她谈一谈。"

范琦点了点头,可那一刻,苏志强觉得同事的眼底仿佛在传达另一层深意,那个要被淘汰的就是自己的女儿苏萌。他心情沉重地回到家里,女儿已经早他一步回来了。

苏志强不知该如何跟女儿开口。苏萌看到父亲神情严肃,想到自己的成绩并不理想,凑过去小声说:"爸,是不是范老师和你说了什么?"

苏志强看着女儿:"嗯,马上要进企业了,你准备好了吗?"

"爸,你是不是对我失望了?"苏萌答非所问。

"现在说失望还太早了。"苏志强给女儿打气道,"只不过,接下来对你来说可能更难,我不知道是不是我为你选错了。"

"爸,你别这样说。是我轻视了我们这个班同学的学习能力,我以为以我的学习成绩虽然考不上高中,没机会做凤尾,但总可以在这个班做个鸡头,而且我和其他同学一样认真学习。成绩发布之后,我也很意外。"苏萌还没想明白,她的同学怎么会比她成绩好那么多,她可是险些成为被淘汰的那个人。

苏志强拍拍女儿的肩膀:"所以,每个人都在努力,没人因为到职中学习放弃,你要思考的是你的内心深处,有没有重视职业学习,而不应该把职业学习和普通高中学习区别对待。我们一直在听一句话:行行出状元。可是你的心里还是没真正理解这句话的意义。"

苏萌被父亲温和的批评说得心服口服,是的,她还是没有摆平心态,去认真对待职中的学习。

"克恩的双元制模具专业班有他们的考核标准,德国人有严谨的做事风格,成立这样的培训班绝不仅仅是为了培训普通的工人,到现在,无论是学校还是政府部门,都还不能真正地了解德国企业到底需要什么样的人才,克恩公司这个重大的举措无疑在给出答案,我不知道为你选这条路对不对,我是觉得这个班牵动着很多方面,现在都在摸索中前行。萌萌,看看你的同学,他们真的很优秀。我不想承认你不优秀,我觉得中考只是一次意外,但我不知道我这样想对不对,我总是觉得你的人生会有另一种收获,只是改变了实现的方法而已。"

苏志强说这些话的时候很严肃,他从范琦那里出来往回走的时候遇到校长。校长知道他的女儿在克恩双元制模具班,关心了几句,也对苏志强讲了很多关于德国双元制教育的重要意义。

苏萌被爸爸的一番话说出了眼泪:"爸,我知道了。"

苏志强见女儿哭了,于心不忍,后面想说的话又咽了回去,温和地说:"我不是在批评你,只是我觉得是我帮你选了一条对女孩来说充满挑战的路。我怕……"

"爸,男生能做到的事,我也能。"苏萌擦掉眼泪,看着父亲。

苏志强心疼地看看女儿,点了点头,人生的路很长,他怕在女儿人生的某一个路口指引错了方向,而他也知道女儿的人生之路仍然需要她自己走下去:"老爸相信你。"

苏志强并没有把范琦说的那些话告诉妻子,他怕妻子忧虑,他想再给女儿一点时间去适应。

第二天上学的时候,苏萌一个人坐在那儿,本来班里只有她一个女生,就很寂寞,她看着班里的那些大大咧咧的男生,真看不出,他们是怎么考出那么好的成绩的。

"今天有实操课,大家准备一下去操作教室。"说话的是班长李长浩,中等个儿,毫无特征的长相,苏萌是靠他那个超短的发型记住他的,"苏萌,这是你的工作服。"他把一套工作服递给苏萌,又对其他同学说,"男生工作服直接去操作室里领。"

苏萌接过工作服,明显感觉到是小号的,她换好以后直接去操作教室。

操作教室里面摆满了各种各样的工具,有些工具她见父亲用过,有些她根本不知道是做什么的。上课的时候学过一些,她一一对应熟悉那些工具的名字,真正开始上课的时候,她才明白爸爸说要面对的考验是什么。

台虎钳重得她搬都搬不动。苏萌听到有男同学在笑,用猜都知道他们是在笑她。她咬了咬牙,用尽全力才把钳子搬起来,和那些男孩子一样开始实际操作的练习,他们要从最基础的搓铁开始。

苏萌是独生女,在家里父母从来都没让她干过重活。今天,上来就要搓铁,手上已经全是油污。苏志强想过女儿要经历这样的学习,但他还是没有想到德国双元制专业班的要求那么高,毕竟其他普通班里学生的实操教学大部分用的都是教学用工具,相对安全,也相对简单,更容易操作。

因为手上的力气不够,加上女生手小的限制,苏萌用很多工具时都显得吃力。无论是开还是合,都不如男生那么轻松,稍一用力,只觉得手指像是被灼到了一样疼,瞬间鲜红的血就溢了出来。她本能地想叫出声音,可马上憋了回去。她想找一张干净的纸擦血,可周围除了那些冷冰冰的工具和操作台,看不到一张纸。血一滴一滴地滴在地上,终于有人看到了。"你受伤了?"一个男同学在身后说道,所有同学都停下来看苏萌。那一刻,她的脸倏地红了,随之而来就是眼底的泪意,越是不想引人注意的时候,偏偏就被彻底地关注。她连忙说:"没事没事。"

"老师,苏萌受伤了。"不知道哪个男生大声喊。

实训课老师是外聘教师,看到苏萌沾满油污的手上一直在流血,连忙去找医药箱,嘴上还严厉地说道:"你们难道不知道这里有医药箱?进教室之前都没看教学手册吗?为什么没有人去拿医药箱帮她包扎?"

所有人都不出声了,苏萌从教室里的空气中感觉得到怨气,她想她一定会被彻底地孤立。手上的痛加上心里的委屈,再也忍不住眼泪,她哭了起来。这个时候大概没人会同情她。老师批评过其他同学后去帮苏萌处理伤口,让苏萌提前下课。

苏萌一路跑回教室,趴在自己的书桌上大哭,班里没女同学能安慰她,她很想有个女生替她骂几句:臭男生!她突然想起吴欣,初中的时候,有男生欺负她,都是吴欣护着她。她突然觉得自己在父亲面前说过的大话多么可笑,现在她就坚持不住了,她要退出这个班,转到轻松的专业去,将来做一份更适合女孩的工作。

她一边哭一边想。

突然,她感觉好像有人在她的书桌上放了什么东西,抬起头的时候,只看到一瓶饮料,没看到人。她起身向教室外面看,一个穿着工作服的背影一闪就不见了,泪眼蒙眬的她根本辨认不出是谁。但毫无疑问,从那身工作服上可以判断是双元制班的同学。

不论是谁,都是一种安慰。

苏萌轻轻一拧,饮料瓶就开了,看来送饮料的人事先已经帮她拧开了。她低头看着自己受伤的手指,蓦地觉得经常取笑她的那些男生也没那么可恨。

实操课下课后,男生们说说笑笑地回来,也有几个男生还在讨论他们对这些工具的感受,毕竟是第一次上手,每个人都有许多想法七嘴八舌地讨论。

"你没去医务室吗?"班长李长浩问苏萌。苏萌桌上的饮料已经被喝掉了一半,脸上的泪已经擦干净,虽然眼睛还有点红,但看样子她的情绪好多了。"不用,当时有点疼,现在已经好多了。"她勉强挤出一个笑容。

班长点点头。

回到家里,下班回来的沙丽丽一眼就看到女儿的手包扎着,大叫道:"呀,你的手怎么了?受伤了?怎么弄的?"

"哎呀,妈,干吗大惊小怪的,就是划破了。"苏萌装作若无其事的样子。沙丽丽跟她身后,低头去拉女儿的手想看看伤口,苏萌偏偏不让妈妈看,甩开了。

"划破了要包成这样吗?"沙丽丽看到女儿的手用绷带包扎,而不是只贴了一个创可贴,就知道伤得很重。又是刚刚放学,那是在学校里受的伤无疑了。

"没事的,已经包好了。"苏萌故意说得很轻松,其实手指胀得很疼,她现在更担心的是过几天就要进厂了,到时候会不会因为她受伤不让她去。

苏志强在沙丽丽的唠叨下知道女儿受伤了,也知道今天女儿有实操课,大概会发生什么事,他心里有数。

"伤口处理干净了吗? 不能大意。"苏志强关心地对女儿说。

"老师处理得很好。"苏萌小声回答父亲。苏志强心疼女儿,操作教室他去过。没想到,他担心的事还是发生了,女儿第一天就带着伤回来。他注意着女儿的脸色,女儿却像没事人一样什么都不说。苏志强不知道他是该高兴还是该难过:"让你妈再给你消消毒,换换药。"看着已经有点脏了的纱布,苏志强说道。

沙丽丽不知从房间的哪一个角落提着医药箱来到女儿面前。苏萌没再拒绝,任由妈妈帮她打开包扎伤口的纱布。看着半指长的伤口,沙丽丽好像自己也被划了,一瞬间也感觉到了疼。

"这要多疼啊?"沙丽丽咧着嘴问。

伤口又深又长,苏萌当然很疼,可她不想让爸妈心疼,坚强地说:"现在已经没那么疼了。"

沙丽丽觉得鼻子酸酸的,她大概能猜到女儿怎么受的伤。

苏志强坐在远处,看着女儿,仍然在等女儿说什么,但苏萌只盯着妈妈给她换药的手,噤口不言。在教室里大哭时想的那些退缩,这一刻都不在她的脑子里。

"妈,你轻点。"酒精的刺痛让苏萌脱口而出。沙丽丽咧着嘴,好像疼的是她,她马上在女儿的伤口上吹了又吹,"好好,我轻点。"边说边吹。

沙丽丽帮女儿换好了药,松了口气,刚想说话,苏萌就打断她:"好了,这点小伤不算什么,别那么大惊小怪的。"

苏萌说的没错,受伤是难免的事,但是因为上这个学受伤,好像总让沙丽丽会迁怒到丈夫的身上,她狠狠地瞪了苏志强一眼。苏志强默默地观察着女儿,心里也松了一口气:"这几天你就多看,手这个样子,恐怕暂时不能实际操作了。"

"嗯。"苏萌点点头。

第二天,再来到实操教室的时候,苏萌就站在男同学的旁边看,看得很仔细。班长李长浩果然优秀,手上的活做起来非常快,不像有些同学总会犹豫,一犹豫,手里的机器就会有偏差,做得就不像了。她仔细地看着每一位同学的脸,好好认识认识她的同学们,他们认真操作,小心谨慎,甚至一边讨论一边操作,遇到问题谦虚地向老师请教。苏萌一直觉得班里只有她一个女生,自己的成绩也好,竟然忽略了别人的优秀,看着她的同学,蓦地有点惭愧,也多出许多敬佩。

大概从那天开始,苏萌不再扬着脸进教室了,而是和每一位同学亲切地打招呼,向他们请教问题。而且她已经可以谦虚地请男同学帮忙,而不是自以为是地觉得自己无所不能。

"爸,你能给我买几把锉刀吗?我把要买什么型号都写下来了。"苏萌把一张写着各种型号工具的纸递给父亲。苏志强接过来,高兴地答应了,他不想再说毫无意义的话,他相信女儿。只有沙丽丽仍然是一脸不悦,总觉得女儿太辛苦了。

沙丽丽看到家里多了许多不常见的工具时,叹了口气:"这回真是把女儿当儿子养了。"

"不好吗?多幸福啊,我可以集女儿和儿子于一身。"苏萌的乐观态度,让沙丽丽这几个月来第一次感觉到踏实,这才是她的女儿,听了这话,她不禁又笑了。

内心深处的伤往往是别人看不见的,当事人会用最隐蔽的方式隐藏得非常好,就像壳类生物,坚硬的外壳里柔软得连一块支撑的骨头都没有。苏萌就是这样,她可以面对现在的一切难题,却不能面对内心的伤痕。

最近,她经常打开电脑查找资料,仍然不去看那个一直在跳动的头像,她都是在吴欣上学的时候才登录 QQ,以免被吴欣发现。今天,她终于忍不住打开了那个头像,上面有三个月来吴欣给她的留言,她不想看到那些安慰人的话,恰恰吴欣就是发了这些话。她微微皱着眉头,没把那些留言看完就关上了。

苏萌的突然消失,让吴欣郁闷了很久。毕竟她们是最好的朋友,在她们共同成长的十几年里有多少个假期,她们都在一起做作业,一起玩,一起聊梦想。苏萌知道吴欣家境好,她一直想出国留学,了解多元文化,而自己的梦想只是做个老师。吴欣正在向着她的梦想前进,她呢?除了想起吴欣时苏萌有些沮丧,这段时间她的心情还是非常不错的,她让自己接受现实。

那个年纪,好朋友就是全世界,苏萌的消失对吴欣来说比她考上重点高中的影响还大,直到她升入高中,她曾有所期盼地在校园里寻找苏萌的影子。直到沉重的学业压下来,投入高强度的学习,她的精力被占满,只有在节假日,她才能在QQ上给苏萌留言,多半是节日快乐之类的问候。随着年龄的增长,吴欣也很少说没有实在意义的安慰话,她一点点懂了苏萌的心思,现在她们都需要给彼此一点时间。

友谊在2001年7月停了下来,时间可以冲淡一切,友谊在时间的考验之下,又会变成什么样?两个十六岁的女孩还不能想得那么远。

在吴欣应付高中的学业压力时,苏萌也在对抗她双元制学习的重重考验。

手上的伤让苏萌好久不能进行实操训练,不过,做了一段时间的旁观生,也并不是没有收获,她边看边思考,看同学犯错,找到其中的原因,这些对她有很大的启发。回到家里,先从简单的做起,虽然动作很慢。这段日子,她都要翘起那只受伤的手指做事,即便如此,她脑子里对操作的步骤有了非常清晰的脉络,她每天都很配合地换药,直到沙丽丽给她换了一张轻盈的创可贴。

"这是不是证明已经好了?我看伤口都愈合了,我是不是可以进行实操训练了?"苏萌问妈妈。

沙丽丽恨不得女儿再也不上这么辛苦的课:"还是再等两天,彻底好了再说。"妈妈嘴上这么说,苏萌心里有数,她开始期待起第二天的实操课,看了这么久,终于懂了手痒是什么感觉。

第二天，苏萌走进教室就问班长："班长，今天有实操训练课吗？"

"有。"李长浩垂目看到苏萌手上包扎的纱布没有了，只剩一个小小的创可贴，"你的手好了？"

"好了，今天我可以上手操作练习了。"苏萌很兴奋。

苏萌觉得他们这个班的男生的情商真是堪忧，除了好好学习，根本不懂得怜香惜玉，按说在男女比例失衡的班级里，女生应该更受保护才是，可在这个班里完全看不到。难道是因为她的打扮太中性，所以那些男生真的也把她当成男生看待了？但这个班里真的好像没有男女之别，甚至老师都没有因为她是女生就特殊照顾，而是一视同仁。苏萌觉得自己不能太矫情了，这不也正是她追求的男女平等嘛。

"哎哟，不要两天半又受伤了。"周立哲从她身边路过的时候，笑着打趣。周立哲和苏萌同年，个头不算太高，但也不矮，浓眉大眼，五官端正，脸上总挂着一副生人勿近的表情，不胖不瘦，手臂很健壮，看起来像个体育生。

苏萌白了他一眼，根本就不想理他，这几天她不但发现了很多优秀的男生，更发现周立哲是那几个一心想看她出糗的男生之一。不过，李长浩实际操作做起来速度快，而周立哲做模具更在乎精益求精，他完成的作业一直被当成模版展示。"用不着你操心。"她没好气地回了一句。

"到时候又要哭鼻子了。你说你一个女生，来学这个干吗？做个小护士不好吗？打个针什么的，更适合你们的小手。"周立哲不识趣地继续调侃苏萌。

第二章 情理之中

现在的苏萌心态转变了很多,她也不生气,看着周立哲说:"怎么,怕我考试超过你?"

"哟哟哟,我还真害怕,你最好超过我。"周立哲不以为然。

周立哲虽然不是班长,但他的确是班里成绩最好的,无论是文化课还是操作课,完成度都非常高,他从看到苏萌就觉得一个女生做不了这样的工作,所以一直不看好她能留下。

周立哲越是这样说,苏萌越是不服气。

实操训练课上,苏萌顺利地完成了老师布置的任务,所有人都没想到苏萌这一个星期,只靠着在旁边看,上手之后做得那么好,那一刻班里的男生都忍不住为她鼓掌,只有周立哲和几个男生双手抱在胸前,一脸不屑。

苏萌向周立哲扬了扬下巴,一副"看到了吗"的挑衅神气,她可真把自己当成男生了。

"苏萌,你太棒了。"第一个来祝贺她的是一位来自上海的男生。苏萌一直以为,所有的同学都和她一样是太仓人,可这个男生不但来自上海,还是比他们大三岁的高中毕业生,这也是她在受伤的这段日子才知道的,因为他总会帮她拿东西。苏萌觉得那天来送饮料的男生应该就是他了,他叫夏海丰,一米八的大个儿,皮肤白得让女生都羡慕,高高的鼻梁,可能是因为比其他同学大三岁的缘故,五官更为舒展,是这个班里唯一的例外,看来年长的男人更会照顾人。

苏萌连忙送上了笑脸:"谢谢你的鼓励。夏海丰,听说你从上海来的,怎么会报我们这里的学校?上海的学校那么多,我们这里的人都想考过去呢。"在她心里对上高中是有执念,眼前站着的高中毕业生跑来和她站在一个起跑线上,她怎么也想不通。

"因为上海没有双元制专业班啊,我能报考这里的双元制班,还是通过向学校和企业申请才得到的机会呢。"夏海丰说的时候很骄傲。苏萌尴尬地笑了笑。夏海丰说得没错,他就是特招进来的唯一学员,就因为对双元制教育的认可,这个班原本计划招生二十个人,计划外招了一个上海学生。原则上太仓双元制招生是只面向太仓本地学生,是因为企业需要稳定的人才,也是为了保障太仓本地的学生。

夏海丰见苏萌一脸疑惑,便问:"怎么了?我可是认准了双元制考来的。"

"你为什么不去考大学?"苏萌天真地问他。

"大学不是每个人都能走或者要去走的路啊。上高中之前我并不知道我喜欢什么,我很喜欢动手去尝试做做这做做那,我爸妈听说这里有双元制班,大费周折地打听,有没有可能收我们外省地学生,没想到培训中心的人给了我一次机会。"苏萌好像明白了一点什么,不过,她还想问那天饮料是不是他送的:"谢谢你一直鼓励我,还送饮料安慰我。"

"什么饮料?"夏海丰一脸莫名其妙。苏萌就知道,她认错人了。

"啊,没什么没什么。"苏萌笑着跑开了。

一瓶饮料还真成迷案了?苏萌看着班里的男生,她总不能公开问是谁送了她饮料吧?青春期的男生和女生处在非常敏感的时期。她摇了摇头,算了,爱是谁是谁吧。

不过夏海丰的那些话倒是出乎她的意料,一回家她就和苏志强说:"爸,我们班有一个上海来的高中生呦,居然是通过申请才考到我们学校的。"

"我听说了,毕竟德国中心在上海,他们对德国的事了解得更多,我们这里虽然有那么多德企,但在理论的领域还没那么成熟,老百姓就算知道了,也不一定能理解得那么深刻,你们班除了你老爸我是职业教育从业人员,大部分孩子的父母都只是一知半解,来试试的态度。"苏志强淡然地回答女儿,这段日子他可是经常跑双元制教研组问东问西。

"对了,我也想考你们双元制专业班的教师,最近我都在刻苦学习。我听说又有一家德企要开设专业班了,这次和数控机床相关,我想试试。"苏志强拿起书桌上的笔记本,"你看,你老爸也够认真了吧?"

"爸,你一定行。杨主任非常亲切,经常去我们班和我们聊天,一点教学主任的架子都没有。"虽然杨主任不亲自给他们上课,但他对学生的关注度很高,"他一直说我们是第一届,中国学生可不能让德国人小看了。"

杨主任是太仓从东风集团的培训中心请来的,年近六十,经验丰富,操着一口带着浓重上海口音的德语。这个班属于全新的实验班,没有现成的教材和模式可以借鉴,因此大部分教材只能根据德国的文献进行翻译或者改编。学校里的课程要求和实训设备与德国不同,完全按照德国文献和模式进行教学行不通,这时候经过专业培训的培训师的优势就显现出来了。

苏志强不禁笑了:"中国的学生学习能力在全世界都算强的,只是换了一种模式而已,肯定不会让杨主任失望。杨主任是非常厉害的人。他带领的中方培训师团队有多年的实践经验，能从实际出发解决实际问题。同时培训师们都保持着谦逊好学的进取心，在不断充实自己的理论水平和提升教学水平的同时，也为所有学生做出了很好的表率作用。"

"那当然。"苏萌变得很自豪。

又进行了一周的实操训练，苏萌回家对父母说，下周他们就要进企业实训了。

沙丽丽趁着周末带女儿回沙溪看亲公亲婆。一进门，苏阿婆就拉住孙女的手。前些日子因为受伤，苏萌就没敢回来看二老，怕他们心疼。可现在阿婆拉过孙女的手时，惊讶地将那双纤柔的小手递到眼前。"萌萌，你的手怎么？"看到苏萌手上都是用工具磨出来的老茧，阿婆皱起眉头，"我这老太婆的手也没有你这么多老茧啊。"

"哎呀，奶奶，看我给你做了一个小物件。"苏萌避重就轻地说着，抽回手，从口袋里拿出一个铁艺小模型，"你看，这是放菜刀的，以后你用完了菜刀，就放在上面，别嫌弃它不好看啊，很珍贵的，这可是你孙女我一点一点打磨出来的。"

苏阿婆和阿公两个人都惊讶地看看那个铁块，根本看不出那是一件手工制品，也无法想象这出自他们娇小的孙女之手。

"萌萌，这，这真是你做的？"苏阿公不可置信地又问一遍。

"当然了，我的技术不错吧？"苏萌满脸自豪。阿公阿婆看向沙丽丽和苏志强。苏志强笑着说："这段时间，她就偷偷在房间里不知道做些什么，原来是这个。"

"惊喜嘛，当然连你们也要保密。"苏萌把那件铁刀架拿到厨台上。选了一个合适的位置摆好。

"萌萌手上的老茧就是做这个做的?"苏阿婆心疼地问儿子。

苏志强不知道女儿的手上有老茧,他没有吭声。沙丽丽接道:"是啊,有一天我让她帮我按按肩膀,就感觉到了,别提多心疼了。"

"好了,好了,萌萌都没说什么。"苏志强忙劝大家。

两位老人心疼得不知说什么才好,苏阿公愈发对儿子让孙女去学这个双元制模具专业班不满,一整天都对儿子没好气。过去,他是教育工作者的时候,常说吃得苦中苦,方为人上人,现在到了自己心爱的孙女身上,好像都没用了似的。

"爸,萌萌下周上课就要进企业了,到人家企业里上课,用的都是人家最先进的设备,你说这样的学习条件多好,你不能再用老观念看问题了。"苏志强时不时地劝劝自家的老爷子。苏阿公并不是不懂,但亲情和道理,有时候就变成一种奇特的纠缠力量,谁也拗不过谁。

"我们家又不需要萌萌去赚什么大钱,生活富足安逸蛮好了,你不要让她那么辛苦。"苏阿公的眼神不好,都能看到孙女手上的老茧,真是疼到心里去了。

"爸,这不是赚不赚钱的问题,是她有她的人生价值,你是老教育工作者了,这是怎么了?"苏志强一句话噎得苏阿公再也说不出话来,直叹了几次气。

苏志强笑了,他太理解父亲的心疼,他也心疼啊,就这么一个女儿,跟宝贝似的,怎么会不心疼呢?

"她班里的同学都这样?"苏阿公问儿子。

"可能也因为她是女孩子,皮肤嫩,那些都是男生,哪会像她这样。"沙丽丽听到接了一句。

一想到孙女一个女生在班里学习,苏阿公连连叹息:"苏志强,你的这个决策最好是正确的,不然我饶不了你。"

被父亲连名带姓地称呼,苏志强就知道父亲这话有多认真,可他还是忍不住笑了:"好好好,如果错了,我养她。"

苏萌和亲婆在里面聊天,亲婆总要看她的手,她一直都不让:"亲婆,你就当我在地里干农活了。"

苏阿婆瞥她一眼,他们什么时候舍得她下地干过活?但看起来苏萌这个学上得好像很开心似的,这让苏阿婆放下心:"萌萌,我听说你们那个班里还有学生是我们沙溪的,还住在一条巷子。"

"啊?谁呀?"

"周家的,叫……"苏阿婆一迟疑,苏萌马上接道:"不会是周立哲吧?"

"对,好像就是这个名字,家里叫他小哲。"苏阿婆连忙点头,"应该就是他。"

"啊?"苏萌撇了撇嘴,"是他呀?"

"对呀,听说成绩也很好呢,如果不是周家说他们去了那里学习,我们也不明白你爸爸到底说的是什么,昨天周家小子也回来了。那小子,从小就调皮,一直闯祸,不怎么学习的,怎么说到你们那里学习就好了?你们那里学得很简单吗?那你是不是比他成绩好?"苏阿婆没少在村里打听。

那个年代,乡镇里的孩子没考上高中,都报考城里的中专,学一门技术,好出来找工作,也有人家家里有小工厂或者小作坊的,学点新技术回来继承家业。

太仓的历史可以追溯到两千多年前,在农业占主导经济的时代,太仓一直以风调雨顺、沟渠纵横保证百姓仓满廪实,安居乐业,除了考上重点大学的孩子,大部分家庭都不愿意让孩子出去闯荡。

随着时代的发展,这座原本以轻工业为主的江南小城的自给自足经济忽然变得不太令人羡慕了。工业经济显示出越来越强劲的发展势头,在经济中的占比也越来越大。太仓人逐渐认识到,不发展工业,不发展外向型经济,太仓就会落后。守着原来几千年的发展模式是不能创造出一个欣欣向荣的新太仓的。在此期间,太仓的第一批经济发展先驱深入全国各地寻找发展机会,在北京、在上海、在广东寻觅合作伙伴,最成功的几家公司在十几年后发展成太仓民企的龙头企业。但与周边的昆山、常熟、江阴等地的民企规模相比,太仓的民营经济显得比较保守,比较传统,突破、创新、争先、冒险等特质在太仓经济发展中不太常见,稳重、认真、规矩、诚信等风格是太仓人和太仓经济的特点。而这样的特点,正适合理性、严谨、守时、讲信誉、守规矩的德国。

德国能有许多百年家族企业,他们追求的从来不是短效的合作,恰巧太仓和德国都不太喜欢漂泊,相近的行事风格决定了德国在这里的投入越来越多。而一种新的经济形式出现,最重要的就是带给当地人什么样的生活,无疑,他们都希望可以共荣共生,互惠互利。

自从1993年来自德国南部黑森林地区的克恩集团在太仓投资了第一个中国工厂，从此开创了太仓的中德合作之路。克恩集团刚开始建厂投资的75万马克引起当时太仓政府的关注，随后由斯坦姆博士接二连三推荐过来的十几家德企的严谨的作风深深打动了当时的太仓开发区的领导们，他们越来越重视德国企业来太仓投资。太仓的德企一家接着一家地落地，都听说在德企里工作工资待遇好，甚至是普通企业员工工资的两倍。本地人都非常期待家乡有这么好的发展机会。只是那时，他们还看不到更远，也不会想到中德合作会给太仓带来什么样的变化，这些未知都需要时间给出答案。

原本就富庶安逸的太仓看到德企没有因为有些国家以技术保密为由对中国的员工有所保留，而是投资成立了一种有德国成熟经验的教育培训中心，这些都是苏志强的女儿去了双元制模具专业班学习后，苏志强对这项政府决策的详细了解。不知从什么时候开始，他这个只想过舒坦小日子的人感到惭愧了，原来很多人都在为社会做贡献。他时常和女儿讨论在学校里学习的事，学习和了解双元制教育与我们自己的职业教育的区别，他甚至做了笔记，想把一切好的经验吸收到自己的教学中去。

第一届双元制班是新生事物，新生事物受到的关注度高，争议也大。

苏萌说："成绩是不错，也看得出来他爱欺负人。"说这话的时候，苏萌在回忆，周立哲好像除了会说几句风凉话，真没看到过他做坏事，而且他的操作作业的确是班里最优秀的。

"哎哟，以前总听周家说这个小儿子不听话的，他有没有欺负你？到了城里上学真能学好了还真不错。"苏阿婆感叹不已。

苏萌凑到亲婆跟前："亲婆，周立哲小时候有什么糗事？"

"要说什么糗事，也没什么太大的事，就是总被他爸拿着扫帚追着打，好像都是在学校里淘气的事。"苏阿婆回忆着，"就是有一次人家在河边钓鱼，他拿石头给人家的鱼吓跑了。人家去周家告状，周家让这小子去河里捞了条鱼赔给人家。"

苏萌听着亲婆讲这些周立哲的往事，想到那个有点傲慢的周立哲，倒开始怀疑是不是同一个人了，可班里姓周的只有一个人，不会错。

终于到了进企业里学习的时候，双元制一条腿培训技术，一条腿培训思考、解决问题的能力。也为管理岗做储备，要有合作精神。所有学生都是在企业里得到进一步学习，这也是一种双向的选择，让学生们了解他未来要工作的企业，了解这个企业是不是他们喜欢的，只有喜欢才能工作得更好。

苏萌和同学们都按规定穿好了工作服，由培训中心的老师带着走进厂区。

没有去厂里之前，他们看过教材上介绍的机器设备和工艺要求，虽然不懂，但能从中感受到那些技术的严谨和先进。而进了工厂，让他们有点失望，因为整个工厂从外面看起来，实在是太简易了。

终归是人不可貌相，海水不可斗量。

走进厂区之后，一尘不染的内部环境，连地面都反着亮光，令所有同学震惊不已。甚至有的同学会低头看看自己的鞋子，生怕带进去太多尘土污染了地面。

杨主任也参加了学生们第一次进企业的现场教学，看到同学们小心谨慎的样子，杨主任知道他们开始融入一个企业所特有的文化了。

　　企业培训部门已经有人在专门等着他们了，一边带着他们到实习现场走，一边有企业里的培训师开始为同学们介绍克恩德国总公司的企业发展史："克恩是一家已有百年历史的家族企业，秉承德国百余年弹簧制造的精湛技术和工艺，发展成为弹簧行业里的'隐形冠军'。1993年，克恩太仓公司成为第一家在太仓投资设厂的德国独资企业。公司现有7大产品类别、弹簧产品种类达1869种，广泛应用于汽车、电子等领域……"

　　当他们走到实习车间的时候，克恩太仓公司总经理张轲闻站在他们面前，说道："各位同学，克恩欢迎你们，刚才的介绍你们听到了克恩是百年家族企业，所以虽然克恩来自德国，但当你们成为这里的员工后，就是克恩家族的一员，希望你们可以在这里找到自己的未来！"

　　模具班的学生根本没有想过一次现场教学会受到这么大的重视，但他们都感受到了这个空气中充斥着一种气息，是专属在这个空间里的气息。

　　紧接着，下一个挑战来了。

　　他们原以为在学校的操作教室里算是经历过真刀真枪的实地训练，到了企业至少不会太陌生。可是原本就很干净的操作教室和这里的车间比起来，简直不值一提。

　　"这么干净？这怎么干活？"有个男生和身边的同学窃窃私语。

"他们这个车间不干活的吧?"另一个男生回应。

"就是啊,这比我们家厨房都干净了。"

说话的3个男生在班里走得比较近,成绩也不算很好,没有李长浩、周立哲和夏海丰那么有能力,所以总是站在后面。苏萌因为以前一直都不喜欢被关注,藏在后面习惯了,和他们几个人就经常站在一起。

现场的老师开始给他们讲规范和要求,苏萌的小个子缺点就体现了出来。她踮起脚都看不到,最后瘦小的她只好厚着脸皮向前挤,最前面的两个男生中间有个空隙,她就站在那里看。大家都穿着工作服,来不及辨认是谁。

2000年时,克恩中国公司的厂房不大,设备也不多,但公司里连洗手间洁具都从德国进口,整个厂区,包括办公室、车间、仓库,都时刻保持整洁,一丝不苟。所以现场教学的老师要求他们从操作间的卫生清洁开始学习。

苏萌这段时间看了季羡林的《留德十年》,其中就写到过德国人特别讲究卫生,面对眼前的情景不禁莞尔一笑。她记得一段话让她印象特别深刻:

> 德国人是非常务实而又简朴的,他们不管是干什么的,一般说来,房子都十分宽敞,有卧室、起居室、客厅、厨房、厕所,有的还有一间客房。在这些房间之外,如果还有余房,则往往出租给外地或者外国的大学生,连待遇优厚的大学教授也不例外。出租的方式非常奇特,不是出租空房间,而是出租房间里的一切东西,桌椅沙发不在话下,连床上的被

褥也包括在里面，租赁者不需要带任何行李，面巾、浴巾等等，都不需要。房间里所有的服务工作，铺床叠被，给地板扫除打蜡，都由女主人包办。房客的皮鞋睡觉前脱下来，放在房间外面，第二天一起床，女主人已经把鞋擦得闪光锃亮了。这些工作，教授夫人都要亲自下手，她们丝毫也没有什么下贱的感觉。德国人之爱清洁，闻名天下。女主人每天一个上午都在忙忙叨叨，擦这擦那，自己屋子里面不必说了，连外面的楼道，都天天打蜡；楼外的人行道，不但打扫，而且打上肥皂来洗刷。室内室外，楼内楼外，任何地方，都是洁无纤尘。

看到这里的时候，苏萌根本就不相信会有这么勤快的女主人，在她心里妈妈和亲婆已经是非常勤快的女人了，德国女人的勤快简直到了疯狂的程度。而这段文字记录的还是二十世纪三十年代的德国。

现在看来，不止女人，德国的男人也是非常喜爱清洁的。她看到带他们实习的德国培训老师，穿着工作服的样子好像某个科研机构的科学家一样干净整洁。

兴致勃勃的同学们都没有想到到企业里的第一课是搞卫生，而且还是从卫生间开始。同学们虽然都不是什么富贵人家娇惯的孩子，但这些事大概都没干过。他们看到，企业里的培训老师亲自为他们示范卫生间的清扫。

培训老师告诉他们，每个人从卫生间出来，不能将手上的水弄到地上，无论谁去卫生间都有义务拿拖把擦掉地上的水渍和脚印。同学们惊讶地听着,特别是几个没有那么好的卫生习惯的学生,个个惊掉了下巴,一脸的不可置信。

苏萌默默地看着,听着。

"你们打扫过的卫生间马桶里的水要达到可以直接饮用的程度才可以。"

培训师的话音刚落,所有学生都发出惊呼声,二十几个人同时发出惊呼的声音,虽然他们的声音都不算大,仍然可以引起附近员工的关注。

培训老师的脸变得更加严肃了:"这样的声音在企业里是不允许有的。"

同学们面面相觑,纷纷吐了吐舌头。第一天进企业上课的体验大大出乎了所有人的预料,苏萌也不例外。

苏志强回家就问女儿今天进企业的情况,苏萌把这一天发生的一切,一个画面一个画面生怕落下地讲给父母。不出所料,苏志强和沙丽丽听得目瞪口呆。这正是苏萌想看到的结果。

"意外吧?惊讶吧?我们当时和你俩现在的表情差不多。"苏萌讲完,一边摇着头一边叹息,一时之间她不能非常清楚地表达自己的心情,她只是知道今天对她的冲击很大。这种冲击不仅仅是上课那么简单,她深刻地感受到了一个企业的文化。

"这哪里是上班啊?这国情不一样,什么都不一样了,这不是剥削吗?"沙丽丽不以为然地先反驳。

苏萌马上纠正妈妈:"不,没有剥削,企业很尊重我们,只是他们有规则,而遵守规则可以更高效地完成工作。"这些话也是今天苏萌刚学到的,名副其实的现学现卖。

沙丽丽被女儿怼得哑口无言:"我本来是怕你们受不了,你还不领情。"

"我们今天虽然学了一天怎么在企业里打扫卫生,但是在人家工厂里工作感觉倒是挺好的。不像我们想象得那么脏,那么累。我觉得挺不错的。"苏萌喃喃地说着,像是在说给自己听。

苏志强和沙丽丽看着女儿,也不知该说什么才好,毕竟那是他们都不了解的陌生领域,可他们从女儿的脸上看到了向往,那就不会错吧。

沙丽丽一边做饭,一边和丈夫发牢骚:"先是把手都做出老茧,再去车间当清洁工,你说你这是为女儿选了什么专业啊?"

苏志强默默地听着,承受着妻子的所有怨气。

第二天,女儿直接穿着工作服就从家里出发了,看得沙丽丽一阵心疼:"好好的女孩,应该在学校里读书,现在成什么了?"

"这是双元制的教学模式而已,你可不要添乱。"苏志强制止了沙丽丽的牢骚,可是沙丽丽那张脸一直就没舒展开,她把所有的情绪带到单位里。

沙丽丽的同事渐渐都知道了苏萌中考失利的事,背后的各种议论就不同了,现在看到沙丽丽满脸愁容,来关心几句。

沙丽丽刚想和同事发几句牢骚,又憋了回去,有些苦只能自己承受,世间没有什么感同身受,别人不会懂,何况他们连双元制教育是什么都不知道,如果和他们解释,她想到丈夫在说服她的时候有多困难,要想说服同事就有多难。所以刚张开的嘴,又闭上了。

"沙姐,今天我路过克恩公司,看到你家囡穿着工作服进去了。"偏偏有人在最不该出现的时候出现。

沙丽丽故作镇定,硬挤出来个笑容:"哦,是啊,接下来他们在企业里学习。"

"啊？人家中专不都是最后一年才实习,你们这么快就实习了？那是学什么了？才开学八周吧？"有人好像比沙丽丽更清楚。

"他们双元制不一样,要进企业里学,学企业文化。"沙丽丽大概能猜到她的同事会问什么,因为她昨天晚上就是这样问苏志强的。果然,如她所料,她就把苏志强和苏萌给她讲的那一套又讲了一遍。她仍然知道,有人会信,有人和她昨天晚上一样质疑。可她没有再解释,刚刚和同事们重复昨天丈夫和女儿说过的话时,她好像也明白了一点什么。

"哎呀,外国人的东西,我们真不懂。"有人阴阳怪气地说道。虽然太仓的德企越来越多,市民也都发现了德企的好,但某种程度上,对双元制教育的了解还非常有限。沙丽丽不知不觉中感觉到自己已经比一个普通市民了解双元制教育了,因为她身在其中,没有什么宣传和道听途说比她的亲身感受更好理解双元制。这一刻,她好像有点理解丈夫,那些阴霾的心情好了许多,"人这一生长着呢,有些路总要走着看。"她意味深长地说道。

人与人之间就会有些微妙的插曲出现,没有谁对谁错,只是立场和角度太不相同。事实的对立面是偏见,偏见的出现是认知问题,认知是经验、见识积累而来的。

沙丽丽不知道丈夫为女儿的选择是不是百分之百正确,但他们一家人都有一个信念,有志者事竟成！她不支持自己的丈夫和女儿又支持谁呢?

第二天回家,苏萌告诉父母,他们今天学了一天如何摆放工具。第三天、第四天,连续好几天,听起来他们都没学什么技术方面的东西,只学到了企业规则。

终于,实训老师说今天他们要上手修理设备,先是拆。第一组同学围在操作台前,静静地看着实训老师将要拆卸的设备放好,又拿出许多塑料盒,整齐地摆放在操作台上。同学们一声不响地看着老师的动作。

实训老师拆开机器,看着他们说:"接下来看好我的操作。"

已经学过这些课程的同学们并不觉得这有什么难,但还是认真地看着。一滴机油滴落,实训老师拿起手边的抹布,弯下腰,将那滴油擦干净,继续拆机器。接着又滴下一滴油,实训老师再拿起抹布擦拭干净。苏萌静静地看着这一切。实训老师告诉他们,每一种类型的螺丝钉都要放进一个盒子里,不能乱放。他先是将刚才摆好的塑料盒指给同学们看,随后就自己一颗一颗地将拆下来的螺丝钉放进去,各种零件分门别类,有条不紊。整个设备拆卸完毕,操作台上整整齐齐甚至一滴油污都没有。

这个和同学们此前所理解的工人工作大相径庭,而这样也让他们突然对自己的工作肃然起敬。

"要尊重我们的工作,也就等于尊重自己,知道了吗?"实训老师看着同学们说。

大受震撼的同学们默然点头。

"这样的细节可以让你们在接下来的工作中更加顺利,不要忽略任何一个细节。这就是我们今天的课程。"实训老师指着操作台上被拆解的设备和整齐的零件对同学们说。

那天回家,苏萌把自己对这份工作的理解重新和父母讨论了一遍。苏志强突然明白了,为什么学校里技术很好的赵老师没有被录取为双元制教师。赵老师在考核的时候,没有及时处理油污,也没有将零件整齐摆放,而是凭着工作经验去处理。

精益求精,大概就是这样的品质。

沙丽丽每天看着十七岁花季的女儿'下班'回家,心里有种怪怪的感觉,不过她还是非常热衷地参与女儿和丈夫的对话。

"就是说,你们没有寒假?"沙丽丽在饭桌上问道。

"对啊,寒假的时候你们不是也上班嘛。我们就要去上班啊。"苏萌回答母亲。

"真和上班一样啊?又不开工资。"沙丽丽的惯性思维又来了。

苏萌蓦地扬起脸:"有工资呦,寒假期间上班是有实习工资的,就是说,我要赚钱了!"

"啊?"沙丽丽从来没有真的想过要女儿那么早就赚钱,这让她有些始料不及。

"等我发了工资,我请你们俩吃好吃的。"苏萌得意地笑着。

苏志强微微牵动唇角,有种莫名的喜悦。

"爸,我报德语班学习算是学对了,现在我看新设备的说明书能理解一些,就比其他同学操作的标准一点,被老师表扬了好多次。"

"不错。"苏志强听范琦说,苏萌的实训课考核成绩不错,但他没把这件事提前告诉苏萌。

"我本来想寒假再学个加强班,可能没时间了,所以,要不我继续报周末班学德语吧。"苏萌和苏志强商量。

"没问题。"父女俩达成一致意见。沙丽丽看着他们父女俩:"喂,你们俩就不听听我的意见吗?"

"你说你说。"苏萌马上哄妈妈。

"好吧,我也同意。"沙丽丽说完,就笑了,一家三口说说笑笑,中考的阴影好像逐渐在这个家里消失了。

只有当苏萌一个人打开电脑的时候,脸上还会掠过一丝忧郁。那个头像又在跳动了。她点进去,吴欣给她留言的风格变了,说她又去了她们俩最喜欢的小公园,公园里的那只猫还在,但它好像当妈妈了,身边多了两只小猫咪。看到这,苏萌笑了,她决定明天如果放学早,也去公园里看看。吴欣还说,她周末买了两杯奶茶和两份她们俩都喜欢吃的点心,一份自己吃了,另一份替她吃了,撑得她一天都吃不下饭。苏萌喃喃自语道:"真傻。"苏萌明白吴欣的心意,她有时候想,现在的自己也挺好的,可她就是没有勇气回复吴欣。

第一年结束后的期末考试成绩出来了,班主任范琦到班级里公布成绩,同学们神情紧张,都怕成为最后一名。范琦站在讲台上,看着所有同学,说道:"这次我们班的第一名是,苏萌。"

班级里先是出奇地安静,片刻后才响起掌声,和所有同学一样,苏萌怎么也不会想到考第一的人会是自己。作为班里唯一的女生,这个结果不只是模具班的同学们,连老师和克恩公司都很惊讶。

"很不容易,保持住。结业仪式上,克恩太仓公司总经理会来给你颁发奖状。"范琦欣慰地看着苏萌。苏萌既惊又喜,只顾着点头。

下课后,周立哲就不见了,苏萌找了他半天,想到他面前显摆显摆,因为周立哲一直是班里的第一名。

"周立哲呢?"她问夏海丰。夏海丰当然懂,笑着说:"受打击了呗,考试前熄灯后,他可是点着蜡烛在寝室里复习。"

"这么拼?"苏萌很惊讶。

"当然了,我们都点着蜡烛复习到半夜,学霸就是学霸,一下就被你赶超了,立哲肯定难受啊。"一个男生在后面说道。

听同学们这样说,苏萌很开心,她赢了。

回到寝室的周立哲,躺在自己的床铺上用被子蒙着头,闭着眼睛,看似在睡觉,至于睡没睡着,只有周立哲自己知道。他心里的确不舒服,怎么可能,明明他复习得很好,考完试他信心十足这个期末的第一名一定是他的。进入企业里实训后,他越发觉得自己很喜欢现在的学习和工作,他一定要留在这个企业里,不仅如此,他还要成为他们中的佼佼者。他知道父母为了让他来这里上学,把原本准备到城里买房子的钱用了。那些钱,他一定要拿回来,过去他年纪小,不懂事,经常惹父母生气,可在外面学习的这一年,他成长了许多。既然没让父母省过心,但他知道妈妈一直想到城里买套房子,所以他很努力。更何况,竟然让一个女生超过了,他越想越觉得憋屈。舍友回来的时候,看到他躺在床上,笑着打趣:"考完试补觉呢?"考试之前的几天,周立哲可是点灯熬油地学到半夜。

"苏萌也就是运气好,立哲,下次把这个第一拿回来不就完了?"另一个舍友安慰周立哲。

"走走走,今天不在食堂吃了,我们出去吃,陪立哲散散心。"几个舍友说着去拉周立哲。

周立哲被他们拖着出门,他本不想和他们一起出去,虽然住在一个寝室里,但他和另外几个同学不一样,他们几个经常一起出去玩,周立哲每次都拒绝他们的邀请,但现在他的心情的确不好,于是半推半就地跟着他们出去了。

几个人来到一家小烧烤店,点好了菜,有人带头要了些啤酒。周立哲先是阻止他们,可又被他们你一言我一语地说服了。

五个男生喝了点啤酒之后就已经失去理智,先是吐槽苏萌,又吐槽老师,吐槽所有人。周立哲连连摆手:"不要这么说,我们还是很幸运,要珍惜机会。"

"幸运?什么机会不机会的,每天跟个保洁工似的。"有男生埋怨。

烧烤店里有其他客人,不时地看着他们,有一群年纪和他们相仿的客人,甚至还有点面熟,终于有人认出他们:"哟,这不是我们学校的校宝吗?"

周立哲他们一听,猜这些人也是职中的学生。双方都喝了些酒,又是血气方刚的年纪,不知哪来的隔阂,你一言我一语的气氛越来越不对劲,直到他们吵嚷着走出烧烤店来到外面的空地上,甚至不知道都发生过什么。

在酒精的作用下,两伙年轻人打了起来。周立哲猛然清醒了,拉住自己的同学:"不要打了,不要打了!"

血气方刚的年轻人此刻失去了思考能力,只有冲动,很快打成一团。周立哲看着不可控制的场面,急得快掉眼泪了,马上给班主任打去电话。

和班主任范琦一起来的是110警车。

这件事的影响非常恶劣。对周立哲来说,简直就是天要塌了,这一年来,他所有的努力都将毁于一旦。这个男孩儿落下眼泪,他哭得很伤心。所有参与打架的同学酒也醒了,个个耷拉着头,听警察叔叔的批评教育。

范琦怎么也不会想到他这个班的学生会发生这样的事,他们可都是经过精挑细选的。而更让他头痛的就是明天要如何向校方汇报。范琦指着他们,气得不知该说什么才好:"你们小小年纪怎么学会喝酒了?父母还以为你们在学校好好学习呢,你们怎么学会这一套了?还有你,周立哲啊周立哲,你怎么和他们……"范琦是十分看好周立哲的,他能感觉到这个孩子是可造之才,只不过,他的花期晚,刚刚准备绽放,如果因为这件事被打回原形,那真是可惜了一棵好苗子。

周立哲也懊悔不已。"范老师,我错了,我劝他们了,可是,没劝住。"他边哭边说,"范老师,我会被开除吗?"

范琦长叹一声,他知道这一次他们犯了很大的错误,但周立哲并没参与打架,而是在拉架,警察在写情况说明的时候清清楚楚地指出了这一点。范琦只想着,要和学校商量酌情分析处理。

好事不出门,坏事传千里。还没等到第二天早上,校长已经知道了这件事。

"范琦,你是怎么管理你的学生的?"校长打来电话,语气非常严厉。

范琦欲哭无泪。别说他心爱的学生周立哲，就是其余那四个，虽然平时不太努力，但也都能达标，都不是笨孩子。他深知这几个孩子的问题在于家庭的忽视，如果给他们更多的关爱和理解，他们是会越变越好的。

"校长，明天我就让他们交检讨。"范琦想尽量弱化这件事的严重程度。

"警察都来电话了，克恩的张总也知道了，你还想袒护他们吗？明天一早来开会，讨论怎么处置他们。"校长说完就挂断了电话。刚刚做完笔录的孩子们看着范琦。

"现在都知道闯祸了？热血沸腾的时候想什么了？而且还用自己做的工具……你们真是胆大包天、恣意妄为！"范琦气得骂他们。他骂是心疼，明天开会之后，他不知道等着这些孩子的是什么结局。

"范老师，我不能被开除，我不能再让爸妈为我操心了。"周立哲带着哭腔求范琦。

范琦亲自把他们送回学校。临走时，他去学校的保安室叮嘱道："双元制班的同学谁也不能出校门。"

"这，好吧好吧。"门卫的保安答应了。

周立哲一夜都没睡好，第二天脸上挂着两个黑眼圈走进教室。苏萌一眼就看到他。看到他憔悴的样子，苏萌得意地说："哟，不就是一次考试被我超过了吗？至于一夜不睡吗？"

周立哲像没听见苏萌的讽刺似的径自走到自己的座位上，今天他们应该下企业实训，现在都被叫回了学校，他就知道等待他的不会是好结果，于是垂着头，一言不发。

苏萌见他不理自己,推了推夏海丰:"他不至于这么小气吧?"

"你不知道吗?"夏海丰低声说,"他们寝室的几个人出去喝酒,和别人打起来了,差点伤了人。学校在研究怎么处分他们呢。"

"啊?周立哲会干这事?"话音刚落,她就想起亲婆说过的话:那小子从小就淘气,总在外面闯祸。完了,看来伪装了些日子,终于露出真面目了。苏萌这样想。这个念头只是一闪而过,事实上她好像并不希望他们离开。她这才感觉到班级里的气氛莫名地低沉,很多同学在周立哲身边走过的时候,都会拍拍他的肩膀。虽然他们没说什么,周立哲仍然可以感受到一种安慰。

另外四个比较调皮的男生对周立哲心存愧疚,毕竟事情因他们而起,周立哲一直在劝他们。周立哲最初对他们是怨恨的,可是范老师的话没错,他要学会对自己的行为负责,对自己的人生负责,他没理由怪任何人,他本可以不和他们去喝酒,他应该劝住他们不让矛盾升级,可是他都选择了放任,放任的代价是沉重的,此刻,他深深地知道任何一次放任都不能存在侥幸的心理。

果然,学校会议初步决定,对这几个打架的孩子作开除处理。

做出这个决定后,范琦去找校长求情:"校长,这几个孩子其实都还不错,能不能给他们一次机会?"

"这几个孩子在学校里是榜样,给他们的关注和重视还少吗?可是他们竟然这么不遵守学校的规章制度,就算是德国企业,也不能容忍这样的学生进入,我们不但要对企业负责,不能因为他们是双元制班就可以不遵守学校的规章制度。如果不处分他们,其他班的同学会怎么想?这不仅仅是这个班的问题,更是学校的问题。"校长气愤地拍了桌子。

可是,身为班主任,虽然只有一年的时间,这些孩子有的好,有的并不是那么好,但对他来说,都像他的孩子一样,他舍不得就这样让这些孩子走了,他内心深处多希望给孩子们一次机会,或许那就是他们人生中的重要转变。

但现实的问题也是不容忽视的,他们不能有所隐瞒,双元制教育不但对他们的学习有要求,对每个人的品行也是有考核标准的。

"我已经向克恩公司汇报了,等着他们的回复吧。"校长沉声说道,"你也有责任,写份检讨。"

"校长,您也看到警方的处理材料,至少周立哲同学没有打人,他是在劝架,是不是不应该和其他人同样处理啊?周立哲是个好孩子。"范琦说的全是实话。校长没有说话,对于这个问题,他也不是没有考虑过,但他还是想先等到企业方面的回复,再做最后的决定。

范琦垂头丧气地从校长室出来,就看到走廊尽头站着周立哲,他脸上痛苦而又憔悴的样子让范琦替他惋惜。周立哲看着自己的班主任一步步走到面前,他眼里的渴望范琦看得出,一时不知道该和他说些什么。"回教室吧。"范琦拍拍周立哲的肩膀。

"我去求校长。"周立哲眼圈红了。

"周立哲!要遵守纪律。"一句话说得周立哲停下了脚步,

"范老师,我不能被开除。"

"人生没有那么多机会,你不应该浪费自己拥有的机遇,无论什么结果,你都要去承受。从今天开始,你应该知道自己的每一个决定都非常重要,而且都可能影响你一生的。懂吗?"范琦语重心长地对周立哲说,"现在学校正在请示克恩太仓公司的处理意见,你先回去上课,等消息吧。"

德国人非常遵守纪律和注重规则,做任何事情都非常地认真。凡是明文规定的,德国人都会自觉地遵守;凡是规定禁止的事情,德国人绝对不会去违章。

克恩公司一直没有消息,校长和范琦着急不说,五个学生更是忐忑不安,心神不宁,哪里还能上好课?

苏萌从来没看到过周立哲这么消极,听夏海丰说完大概情况,也替他们五个人担心起来。她不希望有谁真的离开。夏海丰去安慰周立哲。周立哲只是沉默地低着头,一句话也不说。

另外四个人平时看起来吊儿郎当的,好像什么事都不在乎,今天也出奇地安静。他们和周立哲不一样,周立哲是这个班的优等生,他们几个的成绩不温不火,除了在嘲笑苏萌是女生的时候有存在感,其他时候都没人注意。可这几天,他们成了新闻人物,想不被注意都难,特别是来上课的老师,对他们几个连连叹气:"你们几个啊,真是不珍惜这里的学习机会,老师都替你们可惜。"

又到周末,父母带苏萌回乡下。她听说周立哲那个周末回家了。平常,因为沙溪离得远,他都很少回家。

苏志强知道他们班上的五个学生出了事:"听说,有周家的小哲。"

"哟，真是作孽，那个娃成绩很好的呀。"沙丽丽不免觉得可惜了。

"唉，虽然他们就是那几个希望我被淘汰的男生，可这几天看着他们还真是可怜，听说周立哲这个周末也回家了，不知道他爸妈知不知道这件事。"苏萌感慨地说。

"你可不要多嘴，学校的最终处理结果还没出来呢。"苏志强连忙提醒女儿。

"我才不会落井下石呢。"苏萌说的是真话，她做事坦荡，连在人背后嚼舌根的事都不做，这也是父亲一直教育她的。没有那么多矫情，所以她才能在这样的班级里得到大部分男生的认可。

班里没有女生，所以能和她说几句闲话的就是夏海丰，因为年长三岁，比同龄的男生成熟一些。

苏萌回到乡下，故意向亲婆打听周家最近有没有什么事情发生。苏阿婆疑惑地看着她："没听说周家有什么事啊，出什么事了？"

"哦，没有没有。"苏萌连忙摆手。也不知怎么了，她真怕周立哲周一不去学校了。虽说这样可以让她少一个竞争对手，但有周立哲在，她会不懈努力，所以，她还是希望周立哲不要被学校开除。

她陪苏阿公对着水塘边钓鱼的时候，远远就看到了一个熟悉的身影，一动不动地坐在水塘边，不禁惊叫了一声，"周立哲！"

附近有几个钓鱼的人都被她吓了一跳，水塘边的安静就这样被苏萌打破了,鱼也吓跑了。苏阿公满脸歉意地给他的渔友们道歉:"这丫头不懂事,不懂事,对不住啊。"

周立哲看到苏萌,脸色更加难看了,他本想躲回家里几天,偏偏冤家路窄,他还是没好气地说:"有毛病。你怎么在这?"

"我怎么不能在这?"苏萌还以为周立哲会想不开跳进水塘里呢,她刚才怎么没发现这里还有好几个人,有点不好意思地向所人鞠躬致歉。

"阴魂不散。"周立哲轻声嘟囔。

"周立哲,好像明天又要进厂了,你今天晚上回学校吗?"苏萌想打探消息。

周立哲觉得苏萌真奇怪,他们明明在班级里就像死对头一样,她这些话是什么意思?故意刺激他?他并没把在学校里闯的祸告诉父母。原本,他这次回来是想给家人打个预防针,可几次都开不了口。这会儿,他也是在家里待不住了,听着妈妈问东问西地关心他,心里很不是滋味,明明他已经那么努力了,他故意说要给晚饭加个菜,躲到这里来钓鱼,偏又碰到了冤家对头。

苏萌却爱心泛滥地走到他身边蹲下来轻声说:"喂,你成绩那么好,不会有事的。"

周立哲转头看着她,苏萌今天没有说风凉话,还真有些不适应,他尴尬地转头看向别处。

"一年前,我也很悲伤,感觉自己的一切都毁了。也来过这个水塘边,可现在你看我,满血复活了。"苏萌继续劝周立哲。

周立哲又把头转回来:"你烦不烦,这些矫情的话对别人说去,我才不用。"说着,他毫不领情地起身,收杆走了。

苏萌碰了一鼻子的灰，看着周立哲的背影，狠狠地跺了下脚，"活该，就应该开除你。"可刚说完，她又马上说，"呸呸呸，不灵不灵。"转念，她又想起了吴欣。她对吴欣的态度又比周立哲好到哪里呢？虽然她没有恶语相向，可是她的冷漠更让人难受，不是吗？这时，她突然觉得自己好像做错了什么。

星期一的早上，校长收到了张轲闻的邮件，是克恩公司对这件事的决定：德国培训主任对学校开除以上五名学生的决定持反对意见。他认为学生在外斗殴固然有错，但这也反映了我们培训中心和学校的管理出现漏洞，这五名学生给学校造成了麻烦，但如果我们简单地开除他们，他们就会变成社会的麻烦。培养问题学生，让他们成为对社会有用之才本来就是学校应尽的义务。坦率地说，我本来觉得学校的开除决定无可厚非，但德国培训主任的看法让我扪心自问，我们在教育学生的时候，是否考虑过整个社会的健康发展，教育事业的崇高，以及对每一位教育从业人员的道德水准的特别要求？因此，我公司不建议学校开除这五名学生，请给予批评教育，以观后效。

克恩公司的这封邮件，事实上也让校长松了一口气，那五名学生的确可气，但真的要把花季的他们再一次扼杀吗？事情分两面来说，如果不给他们惩戒，学校的管理制度就会受到质疑，校长也是左右为难，他是一校之长，有时候要学会忍痛割爱，对这几个孩子校长十分惋惜。

校长召集学校管理层和范琦以及另一个参与这次校外打架事件学生班级的班主任老师来开会。做出最后的决定：首先，进行全校检讨，两位班主任承担管理责任，参与打架的学生中情节最严重的两名同学给予开除处分,剩下的同学留校察看,希望他们在以后的学习中争取尽早转回正式学生的机会。

校长对普通班和双元制班一视同仁。只不过双元制班来自社会的关注度太高才会出现学生之间的差异观念,对于此事,校长也进行了检讨,语重心长地对所有教职工老师说:"所有的孩子都是好孩子,你们要给他们最大的尊重,孩子们出现问题,我们教育工作者脱不了关系。我也想过,期末的时候,我们请家长来学校开一个亲情大会,让家长们知道孩子们在学校的学习情况,希望我们的家长不要因为孩子来到职业中专学习没考上高中就放弃对他们的培养,行行出状元。"

"没开除,没开除。"李长浩跑进来就喊,周立哲腾地从椅子上站了起来,"班长,你说的是我们吗?"

"对,我刚刚去范老师办公室,范老师特别激动,一会儿他就会来告诉你们。"李长浩边喘气边说,"不过,不是全部。"他将目光转向后面那几个男生,刚才听到李长浩说没开除他们,他们也都很兴奋地站了起来,听到班长后面的话,忙问:"那谁被开除了?"

还不等他们继续问下去,范琦就进了教室,他把五个同学都叫了起来,"你们五个站着听。这一次的处理解决,除了方凯,其他同学都留校察看,方凯情节严重,开除处理。"宣布完毕后,方凯一声不响,他知道他犯的错很大,他也没脸求情,几个同学都看着方凯,方凯勉强笑了笑:"没连累你们几个就行,你们好好学习。"

"我看你们接下来的成绩,但凡有谁再犯同样的错误,就真的不会再有机会了。你们知道,为你们这件事,全校的老师都要做检讨,特别是我们这样的班级,代表了我们的学校。这一次你们几个得到这样的机会也是克恩公司给的。同学们,你们知道,目前我们学校的双元制班是在太仓的德资企业资助培养人才的,你们每一个人,德资企业要花九万元的培训费,你们学习的技术和设备都是最先进的,因为你们毕业就要真实地去操作这些机器设备,而不是进了工厂之后再重新学习。"

听范老师这么说,全班同学都惊讶不已,他们只知道上学来学习,根本不知道双元制班还有这样的特殊之处,"这么多钱?给我们?"有的同学在下面议论。

"当然,你以为你们交了保证金就理直气壮了?为了培养你们,企业的投入更多,所以,你们要知道你们学的是真本事,或许很多人认为我们职中的孩子并不是学习最好的一批孩子,但我和职中所有的教师都不这么认为,你们只是花期不同的孩子,你们终会为自己盛开的,但无论如何,要怒放都须经过不懈地努力,这是永远不变的真理。双向奔赴才会有最好的结果,既然企业可以全心全意地培养你们,那你们为什么不好好学习,成就自己呢?这次事件作为校方要对公司负责也要对学校的其他学生负责,你们应该知道学校的难处,希望你们能好好思考一下自己的行为和自己的未来,犯错误不怕,怕的是知错不改。"范琦对他们说完,又看着所有同学说,"同学们一定要引以为戒,机会不是每个人都有的,机会是给了发生的事件,所以我希望我们班再也不要出现这样的事情,听到了吗?而且,你们是太仓的孩子,我们要有太仓孩子的精神,这是在为太仓争光的事,我们不能让企业失望,对不对?"

"对!"全班同学齐声回答,"我们会为学校争光的!"这一堂课,全班同学都深受触动。

"明天继续去企业里上实训课,大家都要准时。"范琦叮嘱他们,他又看了一眼周立哲,看到那双眼睛里的泪光。他冲这个学生点点头,能保住他们,范琦比谁都高兴,可他的脸上仍然挂着严肃,至于刚才李长浩的激动,谁也没看出来。

不管最末位被淘汰的是谁,双元制模具专业班真正的友谊大概就从那一年开始了,他们从这一天开始学习的态度也大不一样,更加积极认真,他们终于知道他们这个班的价值。

那一年,周立哲刚十七岁,虽然是青春花季,但他突然懂事了许多,无论是对老师、父母、学校还是克恩公司,他都有了全新的认知,那天开始他暗下决心,一定要加倍努力学习,他的目光又看向了苏萌。正碰上苏萌投向他的目光,四目相对,苏萌微微一笑,仿佛也在鼓励他,他连忙躲开了。

接下来的日子,同学们在企业里的学习态度更加认真。那个寒假无一人请假缺席。

"起火了!"车间里的切割声很响,戴着护具的同学们听到喊声时才发现身后的操作台起火了,切割时溅起的火花烧坏了机床的挡板,所有人都专注于自己手上的活儿,又带着安全护帽,竟然没人发现,转瞬之间火已经烧得很旺。所有人开始向外跑,苏萌离火情最近,她听到喊声回头,看到上蹿的火苗,脚下一软,慌了神,竟然不知向外跑。旋即,一只有力的手将她猛地拉向一边,拿着灭火器冲向火光。

是周立哲。

她看着他拿着灭火器,将火熄灭。

"人没事吧?"有人在问。

"没事没事。"班长李长浩回答。

所有人又回到现场进行清理工作,擦拭刚才燃烧过的痕迹。

苏萌走到周立哲面前,柔声说:"刚才谢谢你。"

"有什么好谢的?"周立哲不以为意地继续干活。

经过那次打人事件之后,周立哲变得更加低调勤奋,很少嘲笑苏萌了。他临危不乱救火的一幕,让苏萌认可了周立哲的优秀,除此之外,更多了一份感动在心底。

也因为这场火情处理得及时,周立哲的处分被撤销了。范琦告诉周立哲这个好消息的时候,周立哲激动得不知说什么才好,只傻傻地笑着给范老师深深地鞠了一躬。范琦拍拍他的肩膀:"继续加油。"周立哲不住地点头,范琦早就听说周立哲也在刻苦地学德语和英语,他一直相信这个孩子的后劲不可限量。

后来,班里的第一、第二名始终都在周立哲和苏萌之间徘徊。他们俩从彼此挖苦,到一起探讨图纸,成了班级里的最佳解决技术难题的搭档。

苏萌开始对图纸产生了浓厚的兴趣,无论是在学校还是家里都在研究图纸,甚至开始亲手绘制图纸。

沙丽丽送水果到女儿的房间看到一桌子的图纸。她竟然看都看不懂,也不敢问,就退了出来,来到客厅里和苏志强说:"萌萌画的图纸看起来很难啊。"

"是的,他们的课程要更难一点。快毕业考了,压力也大。"

苏志强一边吃水果一边说，但看起来并不像他说的压力那么大似的。

"那她能行吗？"沙丽丽觉得画图纸那是工程师的活儿，女儿不过是个职中的学生。

苏志强仍然轻松地说："能行。"

沙丽丽疑惑地看着丈夫，不知该不该相信，这三年来，女儿和丈夫说的每一件事她都质疑过，事实又都证明了女儿和丈夫是对的，看来这一次，她也只能沉默地以观后效了。

很长一段时间，苏萌都在画图纸，拿到学校里和同学老师讨论，还要去企业里和技术主任讨教。那些日子沙丽丽都有种女儿是工程师的错觉了。

2003年，双元制模具专业班就要毕业了，最后一次期末考核是按照图纸做一个设备。苏萌钻研图纸，构建设备的制作，这次考核很重要，关系到她进入克恩工作以后能不能被安排到重要的岗位上。她要拿出全部的努力。

苏萌顺利毕业并以优异的成绩成为克恩（太仓）公司的一名正式员工，如她所愿被分配到比较重要的岗位上，她对这些工作毫不陌生，很容易就融入其中。

班里的其他同学也顺利签订了合约，只有方凯被开除，成了被末位淘汰的那一个。

那年苏萌十九岁，这个年纪进入职场看起来还有点小，沙丽丽不禁感慨，对丈夫小声念叨："女儿应该可以学更多的知识。"

苏志强却安慰她："工作以后，只要她想学习就可以继续学习。学习这件事应该是终身的，不能以一张文凭来决定。"

纵使沙丽丽心里还有些疙瘩,但丈夫的话也不无道理。

这一年的暑假,苏萌没有假期,她要去克恩公司报到了。她把自己的房间整理了一遍,从学生到职场,她的人生又开始了新的一页。她打开电脑,想上网找点材料,又看到QQ上吴欣的头像闪动。很长一段时间,这个头像没有闪了,苏萌蓦地想起,吴欣今年高考。

"我要去德国留学了。"

吴欣的留言让她微微皱眉,难道吴欣没有考好?不会吧?吴欣很优秀,就算她隔断了所有和吴欣相关的信息,但偶尔还是能从别处知道一些吴欣的情况。难道,吴欣也在考试的时候生病了?出现了重大失误?不然,她怎么会去德国留学呢?以前,她们俩的梦想中没有这个嘛。苏萌正纳闷,吴欣又发来了消息,这么重大的决定一定有她的原因。苏萌不知道吴欣会不会告诉她。

她要成为一座"桥梁"。

这就是苏萌对吴欣发的那段话的总结,苏萌不由得微微一笑,但吴欣要去德国学新闻,让她始料不及。

"她一直那么有想法。不奇怪。"苏萌自言自语,关上了吴欣的对话框,仰望着天空,一架飞机飞过,那是飞往德国的吗?为什么有人正走向德国,而她觉得自己好像已在其中。

像无缝衔接一样进入克恩公司工作的同学们走上各自的工作岗位,因为一起走过年少轻狂的岁月,相互之间非常了解,工作中的配合度很高。之前三年的学习中,他们对克恩公司已经有了深厚的感情。张轲闻面带笑容非常满意地看着双元制模具专业班的学员成功进入车间工作,虽然这一等,等了五年,可这重大的一步,意义非凡。

王薇满面春风地拿着一叠案件袋来到他的办公室:"都顺利入职了。"

"嗯,这些学员怎么样?"张轲闻欣喜地问王薇。

"虽然都在车间学习了那么久,但他们还是非常兴奋。特别是有几个优秀的孩子,我让他们选了自己喜欢的岗位,看样子,他们都非常满意。"王薇笑着说,"虽然等了五年,但好像是值得的。"

张轲闻更是笑出声来:"我也很兴奋,开始我还真不能理解集团总公司的决定。"

"是啊,当时可是觉得遥遥无期啊。"王薇感慨不已,"五年,一转眼就过来了,看到现在的成果,我才明白斯坦姆博士的决定多么有远见。终于不用不断地招老技术工人,不断地处理那些不和谐的纷争,也不会再有操作事故出现了,是吗?"

"当然,走,我们去看看他们。"张轲闻兴奋地走出办公室,他想看看工厂车间里模具工人充足的景象,那感觉就像是飞速运转的机器设备一样让他振奋。

克恩公司第一届双元制班的成功,接下来的每一年都有在太仓投资的德国企业与学校合作,越来越多的双元制班渐渐成熟,苏志强也如愿以偿地成了双元制班的老师,他和女儿经常一起讨论关于双元制教育的问题,而沙丽丽自然而然地也成了最了解双元制教育的人。女儿苏萌的成功入职,让很多她身边的人开始了解双元制教育。单位里很多家里有要中考的孩子家长开始向沙丽丽打听,沙丽丽就如实地告诉他们双元制教育是什么样的教育:"孩子喜欢学习,学得好的,就好好读高中,如果没考上高中,就去试试。双元制班不是随随便便读才行,也要吃苦。"

"这有什么苦的?"有些同事觉得沙丽丽在虚张声势。沙丽丽早就在女儿去读双元制班的时候就懂了一个道理,理念不同。她能理解,就像理解当年的自己。

双元制模具专业班的成功,斯坦姆博士很高兴,他含蓄的笑容之下带着某种自信和运筹帷幄。他开始对身边的德国企业家朋友说:"如果你的经营战略中有中国市场就去太仓,那里有我们的双元制教育。"

"真的?"

"当然。"

对用人单位来说,他们需要的人,才是真正的人才。

送走这批孩子,范琦也收获了颇多感悟。苏志强既作为同事,又作为学生家长,约范琦吃饭。

"你请我吃饭显得我好像当初偏袒你家苏萌了似的。"范琦一本正经地避嫌。

苏志强毫不客气地笑着说:"我女儿那么优秀,需要你照顾吗?"

"哎哟,你真是翅膀硬了,不是当初追着我问双元制的时候了?"范琦不服气了。

苏志强笑得更大声了:"行了,晚上老地方见,你做我女儿班主任这三年,我们都没一起吃过饭。"

范琦这回笑了："这么说我还是个很公正的老师，不徇私情。"

那天晚上，他们讨论得更多的是双元制教育与普通职业教育的不同，他们都觉得可以对学校里普通班的教育提出一点改革意见，既然德国双元制的经验可以用在中德双元制班上面，那为什么不能用在国内职业教育上面呢？不但他们俩，职中教研组也开始了这些方面的深入研究，并找到了更适合职中发展的新形式，职中借助中德双元制班的经验，开始在民营企业中寻找合作伙伴，促成更多的专向职业学习，更好地为当地企业培养人才。

进入公司工作后的第二年，苏萌他们面临着第二次选拔，这一次从他们十九个人当中选拔三个人送到德国总部进行新的设备操作的学习。

这次选拔不仅是技术水平，还有个人品行。而这次选拔，是把他们在双元制班学习期间的各种考核也纳在其中，最终，周立哲、李长浩和夏海丰被选拔出来，确定为去德国学习新技术的人员。苏萌的成绩也很靠前，但听说苏萌的手臂力量不强，因此，排在第四名。

他们三个人去德国之前，同学们一起聚餐践行。苏萌不应该落选的，周立哲对她没有被选上的原因是手臂力量不够很疑惑，终于到了可以喝酒的年纪，他借着酒劲问苏萌："手臂力量对你来说不应该是问题，我看过你的操作，虽然你人长得小，但力量很大，怎么会……"

"因为，我不想去德国。"苏萌并没有隐瞒。

"为什么？"周立哲瞪大了眼睛，这个班里的同学都以能进一步深造为荣，她怎么会主动放弃，这不像她，周立哲的眼里，苏萌绝不是个轻易放弃和妥协的人。

"没有为什么，就是不想去，你们去把先进的技术学会，再来教我也一样。"苏萌说得云飞雪落般轻松。

周立哲还是想不通，可最后他说："女人的心思真难猜。"

"女人？"苏萌大笑了起来，这一年，她二十岁。

苏志强本以为女儿可以被选拔到德国继续学习，但事与愿违，不免觉得惋惜。

"我觉得萌萌不想去德国还有一个原因。"沙丽丽虽然在学业上不如苏志强那么懂女儿，但同是女人的她能理解女儿情感的部分。

"为什么？"

"吴欣在德国留学。"沙丽丽说道。

"不至于吧？都过了这么多年了。"苏志强不太相信妻子的判断。

沙丽丽笃定地看着他："看来，你了解的是我们看到的女儿，对她的情感世界一无所知。"

"她谈恋爱了？"苏志强反问。

"都什么跟什么啊？我是说，友谊的坎她还没跨过去。"沙丽丽白了丈夫一眼，平常挺会做思想工作的丈夫，情商突然为零了，看丈夫那一脸的疑惑，沙丽丽继续说，"你看，萌萌这三年来，没交一个女生朋友。"

"哎呀，那是因为她们班里没女生嘛。"苏志强摇着头。

"就算是,一个学校里总会有啊,她只在自己的班级里,从来不想走出去,说明什么？说明她心里还有执念。"沙丽丽像个心理学家似的给丈夫分析。

"你们这些女人没事就瞎琢磨,你问过她了？"

沙丽丽觉得丈夫没有她的觉悟高,以前听他们父女俩谈学业的时候,她听不懂都给他们充分的信任和支持,从来没有质疑过他们,可现在,丈夫对她说的话全是质疑,沙丽丽有些不高兴了:"信不信由你。爱信不信。"扔下这两句话就再也不理苏志强了。

苏志强还沉浸在妻子给她解释的道理当中,没感觉到沙丽丽不高兴了。

第三章　十年之间

2003年8月,结束了十几个小时的飞行,走下飞机时,闷热的空气扑面而来,那一刻吴欣觉得自己根本没有离开太仓。她想起张轲闻给她介绍过斯图加特处于大西洋和东部大陆性气候之间凉爽的西风带。由于地处盆地而且人口密集,气温偏高,黑森林把风挡在外面。正午温度最高可达40摄氏度,夜晚由于缺乏对流,气温也不会下降太多,所以温度并不算适宜,但她在太仓长大,应该很容易适应,气候相差不大。

"果然一点都不差。"吴欣呼吸着闷热的空气自言自语。

斯图加特位于德国西南部的巴登—符腾堡州中部内卡河谷地,靠近黑森林。不仅是该州的州首府,也是州级行政区及斯图加特地区首府和该州的第一大城市。同时也是该州的政治中心:巴符州议会、州政府,和众多的州政府机关部门均设在这里。由于其在经济、文化和行政方面的重要性,是德国最知名的城市之一。斯图加特是德国第六大城市,斯图加特区域是全国第四大城市联合体，仅次于鲁尔区、莱茵－美因区和柏林。

斯图加特及其周边以高科技企业而著名，其中代表有梅赛德斯－奔驰、保时捷、罗伯特·博世有限公司、国际商业机器公司，这些闻名德国甚至是闻名世界的企业都诞生在这里。除了这些国际大企业，斯图加特还拥有1500家中小企业。斯图加特地区拥有德国范围内最密集的科学、理论及调研机构。全德约11%的科研成果均出自这里，由此带来的利润每年达43亿欧元。

汽车有很多父亲，却只有一个故乡。从戈特利布·戴姆勒(Gottlieb Daimler)和威廉·迈巴赫(Wilhelm Maybach)在车间里造出第一台轻便快速型汽油发动机的那天起，便奠定了斯图加特在汽车业的稳固地位。而那间由温室改建成的车间，如今成为游人如织的纪念馆。那一年是1885年，从那时起，斯图加特成为世界汽车工业领域一颗闪闪发亮的明星。这是一座骑乘在速度之上的城市，它孕育了世界上最为杰出的汽车品牌，因此当地的居民亲切地戏称自己的家乡为"汽车的摇篮"，也保持着1000多年来对于人类速度的不懈追求。也正因如此，斯图加特成就了世界上最优秀的豪华汽车品牌以及跑车品牌。

太仓很多德国企业都来自这座城市。经张轲闻的介绍，吴欣决定先到斯图加特大学学习德语。

斯图加特大学始建于1829年，位于德国巴登－符腾堡州首府斯图加特，是德国著名理工大学之一，也是德国历史最悠久的技术大学之一。

一个东方女孩出现在机场出口，黑色的长发利落地束在脑后，身材匀称，牛仔裤白T恤，身后背着淡绿色的背包，两只手各推着一个行李箱走出来。十九岁的她出落得非常可人，在中国以她一米六六的身高在女生当中虽然称不上高，但也不算矮，可在欧洲的人群中就很难找到她了。不过，东方面孔在这里还是很好认的。

张轲闻在斯图加特的朋友负责来接吴欣，吴欣知道对方也是中国人，当那张东方面孔出现在接机口的时候，吴欣感到十分亲切，她走过去，礼貌地问："您是于先生吗？"

"是的，吴欣？"于华很亲切地伸出右手，"欢迎来到斯图加特。"

"谢谢您来接我。"虽然她刚来到德国，还没有什么背井离乡的感受，但当周围的一切都那么陌生的时候，一张东方面孔就能找到最熟悉的感觉。

"走吧，带你去学校。"于华热络地说道。

"真是麻烦您了。"吴欣礼貌地道谢。

于华的年纪和她父亲吴灏旭差不多，不过，她听张轲闻说过于华也是个传奇人物，所以，她看着这位个头不高，又有点瘦小的中国男士，充满了好奇。保持对任何事情的好奇心倒真的是新闻人需要拥有的本质。

吴欣最敬佩那些可以为自己的理想而努力奋斗的人，无论是什么样的理想，也无论理想的大小。

"于叔叔，我听张叔叔讲过您的故事。"坐在于华的汽车里，吴欣主动说道。

于华便笑了："哦，那家伙是怎么说我的？"

听起来于华和张轲闻的关系非常不错:"张叔叔说您非常厉害,亚琛工业大学毕业,那可是和麻省理工、清华大学不相上下的大学。"

亚琛工业大学创建于 1870 年,坐落于德国亚琛,是一所理工科为主的世界百强院校,是欧洲顶尖工科院校 IDEA 联盟战略成员,是 11 所德国精英大学之一,也是每届都入选德国精英大学计划的大学之一。由于亚琛工业大学的突出表现,除了聚集众多知名厂商之外,许多厂商也纷纷资助学校各项研究,仅机械系的材料系下属塑料研究所就有 320 余家企业资助,如奔驰、宝马、福特等;汽车工程研究所拥有庞大的实验车间和试车场,和宝马、大众、戴姆勒等大公司常年有密切联系;内燃机研究所具有内燃机研究的世界顶尖水平,此外由 IKA 和 VKA 合办的亚琛汽车与发动机技术年会是全欧洲规模最大的汽车与发动机技术会议。机床实验室为世界上最大的机械研究所,四位教授均是行业泰斗,他们的著作已成为德国大学机械系的标准必修教材。

"他有没有告诉你,我是双元制学员,考上亚琛的?"吴欣只是偶尔听到张轲闻和父亲说起双元制,但她还不是很理解双元制是什么,于华一看就明白了,"双元制是德国的一种教育体系,看来国内还有很多人不知道。"

吴欣笑了:"可能是因为我刚刚高中毕业,不太了解吧。"

"可我就是初中毕业来德国进行双元制学习的。你初中毕业的时候就应该知道,看来老张的工作还没做到位。"于华一边开车一边说。

"我听张叔叔说起过双元制。"吴欣连忙替张轲闻说话。

于华没在这个话题上继续纠缠,毕竟,他也知道那不是一件容易的事,有非常长远的意义,怎么可能短期内就看到成效呢?他不知道的是,张轲闻的第一批双元制学生已经毕业了。

"学校那边都联系好了吗?"于华关心地问这个年轻的女孩。

"都联系好了。"

"我可要提醒你,德国的大学都是公立的,所以考取非常难,能考上就已经是非常优秀的。"于华善意地提醒吴欣,看起来这个女孩子从小生长的环境应该不错,他不知道她能不能吃得了在德国留学的苦。张轲闻虽然可以告诉她一些关于德国的事,但毕竟张轲闻没有在德国留过学,知道的还是有限,"丫头,我要提醒你,考上德国的大学比想象的更难,你学语言的时候要通过各种途径去了解你想学的专业和学校,如果语言过了三个月后你还没有找到合适的学校,恐怕你就要回去了。"

吴欣并没有被吓住,学习对她来说一直都不算是难事。

她笑着点头:"我知道了。"三个月,足够了,这是她心里的想法。

于华出于尊重没再多说,他开始给吴欣简单地介绍这座城市。

"来过德国吗?"于华笑着问她。

"没有,这些年放假的时候,爸爸妈妈会带我去一些东南亚的城市旅游,还没来过欧洲,德国也是第一次来。"她新奇地看着窗外的建筑,闷热温度和大面积的绿化让吴欣觉得和太仓没什么区别,只有这些建筑是不同的,就好像小时候她玩积木,摆出不同的建筑就代表了不同的地区。

太仓虽然不算大,但静秀怡人,城园相融,绿树成荫,繁花似锦,无论哪个季节都有其相应的花卉开放,实实在在的花园城市,所以太仓的人都很自豪,有特别高的城市自豪感,出去的人也相对比较少,但他们的安静让这座城市并不那么显眼,没有昆山的高速发展,没有上海的魔都魅力,没有苏州的声名在外,宛如一颗深藏在海底的珍珠,德国就是发现这颗珍珠的人,中德合作注定会让这颗珍珠浮出水面,绽放它的光芒。

吴欣非常喜欢自己的故乡,因为太仓也是一座和斯图加特同样整洁干净的城市,无论是自然条件还是社会环境,都让初来这里的她没有很强的差异感。

"这是一座很有魅力的城市,中国进入汽车时代以后,我们会和这座城市有更多的紧密的联系。"于华向吴欣介绍,"所以来这里的人都是学习理工科的,可我听说你要学新闻?"

"嗯,这是我的理想,我想成为一座桥梁,文化的桥梁。"吴欣仍然坚定不移地回答。于华看看这个女孩子,身为过来人,他有很多现实的想法,可他没有多说,尊重他人的梦想,人都应该为梦想去拼搏,年轻是她最大的资本。

"那祝你成功!"于华笑着说。

"谢谢。"吴欣看着窗外的景色回答,"我觉得这里和太仓有些相似的地方。"

"哦?是吗?"

"您是太仓人吗?"吴欣突然问道。

于华摇了摇头:"不,我不是,但我和太仓颇有缘分。"

"是吗？因为张叔叔？"吴欣是个简单的女学生，她的问题非常直接地表现在她所看到的一切。

于华又摇了摇头："不，因为中国汽车行业的发展，以及中国大汽车时代的来临，可能我要回去协助开发中国区的业务。投资目标选定了太仓。"

吴欣一听，将望向窗外的脸转向于华："您要回国了？"

"是的，下个月就走，所以，接下来你要尽快在我没离开之前搞定所有生活上的事，可以吗？"于华看着吴欣，"你可以放心，这是一个非常安全的国家。"

"没问题。"吴欣坚定地回答。于华能让她在来德国的最初阶段有所方向已经是非常大的帮助了，她早晚要自己去处理所有的事情。

想做一件事，就一定把它做成。这样的信念，让她勇敢地去做最大的尝试，她相信一切皆有可能。

"我要提醒你，虽然我们惯性的认知是德国人很守时，可是他们的火车都不守时，如果你有这方面的出行计划，一定要慎重考虑时间，不要影响自己的安排，还有在德国的出租车很少，这些都和中国不太一样，你出行的时候都要安排进去。因为我怕你因此耽误了更重要的事。"于华觉得还是有必要给这个孩子一点提醒。

"哦？为什么？"吴欣一副愿闻其详的样子。

于华就把关于德国的许多事讲给了吴欣，吴欣感觉到了什么是文化差异，她一会儿惊讶地瞪大眼睛，一会儿又不解地苦笑，看着街上的德国人，幻想着自己会打开什么样的奇妙之旅？

青春的女孩幻想中的世界永远都是美好的,现实的残酷会让她们慢慢找到真实世界。

安逸的生活容易让人堕落,也容易让人渴望探索未知,吴欣属于后者。

吴欣突然问于华:"于叔叔,我可以冒昧地问您,您为什么来德国留学吗?"

"因为我的家庭成员大部分都是中国汽车行业的员工,所以我从小就特别喜欢汽车,而在德国能让我接触到这方面最全面和最先进的技术。我刚来德国的时候,我的导师就问我,你想学什么啊?那时候我还小,比你现在还小,我就说,我想学修汽车。"于华坦诚地告诉吴欣。

"这么简单?"吴欣不可思议地看着于华。

"需要多复杂呢?任何事情可能都只是个简单的原因引起的,那你选择新闻传播专业的原因很复杂吗?"于华哄孩子似的问吴欣。

"有点儿复杂。"吴欣思索了片刻,"那是精神领域的事。"

看她一本正经的样子,于华忍住了笑意,他又觉得现在的年轻人已经和他们那个时代不同了,他们有不一样的追求,但她要走一段艰难的路来实现。

吴欣在路上看到各种各样她没见过的汽车,她觉得这座城市就像一座大型的汽车博物馆,很多她没看到过的车型驶过,她都要靠上面的图标来辨别,可没过多久,她就发现了每一种品牌的汽车都有属于品牌的设计特点,她开始不看图标靠自己总结出来的规律辨别,然后再对照图标看自己判断得是否正确,这个在她心里的游戏让她在每一次猜中的时候都十分欣喜。终于在一个小时的车程之后,他们来到了吴欣在大学里的住处。

"你可以在这里备考,不过考完就不能住在学校的宿舍里了,你要提前规划好考哪一所大学。"于华是个细心的人,接着又说,"我马上就要去太仓了,能帮你的不多。之后的路要靠你自己走了。"

"我会努力的。"吴欣那张青春而又充满向往的脸让于华想到曾经的自己,她会闯出一条属于她的路,就像他一样,只要她永远保持这份热情与自信,"于叔叔,您来德国十年,又有很好的工作,您还愿意回国吗?"

"当然,那是我的祖国,而且还有我的家人。"于华耸了耸肩膀,好像这是必然的事,"学到我需要学习的,就要回去发挥出来了。哦,就像你说的,我也是一座'桥梁'。"

吴欣清澈的眼神告诉于华,她在思考,"桥梁"这个词饱含了太多太多意义,这一切都需要她自己去体验,虽然他是前辈,但有些经验一定要自己去经历。于华又请吴欣在附近吃了一顿德餐,吴欣吃得很开心,她觉得德餐很好吃,并没有传说中那么难以接受,至少她的中国胃很喜欢,这样一来,她生活在这里肯定没有饮食忧虑。事后证明,她高兴得太早了。

吴欣安顿好了一切之后,给父母打去第二个电话:"爸妈,我已经在宿舍里了,张叔叔的朋友刚刚离开。"

七个小时的时差,这时的太仓已近午夜,女儿下飞机的时候报过平安,告诉他们到了宿舍会再联系他们。吴灏旭和肖茹两个人就坐在电视机前看着电视画面等电话,此刻,他们的心已在

第三章 十年之间

大洋彼岸,虽然眼睛盯着电视,但到底播放了什么节目,根本不清楚。直到肖茹的电话响起,他们知道一定是女儿。

"哦,环境怎么样?"肖茹开口就问。

"宿舍还不错,你们放心吧。"吴欣一边和妈妈说话一边环视自己的宿舍。

"累不累?"吴灏旭凑到电话旁边问。

"还在兴奋中,感觉不到累。"吴欣笑着回答父亲,"这里的温度和太仓差不多,都那么热,难怪那些德国人适应在太仓生活。"

肖茹有一大堆关于生活上的话想说,却被吴欣提前堵住了,"我现在就去附近找找有没有超市,了解一下周围的环境,我会拍些好看的照片发到我爸的邮箱里,你们不用操心啊。先不说了,漫游话费很贵,现在开始我要省着点用,有空写信。"吴欣笑着挂断了电话。

"喂……"肖茹想再多说一句的机会都没有,"这死丫头。"

吴灏旭和妻子一样意犹未尽,但他只能安慰妻子:"没事,轲闻的朋友会告诉她怎么在那里生活的。"

肖茹点点头。

"别人考大学离开家不也一样需要自己面对生活,只是国内国外的区别,你就是没习惯放手。"吴灏旭昧着良心劝妻子,他知道那区别很大。果然,肖茹瞥他一眼,没好气地说:"那一样吗?"

"给她带了那么多钱,不够吗?"肖茹琢磨着刚才女儿怕浪费,又觉得女儿才走出家门就懂事了。至少她开始学会规划金钱,以前女儿上学的时候对金钱几乎是没有概念的,一个孩子的成长可能就在一个瞬间。

吴灏旭没有吭声，他走到阳台上了抽了根烟，男人的牵挂和女人的表达方式是不同的。

异国他乡，吴欣第一次走在斯图加特的街道上，满脸堆着笑容，她甚至想和迎面走来的每一个人都打声招呼，她充满向往的留德生活就要开始了。她开始留意附近的餐饮和超市，一边走一边用笔记下每个店铺的名字，一会儿回到宿舍才能上网查询。2004年还没有那么先进的电子设备，一切都要靠电脑。她现在甚至连简单的德语都不会，和韦博学的几句德语突然像是从脑子里删除了一样，一句也想不起来。她想起张轲闻曾经对她说过，德国人非常欢迎你去了解他们，但你必须先学他们的语言，他们认为，只有这样才能了解德国的一切。

一切文化都要从语言开始。

吴欣走进超市想了解一下菜价，她不时在脑海中换算成人民币，每当看到一件东西和国内的价格差异极大的时候，都忍不住瞪大眼睛，悄悄地放回原位，可有些东西又比国内便宜，随着各种发现，体验着文化和物质上的差异，竟然也有许多乐趣。

于华又来看过吴欣几次，叮嘱吴欣一些在德国生活需要注意的事项，最后一次来的时候，于华说："我明天就要回国了，直接去太仓，你有什么需要我做的吗？"

"谢谢于叔叔对我的帮助，那就帮我带两份礼物给我父母吧，让他们放心，我在这里挺好的。"吴欣拿出两份小礼物，包装得很精美。

于华走后，吴欣突然感觉到独立无援是什么滋味了，一切都要靠自己了，吴欣并没有气馁，她喜欢接受挑战。

第三章 十年之间

于华回国后,把两份礼物转交给吴灏旭和肖茹。那天,吴灏旭特意请于华吃饭表示感谢。看到他们眼中的担忧于华笑着说:"你们不用那么担心,德国人的素养很好,她会认识更多的朋友得到更多的帮助。而且我觉得吴欣是个非常有想法又充满阳光的女孩,这样的女孩会被幸运眷顾。"

于华的话让吴灏旭和肖茹很欣慰。他们接受了这种祝福,也相信他们的女儿可以做到。既然已经决定了,就要坚定不移地支持,那时候他们只能这样安慰自己,一切结果都是不可预知的,而不可预知的事又那么充满了诱惑力。

晚餐后,回家的路上,肖茹迫不及待地拆开女儿的礼物,是一只小老虎的车饰,里面有张小小的纸卡,写着:这里是一座汽车之城,一切都与汽车有关,希望你们喜欢。肖茹忍不住要拆女儿送给丈夫的礼物:"你的呢?我帮你拆开。"

"哎呀,既然女儿分别包装,就一定是希望我们各拆各的。"吴灏旭想独享收到女儿礼物的幸福。

肖茹哪里肯放过他,一边翻车里一边去拿吴灏旭的包,"你放哪里了?"全然不顾吴灏旭的反对。

肖茹才不管吴灏旭说什么,直接拆开了,和她自己的一样,也是小老虎车饰,同样有一张小纸卡,上面写着:妈妈,我就知道你一定会帮爸爸拆开的,不偏不向,一模一样。你们各自摆在自己的车内,这是我,每天你们看到它,就是看到了我。

吴欣属虎,吴灏旭和肖茹明白了女儿的心意,相视一笑。夫妻俩每天上车都会先看一眼车上摆着的小老虎,那一刻无论多少烦恼都会暂时被遗忘,换来会心一笑。

交融之境

　　吴欣很快投入到紧张的学习中，德语是她从未接触过的语言体系，她要付出很多努力才能将那些单词背下来，她突然觉得自己回到了高考之前，大量的德语学习和阅读，她并不觉得辛苦，她把自己的学习时间安排得很满，规划好每一项任务什么时间内去完成，这样详细的计划和严格地遵守，让吴欣的学业进行得十分顺利。

　　来自全世界的人在斯图加特大学学德语，吴欣想总会遇到几个中国人吧，然而，吴欣竟然没有看到一个中国人，有几个亚洲面孔的人出现，可她细细观察就知道他们不是中国人，所以很长一段日子，她都没有交到朋友，只有上课时才会照面的同学，也没有一个她认为可以做朋友的人。她没有机会在这里说中文，只有拿起电话打给父母时，才能愉快地说着中文。

　　在德国更不能登录QQ，这个中国开发的软件，德国无法应用，从此，她连和苏萌这个树洞说悄悄话的机会也没有了。兴奋过后的吴欣隐隐觉得有一点寂寞，她只能把心思更多地投入到学习中。

　　苏萌把自己带到一个树洞里去了，现在她好像也一样，她在心里默默地念叨着："萌萌，你在哪？我们还能相见吗？"

　　一个秋日的午后，阳光正好，落叶一片片温柔地飘落在地面上。欣赏街道上落叶的时间是很短暂的，因为很快会有环卫工人把它们清扫干净。而飘落着落叶的街道又是美丽的，一片一片，金黄和灰色的地面很容易形成美丽的构图，油画一般。

　　吴欣刚刚结束一次测试，成绩不错，不枉她每天把自己关在宿舍里拼命苦读。今天，她想给自己放个假，信步游走在街上，漫无目的。适时地放松一下心灵才能更好地前行，这是吴欣给自己偷懒时安慰自己的借口。

不知不觉，她走到一个做公益的小礼堂里，礼堂里有一架钢琴，配合不同的活动场景演奏乐曲。她刚要离开的时候，看到有人坐到钢琴前面，准备演奏。演奏的人穿着并不考究，但他在坐下后，还是整理了一下自己的衣襟，大概是对演奏的某种尊重。琴声响起，留住了她要离开的心。她突然想起张轲闻曾经带到他们家里一张柏林爱乐乐团的CD，她终于明白了张轲闻说过的话，绝大多数的德国人都热爱音乐，音乐的普及率也极高。吴欣仔细端详着那个弹钢琴的人，中年的样子，看得出他弹得很认真，那首曲子，吴欣并不熟悉，但她听得出其中的旋律让人心情舒畅。

琴声飘扬出去，路过的人就会停下脚步，围拢过来，静静地认真聆听，感受音乐的美妙。不仅如此，他们会在每一首曲子结束的时候毫不吝啬地给予掌声，这种感觉太好了。吴欣也被感染地一起鼓掌，演奏者像经过专业训练一样，演奏时投入，连演奏结束后的谢幕都像对待一场正式的演出。

吴欣从小就喜欢钢琴，肖茹就送她去学，她也很有天分，学得比别的孩子轻松，因为没有压力的学习是愉快的。她学琴并不是因为要走艺术之路，肖茹觉得女孩子有个兴趣爱好可以排解心情，幸好吴欣对钢琴的喜爱不是三分钟热度，随着年龄的增长，弹琴真正成为她喜欢的事，从没有因为学业停止过练习，从小到大，她在各种比赛中获得过许多奖项。可这和经常来这里演奏的那些人相比，还差得很远。

但从那天之后,这里成了吴欣每天的必来之地,她发现,来演奏的人并不是固定的,无论是谁都可以上去演奏。一个星期过后,她大胆地和负责人推荐自己,得到试琴的机会。来德国的三个月,她根本没机会碰钢琴,不免就有些紧张,她很聪明地演奏了一首中国的曲目《彩云追月》。这首曲子的演奏难度不大,但极富有中国特色,这样的曲调在德国是很少能听到的,果然有人被吸引而来,他们看到一个亚洲人在弹琴,纷纷停下脚步认真地聆听。吴欣越弹越顺,周围的人也越聚越多。她登上过许多舞台,并不怯场。心里的负担渐渐没有了,她闭着眼睛,沉醉其中,或许是出于思乡之情,抑或仅仅是一种心灵的抒发,她希望这首优美的中国钢琴曲可以被德国人喜欢,于是吴欣尽情地演奏着,曲子在清幽淡远的空灵意境中结束,片刻之后,周围响起了掌声。吴欣恍然惊醒一般,将双手从琴键上抬起,再缓缓放下,优美极了。

她缓缓起身,向所有的观众鞠躬感谢,又用德语告诉他们,这是一首中国的钢琴曲,名字叫《彩云追月》,音乐所描绘的是一轮腾入云端的明月,像银河般迷幻因而曲调绵延不绝。

令吴欣意想不到的是,她不但再次得到了掌声,还有一些老妇人上前与她拥抱,赞美她的美丽和琴声。那一次,吴欣眼底泛起泪花,这是她来德国后第一次流泪。

也是那一次,她看到人群中有一个中国女孩。

吴欣看着那个女孩,那女孩很高挑,没有被周围的欧洲人遮挡住光芒,乌黑的长发垂在胸前,优雅地站在远处看着她,直到人群散去,她也没有走。吴欣觉得自己应该过去和她打个招呼,便向她走过去,直接用中文问:"你是中国人?"

女孩点点头,吴欣高兴地伸出手:"我叫吴欣,很高兴认识你。"

"冷若非。"女孩也伸出手握住了吴欣的手,"你很久没弹钢琴了吧?"

"你也会弹钢琴?"吴欣猜她一定听出自己的生疏,"太好了,我来斯图加特三个月都没有碰到中国人。"

冷若非淡淡一笑:"不会吧?我今天就是来看一位中国朋友才到斯图加特的,因为他在这里的大学学习。"

"你不在斯图加特吗?那你在哪里?"吴欣有点失落,前一分钟还在庆幸可以认识一个中国女孩,现在就要成为彼此的过客了。

"我在柏林。"

"柏林?我向往的地方。"吴欣说的是真心话,自从她决定学习新闻传播专业后,她就心心念念着有一天一定要登上柏林电视塔。她希望自己将来能有机会在那里工作,那样她就可以发出自己的声音,她马上追问,"你是学新闻专业的吗?"

"不,我是学音乐的。"冷若非话音刚落吴欣的脸倏地红了,"呦,那我刚才岂不是班门弄斧?"冷若非仍是淡淡地笑着,笑意不会延伸太远,这让她整个脸部看起来非常平和,这种感觉就是优雅吧?吴欣这样告诉自己,"你什么时候来的?"

"刚来。"冷若非淡淡地说道,她身上淡然的气质终于让吴欣明白了,艺术和新闻有些不同。

"我来读研究生。"她接着回答,"你来学新闻?"

吴欣点着头："研究生？为什么会选德国？"

"因为柏林乐团，因为这里的音乐没有杂质。"冷若非语调平缓，又淡淡地笑了。

吴欣觉得她永远都不会笑得这么优雅，她笑的时候一直要咧开嘴，发出"咯咯咯"的声音，她总觉得笑应该感染到别人。可这些都是在认识冷若非之前，难道是因为她姓冷？可她虽然淡得好像是冷，却不会让人感觉到真的冷意，不然她也不会留下来等吴欣。

"你很聪明，给我很多启发。"冷若非悠悠地说道。

"启发？"吴欣莫名地看着她，冷若非继续说，"你用中国的音乐打开这个音乐之国的门。德国人喜欢别人接纳他们的文化，很少主动去喜欢别人的文化，可我们的音乐在这里受到了认可，我真的很高兴。"

吴欣没想到自己的一个无心之举会有这样的效果，她有点沾沾自喜："是吗？我，我只是……"

"只是不敢弹别人耳熟能详的世界名曲。"冷若非再一次说中了吴欣的心思，冷若非比她大三岁，比她稳重，艺术修养极高，吴欣这时已经特别希望能和她成为朋友了。

"如果你在斯图加特，我们可以成为好朋友。"吴欣有点惋惜地说着。

冷若非又淡淡地笑了："以后，我会经常来这里看朋友，现在要看两个朋友了。"吴欣听懂了眼前这位姐姐话中的意思，好像在冷若非面前自己原本就矮她一截的身高又矮了一点："太好了！"这不是自卑，而是她想向上的空间。人总要向优秀的人学习,首先要先承认差距,就这一点吴欣是个非常谦虚的女孩,从不会觉得自己带有优越感,这样才让她走得更远。

她们聊了很久,虽然一个学艺术,一个学新闻,一个飞翔,一个贴地。冷若非的出现让吴欣暂时忘记了苏萌,或者并不算是忘记,而是把她留在了青春里。

通过冷若非,吴欣终于认识了在斯图加特大学里学习的中国学生,彭悦。彭悦是典型的理工男,同样在读研究生,看到冷若非又带了一位漂亮的女孩,不知所措地说:"新朋友?"说他不知所措是因为,在德国留学以来,他还是没有学会和异性相处,冷若非是他的高中同学,也是因为家庭的关系相熟。

"的确是新朋友,我比你早半个小时而已。"冷若非笑着说,"她叫吴欣,在你们大学里学德语。"

"哦。"彭悦是个十足的理工男,连一句话套话都没有。

"你好,很高兴认识你。"吴欣和彭悦握了握手。

"叔叔阿姨托我给你带了些东西。"冷若非把一个袋子交给彭悦。

彭悦接过来说:"他们真是,你要带那么多东西来,还让你带东西。"

"他们牵挂你嘛。"冷若非仍然笑得那么含蓄好看。

"走,我请你们吃饭去。"彭悦这个理工男表达热情也很直接,"刚刚得到一笔奖学金,可以请你们吃大餐。"

同在异乡为异客,这是他们三个人从小都背过的诗,某种连接让他们自然而然地熟络。三个人坐下来聊天,吴欣比他们小,有些话还插不上,她就认真地听他们讲,冷若非虽然比吴欣大,但她毕竟也是刚到德国,彭悦给他们讲在德国留学的事,从此,吴欣有了她在德国的第一、第二个朋友,后来她找到了更多在斯图加特的中国人,他们有了自己的小天地,过年的时候,想尽了各种办法置办做中国菜的材料,还成功地包了一顿饺子。再后来,她又有了来自全世界各地的朋友,这都是后话了。

吴欣是个聪明做事情有规划又很自律的女孩。半年后,她已经非常适应这里的生活,并开始准备申请自己心中的理想大学,她选了几所大学为目标,她最想得到柏林大学的录取,为此她花了许多心思为自己做了一张精美的简历。

不久之后,冷若非从学院里走出来,远远就看到吴欣沮丧的脸。吴欣看到冷若非就扑到她的怀里,忍了一路的泪水倾泻而出:"我没申请到我最喜欢的大学。"

冷若非闻言,轻轻地拍拍她:"同病相怜。"

"你也?"吴欣惊讶地从冷若非的怀里挣扎出来,"对不起,是不是我让你更伤心了?"

"哪里话,我们俩是不是应该去喝一杯?"冷若非似真似假地苦笑着说。

吴欣摇摇头:"算了,我们是淑女。"这句话让两个女孩子笑了起来,她们去买了些点心和零食,在城市花园的大树下席地而坐。

"听说吃甜食可以缓解压力。"吴欣拿出一块苹果派放进嘴里,口腹的满足感驱散了心里的不快,她到底还是个乐观的人。

"德国人很喜欢吃苹果派,因为苹果派是家家都会做的一种甜品,很多人希望买自己不会做的食物,但对于出门在外的人来说,家的味道才是最好的味道。"冷若非一边品尝着苹果派一边说。

吴欣点着头:"原来如此。"

"我想来柏林上学就是想离那里近一点。"吴欣指着远处的柏林电视塔,"还可以离你近一点。可是,我还是太自信了,不过,我拿到了不来梅大学的录取通知书。"

"不能太贪心,不来梅大学已经足够好了。"冷若非安慰她。

"你呢?怎么回事?"吴欣问冷若非。冷若非轻轻地叹息了一声才缓缓地说道:"我最喜欢的导师今年不收学生,要等她的学生毕业了才能收我。"

"那你有其他喜欢的老师吗?"吴欣对艺术专业的事知之甚少,小心地问她。冷若非摇了摇头:"喜欢是喜欢,但想追随学习的老师只有一个。"

吴欣听懂了,她拥抱着冷若非:"那你打算怎么办?"

"来到德国之后,我才发现,中德的教育有很多不同之处,在中国本科毕业之后考研究生是顺理成章的事,可在这德国教授的心里认为我这样的年纪,进入研究生学习还有点太早了,他们觉得除了演奏技术以外我对音乐的领悟不够,他们希望我在美术作品,文章等一切与艺术相关的领域中去感受音乐的美。"冷若非继续倾诉,"不过,有另一位教授希望我做她的学生,因为她特别喜欢中国文化。她对我说,中国的学生很努力,她看中了我的努力,而不是我拥有什么样的成绩。"

"这也可以吗?"吴欣惊讶地看着冷若非,"那你喜欢她吗?"

"也许找导师也要缘分。"冷若非没有直接回答吴欣,"她也是非常优秀的导师,而我不能再浪费时间,所以,我可能会同意去做她的学生。"

两个女孩子彼此诉说完心事,好像心里也痛快了不少,情结这个东西需要另一个情结去解。她们就这样找到了自己的另一扇门。

"不管怎么说,我们都拥有了新的机会,认真对待吧。"冷若非淡淡地说。

吴欣很赞同地点点头:"我好像明白了应该怎么对待这里的学习了,非非姐,你的话点醒了我。人,才是根本。"

"那我们都加油吧。"

两个女生开始聊其他的话题,越聊越开心,相见时的眼泪,此刻被欢笑代替,消失得无影无踪。

吴欣顺利进入大学,而仅仅一年的德语学习让她仍然对全德语教学感觉到吃力,她只能付出更多的时间和功夫。看着眼前的课件,吴欣第一次在学业上有种无力感。刚进入一种文化,她很难马上理解其中的深意,所以,她对课程内容的理解十分有限。即便是理解了,她也无法自如地应用德语来完成那些内容的表达。吴欣无奈地仰着头:"太难了!"

随后,她又坚定地说:"不行,不能气馁。"她看着导师的课件心生一计。

考试成绩出来的时候,没能得到理想的成绩,吴欣委屈地去找导师申诉,导师告诉她,她的答案太完美了,并不像是她自己做出来的。吴欣很委屈,不得不承认为了应付这门课程,她在不能完全理解的情况下,选择了死记硬背地把导师的教学文案一字不差地背了下来。所以,她的答案一定不会错。

让吴欣始料不及的是,导师告诉她:"我希望看到的是你充分理解后自己的想法,而不是和我做出一模一样的东西。"

这样的回答让吴欣一时之间回不过神,她好像不能理解导师的意思,如果一模一样的答案都不对,那什么是对的答案呢?

那一次给吴欣很大的教训,她重新思考自己该如何学习,如何掌握知识,她好像明白了导师的话,不要死记硬背,要把知识学到活处,她成功了。

第二年的考试她拿到了学校里的奖学金,这对一个中国留学生来说难能可贵,给了她更大的鼓舞,她没有将过去的苦告诉父母,却把这一次的成功告诉了他们。

吴灏旭和张轲闻聊天的时候提起这件事,张轲闻伸出大拇指:"真是优秀的丫头。对了,我们双元制班也有个女生非常优秀,可以和一群男生比拼,成绩第一名,那个女孩好像和吴欣同年,现在的女孩子不能低估呦。本来是要把她送到德国去继续学习的,可那个女孩子放弃了,说不想离开家乡,有点可惜了。"

吴灏旭这个时候感觉到支持女儿去德国留学是非常正确的选择:"吴欣那丫头心气太高,总要摔几个跟头才行。"嘴上这么说心里可并不想女儿真的摔跟头,父母的心理状态总是那么矛盾。

张轲闻能看透吴灏旭的心思:"你就说吧,就你这么宝贝你的女儿,真要是摔了跟头,你比她还着急,不过,知道她现在这么好,我也很高兴。"

两个男人聊了半天,张轲闻突然说道:"下个月我结婚,我是来给你送喜帖的。"

"这么突然?"吴灏旭惊讶地喊了出来,"你这保密工作做得太好了,我居然都不知道你谈恋爱了!"

张轲闻脸上漾出幸福的笑容:"你女儿都那么大了,之前只顾着忙事业,爸妈催我很久了,不结不行了。"

"闪婚?"吴灏旭对这位从未见过的好友未婚妻充满了好奇,"你这还算兄弟吗?有女朋友都不介绍我认识。"

"这不是正要介绍嘛。"张轲闻说着,吴灏旭看到一位知性的女士向他们走来,白色的连衣裙,黑色的卷发,端庄大方。

张轲闻从椅子上站起来,吴灏旭也站了起来:"我未婚妻Lisa。我的好朋友吴灏旭。"张轲闻好像是掐着时间告诉吴灏旭一切似的,让吴灏旭根本没有质问他的机会,而当着Lisa的面,初次见面的吴灏旭不好发难,但看着他们两个人就知道一定是工作认识的。

"她是我们德国中心的培训主任之一,也是优秀女性。"张轲闻笑着说,言下之意他们俩今天晚上的话题都是优秀女性。

"恭喜你们,婚礼准备好了吗?婚房呢?"吴灏旭的职业病犯了。

张轲闻笑得有些不好意思:"都准备好了,你就不用操心了。"

"你这个兄弟太不够意思了,居然这么保密,连让我送份人情的机会都没有。"吴灏旭假意责怪,他知道张轲闻不想让他破费。张轲闻笑着说:"那你包个大红包。"

"没问题。"吴灏旭很高兴地看着张轲闻终于找到了心上人,"他这个工作狂有人愿意嫁给他,真不容易,祝福你们。"

听说 Lisa 也是从德国回来的,非常优秀的双元制培训师,因为张轲闻在太仓开展双元制教育相识,工作相处中产生了情愫。Lisa 是上海人,上海与太仓城市相邻,经常因为工作往返于这两座城市,第一批双元制专业班学员毕业后的考试是 Lisa 过来指导工作。那天晚上他们开会开到很晚,Lisa 工作了一天非常疲惫,张轲闻的司机正准备送 Lisa 回上海的时候,车坏了。

"要不今天你就不要回去了,留在太仓吧。"张轲闻说这句话的时候感觉到自己另有一句潜台词。

"这段时间一直往返于上海和太仓之间,突然觉得太仓的静秀让人很舒服,等我老了也到这里定居吧。"Lisa 笑着说道。

张轲闻鼓起勇气:"为什么要等老了,如果你愿意,嫁到太仓来吧。"

Lisa 一怔,定定地看着张轲闻,四目相对,若有爱意。他们俩都笑了,爱情这东西总是喜欢突袭,丘比特的箭射向人心有多快,爱情就来得有多快,有些话似乎不用说出口,心有灵犀。有些爱情开始的时候,或许两个人都还不知道。谁让这是爱情呢,显得没什么道理似的。

那天之后,他们的关系就变了,不久,很多认识他们的人就收到了他们的喜帖,所以让张轲闻讲他的恋爱史,他大概是讲不出来的,他就笑着故作神秘地说:"是心灵里开出的花朵。"

简单地讲完这段爱情故事之后,吴灏旭笑着摇头:"就这样把一个上海姑娘骗到我们乡下来了。"

"我觉得太仓很好,那么多德企选择这里,已经是一种证明了。"Lisa 马上说道,很适应太仓媳妇的角色。

吴灏旭连忙点头:"我也发现最近越来越多优秀的人才落户太仓了。"

"所以喽,太仓还是很有魅力的地方。"Lisa 对太仓的感情就是对张轲闻的感情。

"君子如水,随方就圆,无处不自在。择一人而白头,择一城而终老。"吴灏旭文绉绉地说道,"这回伯父可是高兴坏了吧?"暗指找了 Lisa 这么好的儿媳妇。

张轲闻笑而不答。

的确,张轲闻的父母对这个儿媳妇非常满意,自从有了 Lisa 对张轲闻的态度一百八十度的转变,张轲闻终于觉得自己又像个好儿子了。说起这件事,吴灏旭就忍不住笑意,只要张轲闻的终身大事一天不解决,张家老爷子就每天拿着父子关系断绝书追着张轲闻签字。张轲闻每天都要躲着父亲早出晚归,活活逼出来一个工作狂人。

2006 年大学二年级时吴欣完全进入了学习状态,她没有像其他留学生那样经常回国探亲,她选择放弃放假期间回国,在德国找实习单位实习。

德国 ZDF 电视台是德国的一个公共电视台,也是欧洲最大的电视台之一,与德国公共广播联盟、德国广播电台一起是德国公共广播的三个组成部分。吴欣走进这家公司的时候心情无比激动,因为她知道进入这里实习,她就有机会接近梦想。在吴欣的心中做新闻就要陈述事实,问题是,当今时代已经不缺少可靠的事实,重点不在于提供更多的事实,而是如何展现出这部分事实,让人更能接受和信服。

在德国的这些年,她看到许多海外媒体对中国的报道存在偏见,且并不属实,她要让世界人民看看真实的中国,这也是她为什么要选新闻传播专业的原因。偏见的形成并非一朝一夕之间,有偏见的新闻会剥夺一部分人独立思考的能力。要如何解释事件真实,发达国家仍然认为经济是衡量幸福指数的一个标准,现在中国经济慢慢崛起,中国人的生活越来越富足,青春涌动的吴欣想把这些告诉世界。很快台里决定做一个海外节目,她争取到一档酸甜欧洲行的娱乐栏目,跟踪拍摄采访来德国旅游的外国游客们在德国的一天。

她一边思考怎么录这个专栏的节目,一边从面包房里抱着新买的面包走了出来。学业压力大的那段日子让她对德国的面包产生了依赖,她觉得在德国,面包是最方便又最扛饿的食物,并且经济实惠,她很喜欢一家离她住处不远的面包房,看着面包师慢条斯理,有条不紊地做着面包,他们的沉稳和面包的香气可以治愈所有忙碌的心。对吴欣来说,她可以在这里得到肚子和精神的双重满足。

街道上的人不多,远处传来一阵不太和谐的嘈杂声音,她寻声看过去,是一个旅行团,熟悉的感觉扑面而来——是中国旅行团,她看到了导游高举的旗帜上有汉字。旅游团里的旅客们面带笑容,衣着不凡,吴欣灵光一现,向他们走了过去。

第二天,吴欣提交了节目拍摄计划书并顺利地通过。

吴欣带着她的跟拍团队一起来到机场,根据导游给她的时间,从中国飞来的航班马上就要降落了,上面有一个来德旅游的中国旅行团。吴欣的拍摄计划就是跟拍一个中国来的旅游团,从他们下飞机开始,跟拍他们在德国旅行时的衣、食、住、行。

吴欣等在接机口,直到看见许多东方面孔,她知道这就是她在等的旅游团,可在这些东方面孔中,她看到了两张熟悉的脸,她以为自己眼花了,揉了揉眼睛,没错,正是她的父母——吴灏旭和肖茹。不及更多思考,吴欣直奔上前紧紧地和他们拥抱在一起。原来,在她把这个计划告诉父母的时候,吴灏旭和肖茹就商量以这种方式去看看女儿,给女儿一个意外的惊喜。

这一年,吴欣来德国快三年了,为了学业她还没有回过国。

电视台的同事们和旅游团里的人看着他们一家人不明所以。吴欣说明了情况,所有人都给这团聚的一家人送上祝福。

"这算意外惊喜吗?"吴欣边擦眼泪边问,"你们可不许影响我工作。"

肖茹气得拍一下女儿的肩膀:"你和你爸一样只有工作没有家了?"

"有,在心里。"吴欣笑着和妈妈撒娇,吴灏旭马上接了句:"知我心者,女儿也。"

每个公民都在用以小见大的方式担任自己国家的主人翁,吴欣把自己要做的节目向中国旅游团的团员们做了详细的介绍之后,得到了团员们的大力支持。不过,吴欣很真诚地告诉大家:"我们不需要刻意表演,我们只要做真实的中国人就好,让世界看到真实的样子。"

吴欣的节目是实时的,从接机开始,跟着拍他们吃什么,他们注重参观什么,他们在交流什么以及他们的修养和举止。那时能去德国旅游的人当然不是泛泛之辈,而这些人也恰恰展现了中国经济崛起的先行者风范。那期节目刚一播出就引起了不少关注,而且是第一次有表现中国人的节目在德国电视台上映,此前很多人不了解真正的中国,但从这个节目中,真实地感受到了中国人是什么样的。一个国家的人民代表着一个国家,吴欣成功地用另一种方式来表达中国人、中国的文化和中国人的修养。

吴灏旭和肖茹看到女儿制作的节目之后,一时无言,"我终于明白了女儿要做什么。"肖茹依偎在丈夫的怀里,轻声说道。吴欣拍摄节目的时候,他们夫妻俩就默默地看着女儿,这比风景还让他们欣喜,女儿已经长大,走在自己理想的路上了。

然而这仅仅是个开始,人生的路太长太长。

旅游团的所有人都看了那期节目,第二天他们都来和吴灏旭和肖茹热情地打招,说她们培养了个好女儿。在德国期间,吴欣主导的这期节目直到二十年后,仍然有平台在播放。如果说女儿的成长让吴灏旭和肖茹感觉到骄傲是来自自己的,那么女儿所有的一切让他们骄傲就是来自整个民族的,他们再也没有为女儿学什么专业而焦虑了。

"做你自己喜欢做的事吧。"吴灏旭和肖茹离开德国的时候对女儿这样说。吴欣微笑着拥抱父母,在他们耳边说:"谢谢你们给我做这些事的支持,让我不用为生活奔波,可以去实现理想。"

吴灏旭那时候才明白,有些事是需要不同的人去做的,而他可以让女儿没有后顾之忧地实现理想,或许也是命运交给他的使命。

他拍拍女儿的背:"历史赋予每个人的使命是不同的。"

以吴家的经济条件是可以支撑吴欣为理想而拼搏,这是他们在这一时期的使命,但一切都不会是一成不变的,人生之路谁都是边走边看风景,边决定下一站去哪儿。

可是没过多久,吴欣参与的栏目因为种种原因停办,正直的吴欣不愿做违背内心的事,决定辞职,这是她职业生涯的第一次打击。

吴欣又来到了柏林。

冷若非正在一个礼堂里准备她的钢琴表演。那天,吴欣穿了一件黑色的晚礼服,她已经二十三岁了。五年过去了,她的眼神之中透出智慧,褪去刚到德国时的青涩,出落得越来越漂亮。在德国,每个人都应该有一件晚礼服,他们在出席任何艺术场合的时候都会穿上晚礼服,以此来表达他们对艺术的尊重,吴欣也入乡随俗。

此刻的礼堂内,所有观众都盛装出席,仪态端庄地观看表演。吴欣静静地坐在观众席上看着冷若非弹奏钢琴曲,她的动作那么优雅,这是吴欣第一次看冷若非的演出,这场演出对冷若非来说至关重要,关系到她能否进入爱乐乐团。吴欣好像比冷若非还要紧张,手心里攒满了汗,直到看着冷若非最后一个指尖的动作停止,从自己的演奏情绪中回过神来,吴欣才跟着她从聆听的世界回过神。

第三章 十年之间

　　台下响起掌声,冷若非像公主一样起身谢幕,吴欣一直认为冷若非既有东方女性的温婉含蓄,又有西方女性的大方优雅。她觉得冷若非这样的女性就是存在于梦幻中的人物,为艺术而生,内心丰盈。

　　吴欣抱着一束大大的百合花等着冷若非换好服装出来。两个女孩高兴地拥抱在一起。

　　"你太棒了,三年前,你是怎么忍受我那糟糕的演奏的?"吴欣自嘲,冷若非淡淡地笑着,"硬忍呗。"

　　两个女孩又大笑起来,走出礼堂,吴欣对冷若非说:"我辞职了。"

　　"啊?你不是刚刚入职吗?"冷若非觉得这个消息来得太突然了。

　　吴欣把自己的理由告诉冷若非,在国家与个人面前,很多人都会做出相同的选择,冷若非很理解地拍了拍吴欣:"姐支持你。"

　　"我打算继续考研究生,向姐姐学习。"吴欣来到德国之后就再也不和父母商量这些事,所有的决定都会和冷若非说,也许她就是一个非常需要朋友的人,丢了苏萌,她很久都没有交新朋友,现在她好像把冷若非当成了苏萌,可是她们两个一点儿都不像。吴欣有时候觉得大概她需要的就是友谊,那种情投意合,惺惺相惜的友谊。

　　吴欣最终决定考工业管理专业的研究生,以她的学习能力和优秀的实习经历,很顺利拿到了录取通知书。如果说新闻传播是梦想,那么在进一步了解德国之后选择工业管理或许是她成熟后的人生思考。

这几年在德国的生活让她明白了，不在这里学习与工业相关的知识是一种资源的浪费。

吴欣把这个决定告诉肖茹的时候，肖茹已经不像当年。这并不是因为她觉得女儿这样的选择是对的，而是因为那次去德国的时候，她看到了女儿的能力。不过，她支吾着说了一句无关的话："欣欣，你后来联系上了苏萌了吗？"

"没有啊，怎么了？"吴欣知道妈妈不会无缘无故和她提起苏萌。

肖茹沉吟片刻后："没什么。"前些日子，肖茹在太仓新闻上看到报道张轲闻的公司时，其中有一个镜头里出现了一个女孩的身影，看轮廓非常熟悉，肖茹看了几次都觉得很像苏萌。

"是不是有苏萌的消息了？"吴欣追问，苏萌这个她童年的玩伴消失得那么彻底，小的时候，她只是因为友谊而伤心，现在她觉得苏萌欠她一个解释，一个道歉。

"我也不确定，等我打听打听。"肖茹告诉女儿。

挂断电话之后，吴欣走到房间的窗前，看着窗外灯火，想起儿时的友人。来德国这些年，她一直在拼搏忙碌，好像很久没想起苏萌了。时间就这样考验了她，但她不承认自己忘记了这段友谊，同样，她更不知道这份友谊还在不在？单方面的友谊算不算友谊呢？

她叹了口气，回到桌前，重新戴上眼镜，继续看学习材料。

而在此时的中国，苏萌打了个大大的喷嚏，旁边的几个同学正在为周立哲他们去德国培训践行。

第三章 十年之间

"你们三个好好学。"苏萌笑着举杯,"你们可是太仓三剑客,不要给我们班丢人。"

"放心吧,我们什么时候丢过人?"还是周立哲,经过年少轻狂,经过挫折磨炼,现在他已经是一个优秀青年了。原本就结实的身体越发魁梧,现在看起来是个真正的男子汉。

宴席散去,大部分同学都走了。夏海丰和李长浩都带着女朋友,周立哲一个人,苏萌也是一个人,夏海丰指着他俩说:"你们再不找的话就凑合凑合,我们凑成三对得了。"

周立哲和苏萌一怔,两个冤家互相白了彼此一眼:"算了吧,我们俩可是冤家对头。"

"不是冤家不聚头,我觉得海丰的提议好。"李长浩喝得脸色微红,笑嘻嘻地又说,"苏萌,这小子就是嘴上厉害,当初你受伤了,可是他去买了饮料让我送给你的。"

"饮料是你送的?"苏萌看着李长浩。

"是我啊,这小子非让我送,说你一个女孩子,我们男生要照顾照顾,可他自己又不送,塞到我手里就走了,我还有事,看你趴在桌子上哭,那时候也不知道怎么安慰你,只好放下饮料就走了。"李长浩回忆起往事,"后来我一忙就忘了和你说了。"

夏海丰连忙接道:"我记得,我记得,苏萌还以为是我送的,原来是你啊?"

周立哲抿着嘴笑,有点难为情。苏萌万万没想到,那个送饮料安慰她的人竟然是她的对头周立哲。她不知该不该谢谢他,执拗了半天,最终还是没能说出一句道谢的话。

"你们班里就一个女孩子,是不是你们都喜欢她啊?"夏海丰的女朋友有点吃醋似的问。

苏萌连忙摆手:"才怪,他们一个个都等着看我的笑话,希望我是那个被淘汰的人。"

"啊?你们也太不懂得怜香惜玉了。"李长浩的女朋友撇了撇嘴,斜睨一眼李长浩。李长浩紧张地反驳:"才不是,是老夏和她走得近,我们都以为他们俩……"

话说到一半儿,苏萌就踢了李长浩一脚,夏海丰女朋友的脸色果然已经沉了下去。周立哲见状说道:"哎呀,我和苏萌都是沙溪人,又在一条巷子里住着,我们长辈都认得,所以才不见外嘛。"说着,他的一只手臂搭在苏萌的肩膀上,苏萌刚要躲,周立哲给她使了个眼色,苏萌心领神会:"是呀,是啊,我们俩青梅竹马,在你们面前吵架都是装的。"为了让另外两个女孩不再怀疑她们的男朋友,这说谎都不用打草稿,张嘴就来。

夏海丰紧跟着说:"我说呢,你们俩怎么总吵嘴,哎呀,那时候可苦了我了,我是班里的老大,我怎么能和他们这些愣头青儿一样,我只能哄这个小妹妹嘛。"看着女朋友的脸色。

"是啊,我是班长,必须关心同学啊。我们可是太仓最老实的人了。"李长浩也跟着起劲向女朋友证明清白。

夏海丰女朋友脸上的醋意才见消散。

苏萌下意识地看了周立哲一眼,正对上周立哲看她的眼神,两个人又慌忙躲开彼此的眼神,不不不,我怎么可能喜欢他?苏萌在心里说,可是周立哲好像不知道从什么时候开始就引起了她的注意,她虽然总和他比,而这种比的过程,她对他的关注也越来越多。这就是喜欢?苏萌问自己,可现在的她,还无法给自己答案。

"我看你们俩挺合适的,又是同学,知根知底,又能在工作上互相理解,多好。"夏海丰继续推波助澜。

"好了,好了,今天是给你们践行,你们好好陪陪女朋友吧,就不用操心我们了。"苏萌突然一拍桌子,将枪口又对准了他们。

李长浩指着她对女朋友说:"你看,她哪像个女孩子?"

"李长浩!"苏萌气极直接从椅子上站了起来,"这次去德国学习的机会可是我让给你的。"一时激动,苏萌脱口而出。

这个真相李长浩和苏萌知道,除此之外就是公司人事部的王薇。按着考试成绩,苏萌第三,李长浩第四。但苏萌主动找王薇让出了这个机会,所以王薇又找了李长浩谈话,把李长浩增补上来。

此话一出,苏萌顿觉失言,既然好事都做了,不应该拿来要挟他人。可是,刚才一冲动,苏萌紧咬住嘴唇。夏海丰和周立哲都愣住了,李长浩反而很自然地倒上一杯酒,对苏萌说:"虽然我不知道原因,但还真是你给的机会,本来今天就一直想和你说声谢谢,你一直打岔不让我说。"

苏萌被李长浩说得难为情:"我可没有邀功的意思。"

"哎,一起苦过来的同学,我当然懂你,虽然你是女生,但我一直把你当成班上的兄弟,以后用得到李长浩的时候,在所不辞。"李长浩说完将杯中酒一饮而尽。

放下酒杯的时候,李长浩才看到周立哲和夏海丰脸上错愕的表情:"你们不知道?"

"没人告诉我们,我们怎么知道?"夏海丰责怪地看着他们俩,"居然都不和我们说,把我们当朋友了吗?"

"我是觉得没什么好说的,都是好朋友,就是我不想去。班长去更合适。"苏萌解释,至今,苏萌都没有一个女性朋友,她好像丧失了结交女性朋友的能力。她的话题永远是图纸、机床,她从来不化妆,也很少装扮,每天打扮得简洁清爽,她甚至连女性喜欢的话题都找不到,又怎么和女孩子聊天?就像今天这样,夏海丰和李长浩都带了女朋友来,她的话题仍然在公司、机床、设备、新技术上徘徊。

"我们不要说这件事了,班长好好学,其实我有自己的职业规划。"苏萌转移话题,这个办法很成功,周立哲马上问,"什么规划?"

"还不到时候,只是我的一个想法,我在努力,等有眉目了就告诉你们。"苏萌神秘地眨了眨眼睛。

"还卖起关子了?"夏海丰假装生气。

"这次我一定先告诉你们。"苏萌看着这几个至交,他们对她意义非凡,在她心情低谷时,帮她在这个班上重建了自信,一起共同度过了难忘的青春岁月。

那天他们聊到深夜,李长浩和夏海丰都带着女朋友走了之后,剩下周立哲和苏萌。"我送你回家吧。"

"一起回沙溪吧,明天周末,我想回去看看亲公亲婆。"苏萌说道。

周立哲笑着说好,他们打了一辆出租车,那段路很长,他们又说了很多话,下车走进巷子里,又走了很久很久,可这一次时间过得很快。

第三章　十年之间

"明天的飞机?"他们已经到了苏家院子门前。

"对。"周立哲看到苏阿公出来了,大概是听到他们在说话,乡下的夜晚很安静,说话的声音就会显得很清晰,"你亲公出来了。"

苏萌转身向苏阿公挥了挥手,对周立哲说:"一路平安,早日学成归来。"她伸出右手,周立哲看着她的手,笑了笑,也伸出右手握住她的小手,那只手真小,以前怎么没有发现,而那只小小的手,和他们做着同样的工作,一刹那间,周立哲有点心疼,抬眸间看到苏萌亲切的笑脸,她就是这样的一个女孩,他总能从她乐观的眼底看到一缕淡淡的忧伤,他不知道那是不是错觉。

"等我回来。"周立哲都不知道自己为什么说这句话。

苏萌疑惑地瞪大了眼睛:"嗯。"她觉得他话中的意思并不简单,而她的回答到底简不简单呢?她抽回自己的手,转身进了院子。

"萌萌?你怎么来了?"苏阿公惊讶地问道。苏萌赶紧拉着亲公的手臂进屋,她今天的确是临时起意来沙溪的。

苏阿公扭头向外看,他看到门外有人影,好像是周家的小哲。

"我们同学明天去德国了,给他们践行,明天是周末,来陪陪你们呀。"苏萌说着把亲公拉进了屋里,怎么听,她这个理由都有点牵强。

周立哲他们仨去德国了,这一去,要三年。巷子里最调皮的小子有出息了,这成了村里最热门的话题。周立哲走的时候,连周立哲的爸妈都没想到,邻里邻居的都出来和他们打招呼:"小哲要出国学习了？"

"是啊，单位派到德国去学习。"周妈妈自豪地笑着应和。儿子不但出国了，还是公派，多少大学生也没有这样的待遇。从那之后，职中的双元制班突然变成热门，有很多家长前来咨询和报考。

在太仓的德资企业和学校的合作进入高速发展阶段，专业班越来越多，而这样一来也给学校带来了压力，师资问题亟待解决，学校开始面向全国招聘优秀老师。一时之间，这一举措带动了职业教育的整体发展。教育局对职中的双元制班特别重视，这是因为越来越多的德国企业来太仓投资，对人才的需求越来越大，类型也越来越多。因而双方未雨绸缪，开始启动双元制大专班的筹备工作。

苏萌站在二楼房间的窗边看着周立哲和家人一起走出巷子，她抬头看着蔚蓝的天空：老天真会开玩笑，他们都去德国了。

张轲闻也来送首批德国双元制培训出来的三个员工，他充满信心地对他们说："我等着你们学成归来。"

有人问张轲闻，就不怕培养的人才跑了？张轲闻笑着说："那是你不了解德国的双元制教育，不了解德国企业，也不了解太仓人。"

这句话很简单，懂的人懂，不懂的人永远不会懂，张轲闻从来不会有这种担心，有些事如果发生自然有发生的原因，如果没有做到防患于未然，那也只能勇敢地承受结果了。

张轲闻接到集团的消息，斯坦姆博士的朋友也要来太仓考察洽谈投资，这一次来的是一家人，整整齐齐的一家四口。经开区相关负责人和张轲闻将一起配合完成这项考察和接待工作。

尼尔斯到了太仓就脱口而出:"这里很像德国的小城。"

张轲闻早就预料到这样的结果,笑着说:"相信斯坦姆博士已经给您讲过很多太仓的故事了。"

"是的,他简直就是太仓的宣传大使。"尼尔斯耸耸肩膀,两手一摊,好像不太相信似的,"他和我说的太仓,和我了解的中国不太一样,所以我必须亲自来看看。"

"相信您一定会不虚此行。"张轲闻淡定地告诉尼尔斯。他们来的时间正好是春季,温度适宜,街道两边繁花盛开,绿树成荫,没过多久尼尔斯的太太就惊讶地赞叹:"我喜欢这座城市。"

尼尔斯一家被热情地接待,到了吃饭的时候,张轲闻直接把他带到了一个偌大的工厂里:"这里有你喜欢吃的德餐。"

那天,尼尔斯惊喜地发现大洋彼岸的熟悉感,这让他十分感动。经过几天的考察他严肃地对张轲闻说:"张,我相信斯坦姆博士选择太仓一定有他的判断。来到太仓的这些天,我更明白了为什么我们那么多德国企业会选择这里。"

张轲闻笑着说:"太仓这座城市有它自身的魅力,而最有魅力的应该是这里的人。"

"任何一个地方都离不开那里的人,我想人是非常重要的因素。"尼尔斯点点头,指着远处的一片草坪上正在玩耍的孩子,"连他们都喜欢这里。"

"那您的决定?"张轲闻笑着看他。尼尔斯仍然耸耸肩膀,笑着摊开双手,"当然。这里的人竟然让我有一种归属感。"

自2004年开始太仓进入新的发展阶段,德资企业涌入。从公司出来的沈雪看着前面腾空而起的彩色气球，不禁牵起唇角，兀自说道："真好。"沈雪是土生土长的太仓人，放弃了机关里的稳定工作，进入德资企业。她每天上班的路上都会看到正在建设的厂房和腾空而起的彩色气球，她从未觉得自己的家乡会这般欣欣向荣地快速发展，她最爱这座静谧的小城，但小城也需要发展，既安逸又蓬勃，这是一种最适合太仓人民的发展方式。

"沈总，你看，那边还有一家。"司机指向东南方。刚刚升起的那些彩球还没散，就又有一团团彩球升上蔚蓝的天空。

"这是哪一家，现在太仓的德资企业多得我快记不住他们的名字了。"沈雪笑着看向空中，在当时，她是太仓第一家德资公司的女总经理。

"是啊，越来越多，越来越好。"司机也忍不住勾起唇角，那种由心而发的美好感觉就是会不知不觉地荡漾在脸上。

最近她在忙一件更重要的事，一件非常有意义的公益事业。沈雪是个非常有大爱的人，她的目光永远盯着更远的远方，她让司机加快速度，虽然外面的一切那么美好，但她和高新区的领导约好了会谈时间，她看看手表。

无论是街道、住宅、餐饮业都进入了高速发展，越来越多的西餐厅开了起来。张轲闻带尼尔斯去他最熟悉的酒吧喝酒的时候，他看到旁边的一门面上写着 HOME 西餐厅。老板看到张轲闻笑着迎了上去："张总，我的西餐厅试营业了，你要来给我试试菜。"

"明天就来。"正如张轲闻所料。

张轲闻带尼尔斯走进旁边的一家披萨店，那是一位德国大叔开的,因为找不到正宗的德式披萨,这位在德企当工程师的德国大叔下班以后就自己经营起披萨生意,生意特别好,大叔每天不停地做,一个晚上烤完的披萨,都会售罄。张轲闻都没想到这条街从最初的王老板的一家小酒吧开始,短短五年之间,整条街上都可以找到德国所有的特色美食了。

德国人在太仓适应着太仓的生活,太仓人在德国适应着德国的生活,不追求过分热闹的他们,能在两岸寻找到彼此。一个崇尚严谨工业文明的国家,为什么会和太仓这样的小城市互相吸引,必然在其灵魂深处有相互吸引的原因,而这些原因都是由人而来,所以,张轲闻才那么自信。

由于德资企业数量不断增加,太仓德资工业园区初具规模。从最初的十几家到现在的七十六家,太仓经开区成为德国工商界知名的中国经济开发区之一。而斯坦姆博士的双元制在太仓推行成功,在某种程度上也增强了德企投资的信心。有越来越多的德国企业决定到太仓投资,于是太仓的德资企业很快超过了一百家,正朝向两百家突破。

舍弗勒集团是一家来自德国的家族企业,由舍弗勒家族的乔治·舍弗勒于1946年创立。舍弗勒集团是全球范围内生产滚动轴承和直线运动产品的领导企业,是汽车制造业中极富声誉的供应商之一,也是较早期来到太仓投资的德国企业。在不断涌入新的德国企业投资的同时,一些早期投入进来的德国企业开始进一步加大对太仓公司的投资,它们不但投入新的产线,也会源源不断地投入新的技术。舍弗勒就是这样的一家公司,甚至已经成了太仓最大的德资企业。

2008年霍恩被派到中国，舍弗勒中国公司的新产线技术需要他过来指导工作。这是他第一次来中国，对于这个国度，他只从电视媒体上有过一些了解，但这些了解非常片面，从下飞机开始他就板着脸。

来接他的艾瑞克也是德国人，他们用德语交谈，霍恩问他："你来多久了？"

"两年了。"艾瑞克回答他。

"那你快回去了，祝贺你。"霍恩露出他到中国后的第一个微笑。

艾瑞克却不以为然地歪了歪头，"如果公司允许，我想继续留在中国。"

"什么？"霍恩不解地看着他，艾瑞克却笑着说："这里真的很不错，以后你就知道了。"

霍恩仍然不可置信地看着艾瑞克。艾瑞克却笑而不语，他带霍恩安顿好住处，就赶去工厂。工厂整洁有序，看起来和德国的工厂别无二致，这让霍恩有点小小的意外，他看到关于中国的报道是脏的、乱的，而眼前显然不是。其实在他从上海下飞机到太仓的一路上，他的心理就有些变化了，只是他没有那么快地认可这种新的认知。

艾瑞克又召集了车间里的所有技术人员开会，他向所有生产部门的员工介绍霍恩，并告诉他们，霍恩这次带来产线升级的技术，希望所有人能够配合他尽快完成新技术的学习。

布置完工作，霍恩就直接进车间开始工作，车间里的技术工人都是中国人，这些工人都能用英语和他沟通，而且那些技术工人能很快领会他的意思，从工作的熟练程度来看，一切都很规范。虽然霍恩早就听说太仓有德国的双元制教育，但实际感受下来，他还是有点意外："他们说中国人比较懒散。"他低声对艾瑞克说，艾瑞克笑着伸手指着车间对他说："你看到了，眼见为实。"

"是不错。"霍恩很安慰地说，"那我们的进度应该会很快。"

"当然。"艾瑞克是舍弗勒的生产车间负责人，他对他的工人很有信心，"他们都是我亲自考核的。"

晚餐的时候，艾瑞克因为有事不在，霍恩只能一个人去食堂，看着几十个品种的菜式，他有些为难。作为一位初来中国的德国人，面对繁复的中餐菜单，他根本不认识。打菜对霍恩来说比他的技术工程还难。踌躇之间，他突然看到了土豆，霍恩指着土豆对食堂的工作人员笑了笑。他本想尝试着去吃中国菜，最终还是拿着餐盘回到了德餐区，选他最熟悉的食物去了。

他端着餐盘来到餐桌前，其他员工的餐盘里是各种各样他不认识的中国菜，甚至有些菜的做法是他从来都没吃过的，他有点好奇，但又保持着自己的绅士风度，吃得很优雅。

一个月过去了，他开始四处打听哪里有德国餐厅。他也去了那家食品工厂里的德国餐厅，可惜的是，只有星期五这里才做德餐，其他时间都不对外营业。

于是星期五就成了霍恩最重大的节日，他会早早赶到那里吃一顿自己熟悉的家乡菜。而每到星期五，这里几乎成了德国人聚会的地方，每个来到这里的德国人都带着一脸的喜悦，好像是参加某种盛会。但这样还是不能解决对饮食相对保守的霍恩吃饱饭的问题,所以短短一个月,他成功瘦身八斤。这让他更加急于完成在中国的工作任务,早日回德国去。而艾瑞克和他的性格不太一样,他非常喜欢尝试中国菜,来太仓工作这一年多,他游遍中国大好河山,对中国的文化和饮食都深深着迷,所以,他没有霍恩的困境。

直到有一天,艾瑞克告诉他,新华路上开了一家西餐厅,邀请他去试一试。霍恩兴奋不已,两个人下班后就结伴前往。

霍恩看不懂西餐厅上面的中文,但下面的英文霍恩记住了,走进西餐厅,整洁而舒适的环境让霍恩找到了熟悉的感觉,迎面走过来一位女服务员,笑着和他们打招呼,女服务员英语说得很好,亲切的笑容让霍恩如沐春风,他也用英语和女服务员交流,点了自己喜欢吃的牛排和空心粉。

从那以后,雅格西餐厅就成了霍恩的食堂。除了偶尔会去那个做食品的工厂买些德国面包以外,他大部分的饮食都在这里解决。他又用了一个月的时间让自己长胖了五斤,心情也跟着变得愉悦,不像刚来到太仓时那样每天板着脸。现在的霍恩,每天下班前往餐厅的时候脸上总是荡漾着微笑,艾瑞克说他好像不是去吃饭,而是去约会。

霍恩不以为然地歪了歪头:"对我来说,如何判断一个城市好不好,就要看我的胃能不能得到满足。"

"你的胃?只吃德餐的胃?"艾瑞克无奈地摇着头,"这样你会错过很多美食,太仓有江南特色美食,你应该都去尝试一下。"

"我知道中国菜很好吃,但我的胃比我还要固执,我拿它也没办法。"霍恩耸了耸肩膀,艾瑞克只好无奈地摇摇头,说自己没口福。

每一个来太仓工作的德国人都不一样,有像艾瑞克这样喜欢中国美食的,也有像霍恩这样固执地只吃德餐的。但幸好太仓的西餐迅速崛起,让霍恩们得到了满足。

不止霍恩,因为德企不断地落户太仓,像 Lisa 这样来自中国其他地区的优秀人才也陆续来到太仓工作,多元文化影响之下,接受西餐的人越来越多,雅格、蓝门、HOME……如雨后春笋。

张轲闻答应 HOME 酒吧的老板要去他新开的西餐厅试菜,这天他带了几个德国来的朋友一起走进 HOME,老板热情地迎上来:"张总,您来了。"

张轲闻对老板说:"是啊,来试试你的菜。"

"热烈欢迎。"老板非常热情,热情之余又颇显紧张。他很想让张轲闻来试试菜,帮他提些意见,可怎么也没想到,张轲闻直接带了一群德国人,这对他来说非常有压力。

张轲闻和他的德国朋友们一边吃一边讨论,老板在远处不时地观望这群特殊的客人,他想从他们的脸上捕捉他们对菜品满意的信息,可看他们严肃的样子,老板的心开始往下沉。当初听了张轲闻的建议,老板就想到扩大经营项目,开酒吧这么久了,他是看着他的顾客群体越来越多元,他慢慢积累了很大的潜在客户群体。于是他将旁边的店面也盘了下来,铺面扩大了不少,增加了经营范围,加入了西餐。但老板也知道,他这里最大的问题就是厨师。那时在太仓会做西餐的厨师太少,更别说做得好的厨师了。可太仓街头的西餐厅越来越多,老板心急,即使他能感觉到自己家的西餐和别家还有很大差距,但他不想放弃抢占市场的机会,匆忙开业了。

张轲闻结账的时候,老板就站在旁边,心里已经没了谱儿,张轲闻给了他一些中肯的建议:"老板,我建议你去上海请厨师,上海做西餐的厨师比较多。"

"谢谢张总,我懂了。"老板谦逊地回答。

张轲闻又笑着补了一句:"你也可以让自己的厨师去学习,这样或许更好一点,不过,你要有足够的能力留住他。"

老板豁然开朗,那双大眼睛瞪得更大了,笑着说:"您每次都能给我指点迷津。"

"你是个聪明的老板,又是留学生。我相信你懂得异乡人的心思。"张轲闻拍拍老板的肩膀,老板感激地笑了:"您都记得?"

"努力的人,我都记得,加油。"张轲闻知道这家老板是用心在做事,用心的人如果加以指引就会做得更好,他很愿意帮助一个努力的人。

HOME老板姓王,留学生,回到中国后一心想自己创业,最初白天上班晚上开酒吧,后来酒吧的生意渐渐上了轨道,他就把工作辞了,专做自己的小酒吧。人家都说可惜了他在国外的留学经历,他却不这么认为,他觉得任何经历都是一种积累,就像他开酒吧也是一种生活。如今他想进入西餐业也是因为他希望自己能把西餐做到最好,让太仓的中国人和外国人都能吃到好吃的西餐,而不是那种速食西餐。但做西餐看似简单,若要做到最好,不下点功夫是不行的,他也深深地认识到了这一点,他不是没想过去上海请厨师,但他的小餐馆还小,好厨师根本不愿意来,这不是加薪能解决的问题,很多人考虑的是职业发展,而那些愿意来的,肯定不符合王老板的要求,所以这事就耽搁着,经张轲闻这么一提醒,王老板立即下定决心暂停西餐业务,只经营酒吧。

他找到他的厨师:"孙元,我有个想法想和你商量,如果我派你去上海学习做西餐,学成之后,你回来以技术入股,以后你既是厨师也是股东。我们一起把这个西餐厅做好,你觉得怎么样?"

孙元学历不高,也没做过生意,但是他跟着王老板从酒吧开始做到现在,他知道王老板的行事风格,对他的人品和能力很欣赏和信任,就说:"王哥,我愿意跟着你干。你放心,我学成了一定回来。"

王老板心知品质低下的西餐厅,是不能满足太仓喜欢吃西餐的顾客群体的,那些人并不是没吃过西餐图新鲜才来的,毕竟最初喜欢吃西餐的人群都是德国人,还有一些在德企工作的高级管理人员,他们是吃西餐长大的,要想征服他们的胃,绝不是简单的做得像,而要做出西餐的灵魂。

宁愿不做,做就做到最好,王老板决定先舍弃眼前的利益,等做好万全准备再重出江湖。那时,他要一鸣惊人。他似有雄心壮志般站在西餐厅的正中央,大声地对他的店员宣布:"把所有的西餐从菜单上撤掉,下一次,我们要一鸣惊人。"那时,他的员工并不多,除了妻子就是几个朋友了,他们看着他那认真的样子,暗自发笑。

"笑什么,我肯定不是只想开个小酒吧,我要做成一个产业。"王老板的表情非常认真。

"好，王大老板，开门做生意啦。"妻子并没取笑他，也没有应和，她爱这个充满干劲的男人，支持他所有的决定。

王老板回头看着妻子："不会太久的，这几年太仓的变化已经悄悄开始了。"

餐饮业也是经济的风向标，王老板的感觉没错。

霍恩又来雅格吃饭了，因为他来的频率太高，餐厅里的服务员已经知道他的饮食喜好，不用他费心就会帮他下好菜单，霍恩的表情大多数时候都是严肃的，偏偏在雅格，他总是笑容满面。

陈明香远远就看见他，忙完手上的工作，亲切地去和霍恩打招呼："您好，今天我们有几道新菜，厨师刚去学习带回来的，要不要试一试？"

"我相信你。"霍恩绅士地回答她。

"那我帮您配餐可以吗？"陈明香继续问着。

霍恩点头答应。

陈明香一直听到餐厅里的服务员议论经常来的客人们，她们都说霍恩最严肃，可她并不这样认为。陈明香刚要去布置给霍恩的菜品，就看到外面进来四个人，其中一位女士很眼熟。

"苏萌？"陈明香立马叫出苏萌的名字。

陈明香和苏萌也是初中同学，当年学霸苏萌中考失误的事，很多人都知道，而后苏萌的消失更是班里的一桩奇案。这次见到苏萌距离他们中考已经过去了七年，而这七年，是从少年到青年成长最快速的七年，也是变化最大的七年。陈明香的变化比苏萌大，因为服务业有着装和仪容要求，陈明香一身黑色的西装

第三章 十年之间

裙套装,长发被整齐地挽在脑后,柳叶眉,她的皮肤并不算白皙,有点小麦色,这让她看起来特别健康而有活力,肉粉色的口红让她看起来更加自然。陈明香身上泛出一种健康又明媚的美,那种美很接近大自然。苏萌听到有人叫她的名字,看着向她走来的陈明香,一时之间竟然没有认出来。蓦地,她恍然回神般认出陈明香。她们曾经是初中同学,虽然她和陈明香的关系一般,但也不算陌生,苏萌尴尬地打了声招呼:"嗨!"

"终于找到你了,这些年你消失到哪儿去了?"陈明香的热情让苏萌有些不知所措。与她同行的几个人当中有一位德国人,是最近来克恩指导工作的,另外两位是克恩生产车间里的同事。

"哦,我没有消失,这不是好好的。"苏萌的尴尬马上被陈明香感觉到了:"这是菜单,你们先点餐吧,今天我亲自为你服务。"说着,她递上菜单,拿起笔,做好了服务的准备。苏萌看到陈明香胸牌上写着:店长陈明香。陈明香大方得体地向她和她的几位同事微笑,不卑不亢的服务态度,让苏萌莫名有种感动:"就这些吧,谢谢你,明香。"点好了菜,她换了一个亲切的称呼。

"都是老同学,这么客气。"陈明香微笑着转身对其他几位客人说,"请稍等。"转身优雅地离开了。

"你们认识?"有同事问。

苏萌看着陈明香的背影点点头,陈明香虽然成绩不算最好,但也不是很差,她怎么会在这里工作?商务酒店服务工作在她们职业中专有专业班,可是她没在学校里看到过她呀。上学的时候因为自卑和逃避的心理,她让爸爸把她初中同班同学考到职中的名单列给她,的确没有陈明香的名字,难道她考到苏州去了？刚才陈明香为同桌的德国同事点餐的时候,说着一口流利的英语,而且整个人的气质和修养都很好。陈明香成了苏萌心里的迷,她这才知道,每个人的人生之路都是变幻莫测的。

陈明香热情的服务让苏萌最初被认出的尴尬缓解了许多,席间她跑去找陈明香:"明香,你在这里工作?"

"怎么？看不起我？"陈明香很直接地打趣她。

"你说的这是什么话,我哪有,我只是觉得奇怪,我记得……"

"我考了大专,对外贸易专业,大四的时候为了贴补家用,就在苏州雅格餐厅打工。后来,我觉得我很适合服务行业,毕业后老板也希望我留在雅格,我就留下了。去年回太仓,发现这里德企越来越多,德国人也多,就和我们老板建议来太仓开分店。我就回来喽!"陈明香主动把自己的经历简明扼要地说完,问苏萌,"倒是你,消失得无影无踪,我们几个同学都被吴欣折磨坏了,只要她放假就要找我们打听你的下落,搞得你像失踪人口似的。最后她到底找到你没有？"

苏萌难为情地低下头:"没有,我再也没联系她。"

"你可真是,你们俩不是形影不离的好朋友吗？她当时可着急了。"陈明香皱着眉头,"不过,再看到你太好了,而且我看你和德国人在一起,你现在在做什么？"

"我在克恩公司上班。"苏萌轻声说道,"今天德国来的工程师想找一家西餐厅,早就听说有家雅格是新开的,而且很专业,就带他来尝尝,以后他会经常来的。"

"太好了,能进克恩公司,你太棒了。"陈明香欣喜地看着苏萌,"我就知道厉害的学霸永远都是最棒的。"

"厉害什么啊,我是双元制学员,只是个模具工而已,说得好听点叫蓝领,实际上就是工人,现在没人喜欢工人这个称呼。"苏萌勇敢地说出来,虽然声音很小。

陈明香拉着她的手:"苏萌,我也不过是个服务员,你怎么会有这样的想法?我们都是劳动者,都是平等的啊。我知道,你们的设备好,环境也好,收入又高,不知多少人羡慕呢。"

苏萌看着陈明香半天都不知道说什么才好,她突然发现自己在陈明香面前缺少了一种东西,她自己并不知道那是什么。但此刻,陈明香像她的名字一样散发着明媚和香气。苏萌感动地握住陈明香手。

"下次吴欣再问我,我一定告诉她我找到你了,不过听说她去德国留学了。"陈明香也是个小灵通,同学的事,她知道得不少。

苏萌也知道,但她没有多说,她没有阻止陈明香。该面对的时候再去面对吧,躲了这么多年,心结永远都在那儿,她不知道再和吴欣相见会是什么样的画面,她已经在构想那场景了。

霍恩要离开的时候,特意过来和陈明香告别。陈明香仍然笑意融融,她那双眼睛好像就是为了笑而生的,弯弯的,可以将笑意表现得淋漓尽致,那份大方从容,让苏萌不得不多看她两眼。现在的苏萌的确不像当初那样缺乏自信,在克恩工作,待遇好,学习机会多,但她内心深处还是没有陈明香那样的从容。

"明香,见到你真高兴。"苏萌离开餐厅的时候对陈明香说道。

陈明香笑着和她说:"见到你是我的惊喜,我第一个发现了你这个'失踪人口'。"说完,她又笑了起来,笑声清脆,感染了所有人,连听不懂中文的德国工程师都跟着笑了。

那天晚上,苏萌一个人在房间里打开电脑,登录QQ,她发现,那个QQ头像已经很久都没有跳动了,她终于把我忘了吧?有点伤感的苏萌默默地看着吴欣过去发来的所有信息。陈明香的出现,让苏萌再次去思考她和吴欣之间的友谊:这些年,她真的忘记了这段友谊吗?如果真的忘记了,又为何还在意呢?她不禁笑自己,是否真的失去了才会明白多珍贵,可她仍然没有回复任何一句话,只是默默地看着她已经看了很多遍的内容。

"滴滴"手机响了,苏萌看到上面显示是周立哲,马上拿起手机,按开再看,里面竟然是一串字母,她看了半天都不像是英文,他想说什么?还是乱码?最后,还是来自母语的习惯让她发现,那些都是汉语拼音。周立哲告诉她,因为手机不能打中文,只能用汉语拼音,苏萌牵唇一笑。

苏萌问他,没有其他的通信方法吗?周立哲说,他已经问过了,2008年的德国还没有QQ这种通信软件,除了写电子邮件,这是唯一的联系方式了。苏萌转念想起吴欣停止跳动的头像,原来是这个原因,那吴欣还没有忘记她吧?她不自信地问自己,此刻,她有点羞愧,愧于见到吴欣,但现在的这种羞愧和之前的不同,她觉得自己是个逃兵。

周立哲告诉她,德国的先进设备非常精密,学习任务很重,但他们毫无保留地传授给他们的精神又让他非常感动。苏萌也用拼音回复他。七个小时的时差,她说现在他应该好好睡觉,养好精神好好学技术,太仓公司的人都在等着他们带新技术回来呢。周立哲过了好久才回复了一句话:"今天特别想和你聊聊天。"

苏萌想到了周立哲习惯性皱着眉头的表情,又笑了,回复他说:"好吧,那今天算是个例外。以后我们每天下午五点以后发信息。"这个时间对他们双方来说应该都不会影响工作和休息。

从那天开始,他们每天都会发信息。

有一天,周立哲突然问了她一个私人的问题,他说:"我感觉得到你虽然表面一副大大咧咧的样子,但心里好像有秘密。我可以知道那个秘密吗?"

苏萌看完,沉默了很久。这个秘密,她很难启齿。在遇到陈明香之后,她突然觉得自己应该转变了,她把中考之后躲避最好的朋友的事告诉了周立哲。也许是因为他们用拼音交流的缘故,不用直面那些文字,就好像不用直面现实一样,输入完那些话,她也没有太尴尬。

这真是考验他们的语文能力,既要猜到发音,又要能完整地领会其中的意思,终究还是会有一点小小的偏差。周立哲也告诉她,她中考失利的事,他妈妈早就和他说过了:"因为你一直很优秀,妈妈一直在背后夸你,让我向你学习,所以根本没想到你会和我一个班。而我对你的关注也是因此开始的,我觉得女孩子学这个专业太苦了,没想到你居然能坚持下来,所以我很佩服你,从小的时候佩服你学习好,到双元制班佩服你能和我们男生一样做那些工作。"

苏萌这才知道,每个人的心里都有秘密,就像诗里说的:"你站在桥上看风景,看风景人在楼上看你。明月装饰了你的窗子,你装饰了别人的梦。"她长舒了一口气,人与人之间的体谅与包容不过如此。

她对周立哲说:"谢谢你,从未揭开我的伤疤。"

苏萌和周立哲的话题渐渐地从工作到个人,后来,他们无话不谈,拼音这种独特的交流方式让他们偶尔可以暗藏语言的小玄机。那些他们可能看得懂,又可能看不懂的小玄机。

周立哲突然接到任务需要他紧急回国一趟,但他只能在国内停留三天,就要赶回德国。回到公司的周立哲直接向张轲闻汇报工作,汇报工作之后,他特意跑到车间去看以前的同学现在的同事,更重要的是他想见苏萌一面。同事们看到他万分惊喜,都拥上来问东问西,他一边回答一边四下张望,寻找那个身影。

终于,周立哲看到她走进车间,手里拿着很多物料。而苏萌进门看到同事们都围在一起,看了好一会才看到站在最中央的那个人。周立哲事先没有告诉苏萌他要回来,他就想看到此刻她惊喜的样子。他笑着向她挥手,苏萌怔了一会儿,才回过神似的笑着向他走来:"你这是?被遣送回来了?"

同事们都大笑起来,周立哲抬手拍着脑门:"你就不盼我点好?"

苏萌当然知道他不会犯这样的错误,她这是在怪他居然没有事先告诉她一声。

一别两年,两年的拼音交流,都忍不住笑了出来。"还有一年。"周立哲走到她面前,意味深长地低声说,他看着她的眼神变得有些不一样了,苏萌点点头。

"等我回来。"周立哲又接了一句。

"不回来,你还能去哪?"苏萌笑他无话找话,周立哲被她呛得脸一红,苏萌似乎知道他的言下之意,佯装不懂,毕竟他什么也没有明说,她的懂到底是不是他的心意,她自己也不知道。

"今天晚上我回沙溪,明天就要飞回德国。"周立哲凝视着她的脸,良久才说。

"这么赶?"因为有保密要求,苏萌只知道他是突然回国取一样重要的东西,但不知道他的行程这么紧张,只好说,"好吧,那……"

"你今天去看你亲公亲婆吗?"周立哲紧接着问。

苏萌看着他犹豫了片刻:"可以去。"

"那我在巷子口等你。"周立哲好像生怕苏萌反悔,说完就急匆匆地走了。

这算是约会吗?苏萌抿唇微笑。

周立哲回家后吃过晚饭,就匆匆地出门了。父母还没看够这个儿子,追在后面问他几点回家,他们也有攒了一肚子的话想和儿子说,他却回了一句:"不一定。"

巷子口,苏萌穿着白色短裤、蓝色半袖衬衫,黑直发齐肩,看到他时浅浅地笑着。八月的天气,正是江南最热的时候,周立哲跑过去已经一身汗了。"热吗?"他问苏萌。苏萌的额头上渗着汗珠:"怎么不热?"还是那种说话的语气,周立哲有时候觉得面对面时的苏萌没有手机上打拼音的时候温柔,两种不同的感觉倒是让他觉得很有趣,但是这种语气的苏萌他好像更加熟悉。

"这次回来太匆忙了,没来得及给你准备礼物,下次一定给你带一份大礼物回来。"周立哲歉意地对苏萌说,"报答你,陪我聊天打发空虚寂寞的时光。"

"嗯,那你要准备一份贵点的,每天晚上在我的手机上按那么多拼音字母,好几个键都松动了,不信你看。"苏萌说着从包里拿出她的三星手机,递给周立哲看。周立哲接过来,按了按,果然松动了:"那就给你换个手机。"钢铁直男也就是这样了吧。

苏萌也不客气:"这可是你说的,那我可就等你回来给我换手机了。"

"说到做到。"周立哲一脸严肃,苏萌就知道,她的新手机这回有指望了,周立哲的确是一个说到做到,言出必行的人。

他们一路走到水塘边,那个苏萌和周立哲心里最难过的时候都来过的水塘,好像有很多话想说。两个人发了那么久的信息,几乎无话不谈,可还是东一句西一句地能聊上几个小时。

直到夜色渐浓,看着头顶圆月,即便是依依不舍,也只能分别,周立哲对苏萌说:"明天我就回去了,到了德国,我再发信息给你。"有时候,有些话似乎不需要面对面表达,而有些话一定要面对面时才能说。

周立哲匆匆走了,飞机上坐在他旁边的是一位中国女孩和一个德国人,他们一路上都在谈论奥运会的事,从他们的谈话中周立哲听出来,他们是从德国来中国报道奥运会的。那个女孩突然说:"上海离我的家乡很近,而我却过家门而不入,这在中国是有典故的。"

和那个女孩同行的德国人惊讶地问她:"中国的典故都很有意思,可是你为什么不回家呢?我可以等你几天的。"

女孩说:"是我想尽快把我们拍到的奥运会和中国现在的样

子编辑好,我迫不及待地想让更多的人看到。"

"我们不是已经传回去一部分了。"那个德国记者说,"而且报社也及时发出去了。"

女孩笑了笑:"一定不会是全部,所以我要亲自制作这一档栏目,跟踪报道。"

周立哲大概听明白了,他们是来自德国报社的记者。

"为你的祖国?"她旁边的德国人问。

"对,为我的祖国。"女孩很骄傲,"我的家在太仓,你听过吗?"

当'太仓'两个字从女孩的口中说出来,周立哲就再也不能不仔细地看看那个女孩了,她与他年纪相仿,她所做的事很值得骄傲,没想到她也是太仓人。

周立哲忍不住打了个招呼:"你好,你是太仓人?"

女孩很惊讶地转过头看着他:"是的。"

"我也是太仓人,太仓沙溪的周立哲。"周立哲伸出右手,女孩伸手与他握手,"城厢镇,吴欣。"这恐怕是最典型的江苏省人介绍自己的方式。

周立哲看着吴欣:"太巧了,对不起,刚才听到你们的谈话,您是记者?"

吴欣笑着说:"还不算,希望我能成为一名记者。你呢?"

"我是德国克恩公司在中国区太仓公司的员工,正在德国学习。"周立哲大方地介绍自己,"你很久没回太仓了吗?"

"五年了。"吴欣回答他,旋即又问,"太仓变化大吗?"

"大,太仓每年都在变化,而且变得很快,你还会回国吗?"周立哲大概猜到了吴欣是去德国的留学生。

"当然。"吴欣毫不犹豫地回答。

"到时候,你就知道太仓已经不一样了,期待你早日回家看看。"周立哲大方地说道,"我在德国再学习一年也要回国了。"

吴欣欣喜地看着他:"克恩公司的总经理是张轲闻吗?"

"你认识?"周立哲除了有老乡情的惊喜之外,此刻又多了一份惊喜。

"我爸爸和他是好朋友。"吴欣告诉他。

周立哲来了兴致:"真是太巧了。"

"是啊,我也没想到,你在克恩公司做什么?"吴欣正式打量了一下周立哲,觉得眼前这位男士应该和她年纪相仿,虽然他没有西装革履,但看起来十分干净整洁。

"我在数控车间工作。"周立哲大方地介绍自己,"哦,我是双元制学员,现在去德国继续学习。"

吴欣听到这儿,瞪大了眼睛,惊讶地欢呼:"哇,没想到张叔叔的双元制真的搞成了。"

这种偶遇大大出乎周立哲的意料,他也没想到吴欣居然知道得这么多:"是的,非常成功,而且现在太仓的双元制班越来越多,有很多德国企业都因为太仓有双元制教育而来。"两个人越聊越亲切,话题从在德国求学的经历聊到家乡和他们共同认识的人。但他们都没有提到苏萌。

他们交换了联络方式,相约回到德国之后常联系。

坐在吴欣旁边的德国记者听不懂中文,但看到他们俩聊得那么开心,不免好奇。吴欣就用德语给他翻译,后来,周立哲干脆也用德语交流。两个中国人在德国记者面前提到太仓的时候,那个德国记者竟然说:"我知道太仓,刚才我就一直在听你们提这个城市。"

"你知道?"吴欣惊讶地问她这位同事。

德国记者点点头:"我是记者嘛,在德国企业界太仓是个很有名的城市。"

德国记者同事讲了许多关于太仓在德国小有名气的事,他告诉他们,他除了知道中国的几个大城市之外,就只知道太仓这个城市了。吴欣万万没想到,她离开的五年,太仓已经有这样的影响力。十几个小时的漫长飞行,因为有了太仓这个话题不再枯燥。他们聊了很多关于太仓在两国人民的心中是什么样子,聊着聊着他们会惊讶地瞪大眼睛,偶尔又颇有感慨地唏嘘不已。吴欣会问周立哲那些熟悉的地方,和有些想念的家乡美食。周立哲都如实回答,蓦地他说了一句:"不过,我这次回去,感觉太仓又变了很多。"

"你离开几年了?"吴欣问他。

"两年。"周立哲好像并不确定似的在心里计算着自己离开的日子,没错只有两年,但克恩公司附近又盖了几幢厂房,就像野地长出的花朵一样,悄无声息地挺立在他面前,鲜艳夺目。克恩公司曾经孤独地矗立在那里,两年之间,他到克恩公司大门前时,竟然迟疑了一会儿。

两个人陷入片刻沉默当中。

到了德国之后,他们彼此告别,虽说都是太仓人,在德国也离得不远,可要相聚并不是一件容易的事,每个人都有自己的生活节奏。

周立哲到了德国的宿舍里,除了给父母报去平安,还给苏萌发了一条信息。

"这次回来的飞机上,很巧地遇到一个中国女孩,更巧的是她也是太仓人,还认识我们张总。"

"有这么巧的事?"苏萌也觉得这种巧合简直不可思议。

周立哲告诉她:"是的,她回国报道奥运会。"让德国人看到真实的中国,周立哲知道吴欣做了一件多么有意义的事。这两年在德国,他从德国的媒体上很少看到有关中国的报道,偶尔有也极其片面,这让他心里很不是滋味。他明显能感觉到,德国民众对中国的了解有限,反而是德国的企业界在慢慢地接受中国。

他把从吴欣那里听到的话告诉苏萌,苏萌虽然没去过德国,但她能感觉到周立哲口中那个女孩做的事意义重大。

"那女孩漂亮吗?"女孩子会有些不一样的心思,她突然问道。周立哲如实回答她说,"漂亮,气质优雅,看得出非常优秀。"

苏萌闻言,陷入沉默。

周立哲全然不知电话那边的苏萌的心思,他看了看时间,还以为苏萌睡着了,就放下手机,没去在意。

优秀,苏萌一直觉得自己在双元制班里是优秀的。走上工作岗位后,她看到了更多优秀的人。可今天周立哲在飞机上遇到的女人,显然比自己更加优秀。

沙丽丽下班回家对丈夫说:"今天我们单位同事说,她老公的单位有个不错的小伙子,问我要不要介绍给萌萌。"

苏志强一愣,他还没宠够自己的女儿,就要把她推给别的男人了吗？他不情愿地说："萌萌今年才二十三岁，会不会太早了。"

"也不早吧，谈两年再结婚，多了解了解。"沙丽丽盘算着，"对方在银行里工作，虽然不一定大富大贵，但至少稳定啊。"

"哪个银行？"苏志强寻思了一会儿，问妻子。

"太仓农商行啊。"沙丽丽回答，"也算是企业，和萌萌都是企业里的人，正好。"

苏志强没吭声。

晚饭的时候，沙丽丽把这件事当着丈夫和女儿的面说了出来，苏萌一听，马上反对道："我不去，都什么年代了，还相亲。"

"不然怎么办？你们哪有机会出去认识男孩子？每天只对着你们公司里的那些人，如果有火花，早就有了。"沙丽丽很直接地说道。

"妈，我，我现在不想谈恋爱。"苏萌脑子里想起了周立哲，前几天他还和她说，还有一年他就要回来了，这话好像有什么暗示，可在今天，他信息中说他遇到了一个优秀的女孩。苏萌不想让任何人知道内心深处，她很介意自己没有上过大学，即便她现在有好的工作和收入，她还是觉得低人一等，这种感觉不知从何而来，但却真切存在。周立哲口中的优秀女孩让她最先想到的就是吴欣，差距，她和吴欣的差距，总也拉不近。

沙丽丽看看丈夫，凑到女儿跟前，不怀好意地问："是不是有心上人了？"

"没有，你好烦。"苏萌继续吃菜，不想和沙丽丽说话。

"那为什么？"沙丽丽不理解地追着问，"让你们谈恋爱又不是结婚,谈谈看,多谈几年妈妈也同意。"

苏萌不想和妈妈理论,放下碗筷就走了。

苏志强忙说:"你看你看,我就说你太着急了,孩子饭都没吃完。"

"哎呀,这也不是我着急啊,人家男方也是抢手得很,这样的条件,总要去看看再说嘛。"沙丽丽想尽办法劝这父女俩。

在大部分父亲的心里,自己的女儿都是最优秀的,苏志强并不急:"现在的年轻人不像我们,他们有自己的想法,你就不要管了。"

"不行,她是我的女儿,我不能不管,万一是个不错的小伙子呢?萌萌虽然在德企里面上班,但学历并不高呀,人家好歹是在银行里的员工嘛。"沙丽丽继续说服丈夫。

沙丽丽这一次显然是不达目的不罢休,每天都在他们父女俩面前唠叨,苏萌是脾气也发过了,冷战也闹过了,都不如沙丽丽和她斗争的决心高。终于,在妈妈的威逼利诱下,苏萌相了人生中的第一次亲。

相亲的西餐厅就在雅格,沙丽丽让女儿打扮一下再出门,苏萌一如既往地不听,故意素面朝天赴约,反正这一关一定要闯,闯完了就算有个交代,硬着头皮去了。

走进雅格,她就看到了陈明香,她还是照样身着工作服,站在餐厅里与客人攀谈,说来也怪,雅格餐厅里那么多服务人员,就算陈明香是领班,也只有在工牌上能辨别出来。统一的着装,统一的发型,但陈明香就是能被一眼认出来。

这是苏萌第二次见到陈明香,正在和陈明香聊天的德国男人个子很高很高,足有一米九,陈明香身高一米六五,在女孩中不算矮,那位德国男人俯下身来听陈明香讲话,看起来,他们已经很熟络了。

陈明香看到苏萌的时候,礼貌地和那位德国客人说失陪后,就冲着她走过来:"嗨,又来照顾我们生意?"

苏萌对她眨了眨眼睛,"我来相亲。"老同学之间的熟悉感好像早就刻在骨子里了。

"啊?哪位啊?"陈明香的眼睛向四周扫视,正好被她看到有一位年轻的男士一个人坐在角落的位置上。她指了指那个位置,苏萌点点头,陈明香小声说,"看上了吗?没看上我帮你。"

"怎么帮?"苏萌这么一说,陈明香就懂了,"你还没看呢就没看上?我知道了,是不是你已经有心上人了?"

"哎呀,你真是。"苏萌一时之间找不到借口,她也不会说谎,脸唰地红了,陈明香捂着嘴偷笑,笑了一会儿才说,"我觉得你把来相亲的人礼貌地婉拒就好了,真诚一点总没错。"

"嗯。"苏萌给自己打了气似的向那位男士走去。

对方是个不错的男人,比苏萌大三岁,两人互相介绍了自己之后,男士准备点餐了,苏萌知道这里的消费不低,初次见面,她不希望对方误会自己太物质,就说:"天太热,吃不下,就要一份色拉吧。"

苏萌听着对面的男士不停地介绍自己,可是听了半天,她一个字都没听进耳朵里,她的脑子一片混乱,刚才她听陈明香说的可以委婉拒绝,便在心里措辞,想着哪些拒绝的话。转念她又想起周立哲嘴里夸赞的优秀女孩,她突然就觉得自己不够优秀了。

当年她本以为可以和吴欣一起优秀,可是她掉队了,她又想和周立哲一起优秀,却看着他越来越优秀,她好像又掉队了,是不是只有眼前的这个人才是她能选择的人呢?她迷茫地看着对方,直到对面的男士被她看得不知所措,她才回过神。

"对不起,刚才你说……"苏萌希望他能接下去。

对面的男士很礼貌地说:"看来你对我没感觉。"便笑了,这让他看起来很洒脱,这种性格是苏萌欣赏的,她笑着伸出手重新介绍自己,"你好,我叫苏萌,是克恩模具车间的一名模具工。"这是她考进双元制专业班以来,第一次大大方方地在外人面前详细地介绍自己的工作。

"你好,我叫沈少洋,在银行信贷部。"沈少洋也伸出手,两个人握了握手,"我很好奇,你怎么会选模具专业?"

苏萌笑了笑,她笑得很可爱:"因为年轻!"

年轻可以有很多尝试,也可以承受失败。

苏萌和沈少洋聊着聊着,越来越放松,她突然很想抒发积累了那么久的心事,"其实,那时候我很茫然,因为没考上高中,一时之间有点自暴自弃,就随便选了。"这些年,她把自己困在一个笼里,也许她应该向外伸出触角,看看外面的世界了。

"这可是对自己不太负责啊。"沈少洋笑着说,一边还要担心苏萌会不高兴,他还是真诚的,"不过,现在的结果很好,说明你还是很优秀的。"

苏萌笑了笑,她还是第一次和别人说起这件事,对于她那次中考失利,八年来都没和别人当面提起过。这并不是因为沈少洋让她有什么不同的感觉,只因为沈少洋是和她完全没有交集的人，压在心里这么多年的事，她也想知道说出来是什么滋味。

"在信贷部工作是不是都有任务？"苏萌转移了话题，"好做吗？"

"还好，这也受益于德企，虽然我做不到德企这样的大客户，不过，基于这么多德资企业，相关的民营经济也在发展，这部分客户也是不错的。"沈少洋自然大方地说。大概是和他从事的工作有关，不会见到人张不开口，这也使他不会把一场两个人可能不会再见第二次面的相亲搞得太尴尬。

苏萌听他讲了很多民营企业的名字，还有那些企业都做什么，和德企有什么样的关联，"大部分还是服务性质的多，因为德企的标准和我们不一样，目前民营企业在制造这一块能和德企合作是个不错的青年，对未来有思考。

苏萌听着，这次相亲让她知道了很多她世界之外的事。两个人不知不觉聊了两个多小时，这可不像是没看上的节奏，陈明香时不时地就看向他们俩的方向。

太仓的雅格西餐厅成了一些德国人的食堂以后，生意就特别好，甚至营业额已经超过苏州总餐厅，这其中陈明香功不可没。雅格的老板是台湾人，对陈明香非常器重。陈明香既开朗又乐观，她对客人的热情和其他服务人员总有些不一样，她的热情是发自内心的，就像她对苏萌说的，她从来都没想过自己做服务行业有什么不好，她热爱这行，她喜欢看她的餐厅打扫得干干净净，也喜欢将餐厅布置得清新整洁，她对店里的服务员也有很高的要求：随时都要打扫擦拭，随时要检查餐具是否有卫生问题，谁也不能有偷懒的态度，要让所有的客人都有宾至如归的感觉。她从来不会严厉地命令手下做任何事,就算看到她们做得不足,也会亲自示范服务。没有客人的时候,她会仔细检查每一个细节,正是她的细致,得到了那些对卫生要求苛刻的德国人对雅格餐厅的认可。

霍恩一个人正默默地吃饭,陈明香过去和他打招呼,她看到霍恩今天点了她上次推荐的新菜,非常感激地说:"我们的新菜还不错吧?如果有什么不妥,您就告诉我,我们改进。"

霍恩笑了笑:"非常好!"

陈明香发现霍恩每次吃饭都是一个人来,很少与别人结伴,舍弗勒太仓公司的德国员工是雅格餐厅的主力军,那些德国员工总会三五结伴而来,只有他每次都是一个人,这个人的性格很孤僻吗?可是,每次陈明香和他聊天,他都很礼貌,也会微笑,不像是个孤僻的人啊。

看着霍恩孤独的身影,陈明香心里莫名一软,又端了一杯饮料送给他:"您每天都来,请你喝杯饮料。"

霍恩看了陈明香一会儿,好像这样的好意让他不敢接受,陈明香马上摆摆手:"不要误会,我只是感谢您的光顾。"

"为什么要感谢我?你们也为我提供了最好的服务。"霍恩一本正经地说道。

陈明香露出一个灿烂的笑容:"您的肯定,是对我们最大的鼓励。"

"我喜欢来这里也是因为你的笑容。"霍恩随后说出这句话时,陈明香听得一怔,一时之间竟然回不过神来。"怎么了?"霍恩看到陈明香怔住的表情不禁问道。

第三章 十年之间

霍恩大概不知道，他这样的话，在中国就有了一点暧昧的意思。陈明香似乎也反应过来，霍恩是德国人，在她的认知里欧美人奔放浪漫，或许霍恩也是这样的西方人，那时，她还不能分辨，欧洲各国人之间的性格也有差异，她蓦地有点难为情。霍恩很高大，不止高大，还很帅气，她一直觉得他看起来眼熟，现在她终于想起来，因为他长得很像她妈妈年轻时的偶像，不，连她都觉得很有魅力的费翔。这样的男人走到哪里都会被多看两眼，所以，听到他这样说，陈明香的心是悸动的。

转念，她马上告诉自己，不能想入非非。这只是欧美人的客气话。

"谢谢，我，我只，只是很高兴。"陈明香在雅格做店长，没有她接不住的话儿，她第一次结巴。

霍恩脸上的表情并不轻佻，那严肃的样子说明他很认真，而陈明香扪心自问，我要认真地听他这句话吗？她想到在苏州时有些年轻的女孩和老外到西餐厅吃饭亲热的样子，她摇了摇头，打了个冷战。

"可你看起来并不高兴。"霍恩是直脾气，他根本就不会拐弯抹角，陈明香快接不住话了，"我？我高兴，很高兴。"强挤出一个笑容，心却噗通噗通地跳个不停，她暗骂自己没出息，幸好脸上还能保持礼貌的微笑，让她看起来并不失态。

霍恩皱着眉："不需要勉强自己。"

被揭穿的陈明香真想转身逃跑，可是，她不能逃，霍恩是她的客人，她强迫自己平复情绪，恢复了镇静之后又说，"我从来不会勉强自己。"这是真话。

"我可以和你正式认识一下吗?"霍恩伸出手介绍自己,"霍恩,来自德国一个小镇,很高兴认识你,我们可以做朋友吗?"

陈明香凭着本能伸出手:"您好,霍恩先生,我叫陈明香,太仓人,就是这里人。当然很高兴和您做朋友。"

霍恩在这里吃了三个月的饭,过去他们见面时,只简单地寒暄,聊一些饮食方面的事,很少聊别的话题,霍恩很安静,一个人吃得很认真也非常优雅。陈明香经常听几个服务员说,霍恩是所有外国男客人中最绅士最帅气的一个。也有年轻的女服务员起了别的心思,对霍恩百般殷勤,可是霍恩的态度一直是冷淡而又礼貌的。

今天,霍恩突然那么主动地和她攀谈,而且还正式地和她做朋友,她突然觉得霍恩会不会对她别有企图?不,她可不是那种女人,她在心里告诉自己。可是霍恩的确非常有魅力,他从来不带女性出现,但这只能说明他不带女性在这里吃饭而已,并不能说明什么,一连串的戏码开始在陈明香的内心上演。

霍恩却说,"来中国之前,我很忐忑,因为那时并不了解中国,但这几个月我发现,中国比我所了解的要好很多,没那么贫穷,也没那么脏。"他指了指窗外,"太仓这座城市和我们家乡很像,绿化好,街道整洁,人也很亲和,艾瑞克没有骗我,我有点喜欢上这里了,但我还是不能充分地了解中国,你能帮我吗?"

听到他这样说,陈明香的心放下一半儿,原来是这样,瞧她自作多情了不是?她的脸又红了,连忙点头:"当然,当然,你想知道什么,我知无不言。"

"太好了,周末你休息吗?我想去看看中国的苏式园林。"霍恩说完,仍是一脸严肃地看着陈明香,期待着她的答复。

"周末?"

周末是雅格餐厅最忙的时候,她总不能放下店里的事,出去给霍恩当导游吧?正犹豫着,苏萌过来和她道别,她马上站起来,"霍恩先生,这位是苏萌小姐,也是太仓本地人,可以请她带你去看苏式园林,我周末还要上班。"

霍恩和苏萌都被陈明香突然的话说糊涂了,陈明香向苏萌递去一个求助的眼神,苏萌只好先笑着点头,"哦,好,也可以。"

"可是我只希望由你来为我介绍。"霍恩很执着地说道。

陈明香这时明白了,大家都在说德国人的刻板,说一不二,根本没有回旋的余地。苏萌看着陈明香轻声说,"不是我不帮你,是人家只要你。"说着,脸上浮起若有所指的笑意。

霍恩有点失落地垂下眼睛,苏萌借机溜掉了。

"霍先生,我不是推脱,而是周末我怕店里忙,我走不开。"她指了指店里,满脸歉意,霍恩抬眸看着她,"对不起,我没有考虑到你的情况。"

一句歉意的话儿,听得陈明香心下不忍,转念,"不过,我们可以上午去,赶在餐厅没有营业之前,就是要您起早逛公园,您愿意吗?"

"当然,那就这么说定了。"霍恩的脸色阴转晴,灿烂地笑了,那笑容绽开的时候,陈明香心底也跟着笑了。

"好吧,那周日上午九点,我们在这里碰面。"陈明香爽朗地笑着说,霍恩凝视着她,嘴角不自觉地微微扬起了。

周末,阳光正好,已经进入冬季的江南还不算冷。陈明香穿了一套白色的运动棉服,脚上穿着白色的运动鞋,平常挽在脑后的发髻今天被她梳成高高的马尾悬在头顶。走起路来马尾辫子左右摇摆,青春气息逼人,她今天和平常在餐厅里的样子有些不同,妆容很淡,淡得像一朵玉兰花。

  大个子的霍恩一出现就很引人注目,他也穿着休闲装,没有像往常那样西装革履。牛仔裤冲锋衣一双黄色的户外鞋子,看起来不像是要去公园,而像是要去爬山。不知道他对苏式园林的理解到底是什么样子的。陈明香看着他那一身装扮差点笑出声来,最后,她还是憋了回去,向霍恩挥挥手,霍恩向她跑过来,"是我来晚了吗?"他抬腕看看手表。

  "是我来早了。"陈明香告诉他。事实也是如此,霍恩本来是早到了五分钟,只是陈明香做什么事都会提前,所以反而好像霍恩来晚了似的,这让一直把守时当成专利的德国人有点不适应。陈明香带着霍恩去太仓南园,她对霍恩讲,"南园,建于明万历年间,你知道吗? 就是差不多四百多年前。这里主要有绣雪堂、潭影轩、香涛阁诸胜,是首辅大人处理政务和种梅养菊之处,太仓民间称之为'太师府'。"

  陈明香滔滔不绝地讲着,可霍恩好像根本听不懂地皱着眉头,陈明香停了下来,"要怎么讲你能听得懂呢?"中华文化博大精深,哪里是一天、两天、一年、两年能讲得清楚,那要几十年,上百年,上千年才行。

  "没关系,我会慢慢学。"霍恩知道他对中国要重新学习了,不过,他站在南园的亭台楼阁前,赞叹地连连点头,"中国智慧,中国审美。"

"对,我们祖先的智慧,非常值得我们骄傲。"陈明香脸上溢出的骄傲一点都不含蓄。她又向霍恩招招手,"霍先生,到这里来,从这个窗向外看。"霍恩站在她身边,顺着陈明香的手向外看,一幅中国画出现在眼前——竹、石、屋檐、窗影相映成趣。

"中国。"霍恩喃喃地念叨。

"是的,有一种美,你看上去就知道代表了中国。"陈明香也陶醉其中,她微微地笑着说,"至简而唯美。"

霍恩点着头说,"我喜欢中国的美。"

"是吗?那你转身,看另一边。"陈明香已经转过身,霍恩也跟着她原地转了180度,他看到了小桥和池水,又是一幅别开生面的中国画。陈明香笑着对他说,"这就是苏式园林的特色,无论你站在哪个位置,无论你从哪个角度,都能看到不同的景致。中国叫一步一景。"

霍恩沉醉地点点头:"那个石头很中国。"

"当然,那是太湖石,可贵了呢。"陈明香没想到,霍恩还挺识货。

"多少钱?"霍恩很认真地问她,陈明香欲言又止,思量了一下才开说,"中国有些东西没办法用价格来衡量,是看稀有程度的。这块太湖石是为了恢复这个园林买来的,你问价格干嘛?难不成你也想买?"

"是的。"霍恩一本正经地点头回答,"我很喜欢,我想买回家去。"

陈明香心里嘟囔,德国人这么有钱吗?霍恩在舍弗勒公司不就是个工程师吗?

"这个,我还真不清楚,我们普通人从来没想过要买那么大一块太湖石,虽然我家在太仓,但是太仓普通的家庭,还没有富裕到买这些雅物。"陈明香说得很含蓄,在她看来,这些东西还不是她这样的人能享受的,又何必问价格,所以她哪里知道价格呢。

霍恩和陈明香一边聊一边走,已经来到那块太湖石前面,霍恩围着太湖石转了几圈,就笑着对陈明香说,"陈小姐,你帮我问问到哪里可以买一块太湖石吧。"

"你要运回德国吗?"陈明香大惑不解。

霍恩摇摇头:"就在这里。"

"可是你要有个院子才能放啊?"陈明香本能地想到。

"也可以放在楼房的家里。"霍恩不同意她的说话。

陈明香看看他手指的那块太湖石,快和她一样高了,她真想象不出,这么大一块石头能放在家里哪个位置,不过,她不想和霍恩犟,他觉得可以就可以吧,她只好无奈地答应了帮霍恩寻太湖石的价,她又想或许霍恩只是三分钟热度,过段时间应该就会忘记这块石头了。

走上知津桥,南园最引人注目的一座单孔拱形石桥,桥面离水面有三米四高,远望如飞虹临水,亦美亦壮。此桥仿北京颐和园的玉带桥款式建造,造得是有气派。桥东头一棵百年树龄的朴树更映衬得知津桥入画入诗。

这座桥难住了霍恩,台阶窄且陡,宽度连霍恩的大脚都放不下,他斜着身子上桥,桥的坡度太大,霍恩走得小心翼翼。

"中国人造桥最厉害。"他上到桥的顶端时伸出大拇指。

第三章　十年之间

"这个可就不能买了吧?"陈明香笑着打趣,霍恩的面容严肃,似在思考,陈明香吓坏了,"这个可买不了,至少这个不能放在家里。"说完,她就跑了,就怕霍恩再多问。

霍恩又开始小心翼翼地下桥,陈明香看他那个大块头谨慎的样子,突然觉得有点可爱。随后,又带他参观了大还阁,给他讲了古琴和琴圣的故事,霍恩听得非常认真,只是他好像又看中了古琴。陈明香觉得这样下去,他一定会破产的。

不知不觉地,两个小时就过去了,陈明香看看手表,歉意地对霍恩说,"我要回去上班了。"

"好,我送你回去,正好可以吃个午餐。"霍恩通情达理。

两个人刚走出南园大门,陈明香脑际间闪过一个想法:"还有半个小时,你每天都吃我们餐厅的西餐,不如,今天换一换,我带你去吃个面,太仓最好吃的面,你敢和我去吗?"

霍恩听到要吃太仓的特色面,有一点犹豫,保守的他不敢挑战新的食物,但看到陈明香兴奋的样子,他果断说:"当然可以。"

他们赶到南园面馆,这是家庭经营的面馆,由来已久,算是太仓面馆中的老字号。苏州人喜欢吃面,太仓人自然也喜欢吃面,面馆是这一带最常见的,但像南园面馆这样能几十年如一日生意兴隆的可不多。南园面馆的苏式面都是家常的几种浇头,虽然没有后来开的那些面馆有那么多花样,但就是这种平常,才有民间的味道。因为来得早,客人还不多,陈明香到前面点面,她让霍恩找个位置坐下,可是人高马大的霍恩看着小小的店面里那些局促的位置,根本不知道要坐在哪里。

陈明香点好了两份焖肉面回过头,看到霍恩窘迫的样子,连忙走过去。"就坐这里吧。"拉着他就近坐下了。

南园面馆的店面很小,四五个小桌子挤在一起,人在里面连个转身的空隙都没有,霍恩有点后悔答应陈明香的请求,这个女人有时候让人完全信任,偶尔也会有点不靠谱,他觉得现在就是不靠谱。

很快两碗面端上来了,陈明香递给霍恩一双筷子,"吃吧。"

全世界的面条都长得差不多,可用筷子,他还没有完全学会,来中国的三个月,他已经尝试过几次,至少他可以笨拙地使用。霍恩吃了一口之后,瞪着大眼睛看陈明香,"味道不错。"肥而不腻的焖肉入口即化。

陈明香笑而不语,继续吃面,他们很快就把两碗面都吃完了,"好吃吧?在中国只吃西餐真的太可惜了。"陈明香早就发现了,霍恩每天都吃相同的东西,长此以往,她都担心他会营养失衡,所以也想带他做些中餐尝试。

"你不怕我喜欢上吃中餐之后,影响你们店的生意吗?"霍恩疑惑地问她。

陈明香摇了摇头,"当然不怕,因为西餐是你们主要选择。"

看到她的自信与从容,霍恩笑了。霍恩只给餐厅里的服务员非常礼节性的微笑,这时他脸上的笑容看起来是发自内心的,陈明香觉得自己是不是又在自作多情,毕竟她是个年轻的女孩,她的心也会悸动。异域的吸引力,非常强烈。

"下个星期,还可以再约你出来吗?"霍恩又说了一句,"也可以是早上。"他的妥协让陈明香怔了怔,"好啊。"她答应了。

工作日,霍恩仍然会来雅格吃饭,但他进门后,不再只是直奔自己喜欢的那几个位置坐下,而是向四周张望,找到陈明香和她主动打招呼。陈明香一再告诫自己,不要迷失,也不要自作多情,她仍然职业地热情而周到。

霍恩在她的心里还是变得和其他德国客人有些不一样。

陈明香下班回到家里,经常和父母聊起店里有趣的事,或者听到些什么,德企落户太仓越来越多,她的餐厅也成了一个风向标。陈明香父亲在一家当地企业里作普通的职员,母亲曾经是纺织工人,后来纺织厂倒闭了,就回家四处打点零工,一家人过着本本分分的日子。他们只有这一个女儿,本来女儿到苏州上学,毕业后就想让她回来,没想到女儿真就回来了。虽然没有成为公司里的文员,但现在女儿喜欢这份工作,他们也觉得不错,只希望女儿将来找一个好人家结婚,安逸地在这座小城里生活。

周五晚上,霍恩就来和陈明香确定了他们星期天的约定,陈明香想拒绝,却又觉得不该拒绝,她又答应了。

周末,她决定带霍恩去沙溪古镇。

"这可是中国的历史名镇,感受到了吗?梦里水乡,江南的生活就离不开水声,听到了吗?"陈明香站在庵桥上指着沙溪古镇的水,对霍恩说。这次霍恩带了照相机,不停地拍,陈明香翩然回首间,听到快门的声音,她看到霍恩正在拍她,她大方地微笑,霍恩再次按下快门。

陈明香带着霍恩逛古镇,吃小吃,霍恩不时地瞪着他的大眼睛,先是摇头摆手拒绝,又在陈明香大快朵颐的时候,忍不住尝试,各种中国滋味入口,霍恩脸上紧张的神色不见,笑得越来越多,越来越温和。

陈明香告诉霍恩,她正在找文化馆的同学帮忙找卖太湖石的地方。霍恩很高兴,陈明香是个言而有信的人。

古镇上响起悠扬的二胡声,陈明香告诉他那是中国的民间乐器,她知道那是一家茶馆里的主人拉的,就拉着霍恩去看。霍恩举着照相机拍茶馆老板拉二胡的样子,陈明香可以看出他眼中的惊讶,因为他一定没想到如此简单的丝竹乐器可以发出那么美的声音。曲调荡着镇子上的青石板路面,霍恩越来越喜欢,不停地伸出大拇指。

今天,陈明香邀请他吃了太仓的特产肉松骨头,虽然看起来吃相不雅,但霍恩吃得很香。这对一直保持着优雅的霍恩来说也算是突破。

连续两次相约之后,陈明香告诉自己不能再与霍恩单独约会了,年轻的她一不小心就会春心荡漾,她怕自己真的会迷失。自从她去西餐厅工作,父亲就和她严肃地谈过话,提醒她不要和外国人谈恋爱。

霍恩一如既往地每天来雅格吃晚餐,他东张西望,吃得心不在焉,连续三天没看到陈明香了,笑容渐渐消失,眉头紧锁。直到第四天,他走进雅格时,又没看到陈明香灿烂的笑脸,他便问服务员,"为什么没看到陈店长?"

"她休息。"服务员回答他。

"她生病了吗?"霍恩关心地问道,服务员吱唔着"嗯"了一声。

陈明香躲在后厨,她的手机响了,是霍恩,思虑半天,她还是接起电话,笑着说:"霍先生,您好,有事吗?是不是我们餐厅的服务哪里不好？"

"不，我听说，你病了？"霍恩温柔地问道。

陈明香一怔，旋即想到大概是服务员敷衍他的："哦，有些小毛病，没什么大碍，您有什么事吗？"

"没事，只是这几天都没看到你："霍恩说到一半儿停住了，"过几天就是圣诞节了，我要放假回国了。"

陈明香的心里没来由地失落："对哦，你们要回国跨年了，祝您旅途愉快！"

"谢谢。"

陈明香挂断了电话，继续躲在厨房里，餐厅里的人都不知道她最近怎么回事，每天晚上这个时间都要在后厨监督工作，一个个都不敢松懈，她对厨师长说，"马上要圣诞节了，可能外国客人都要回国了，但我们可以做节日活动，给在德企的中国人做些特色活动。大家多想几个新菜。"布置完工作，她就站在后院的厨房门前静静地看着窗外，直到，她知道霍恩离开了，才出去。

有个和陈明香走得比较近的服务员凑到她身边，小声说："陈姐，你是不是在躲霍恩先生啊？"

陈明香慌张地看她一眼，"别乱说。"

"霍恩先生一直在打听你的情况，我都不知道怎么回答他了。"服务员说这话的时候，态度有些暧昧，"是不是你们之间有什么？"

"没有，别乱猜。"陈明香说完转身就去和其他客人打招呼了。

从那天之后，霍恩就再也没有来，听他的同事说，他回德国休假去了。陈明香只觉得心里有种怪怪的感觉，但她很快就调整好自己，只是每天在霍恩经常出现的时间，每次进来客人时，大门上的铃铛响起，她都会看过去，盼着那个熟悉的身影。

那年的圣诞节，为了让不能回国的德国人有节日的气氛，雅格西餐厅里也布置了圣诞树、苹果和礼物。无论来的客人是中国人还是外国人，都会有一份小礼物送上，餐厅里循环播放着圣诞歌，生意没有因为德国人回国而受到影响，反而特别好，每天晚上都爆满，直到半夜客人才全都散去。陈明香累坏了，每天笑得脸都僵硬了，偏偏心里高兴不起来。

周立哲在德国给苏萌发信息祝福圣诞快乐。克恩公司的一楼大门口也摆上了圣诞树和礼物，每个员工都收到了总公司发来的圣诞礼物，太仓公司在圣诞节的几天也安排了假期，准备跨年。

沈少洋在那次和苏萌见面之后，第二次约苏萌。上一次见面后，两个人并没有任何明确表示，而这样的节日相约还是有点不一样，苏萌犹豫了一下，还是答应了沈少洋的约会。

再次来到雅格，正好是平安夜，如果没有事先预约根本没有位置，这是陈明香告诉苏萌的。所以，那天苏萌知道沈少洋这个看似很洒脱的男生，不知提前了多久预订好了位置，有些感动。她心里对周立哲的感觉也很矛盾，她总觉得周立哲再回来，她和他之间就有差距了。

"你们公司里的圣诞气氛是不是很好？"沈少洋开朗地问苏萌。

苏萌点点头："是的，而且每个人都有礼物。"

第三章 十年之间

说到这儿,沈少洋也拿出一份礼物,推到苏萌面前,苏萌既惊讶又难为情,连忙摆手推辞,"不行不行,这怎么好意思呢?我,我都没有准备礼物。"

"也不是什么贵重的东西,当然要有仪式感啊。"沈少洋轻松地说道,"其实,我对你真的很好奇。所以,我鼓起勇气再次约你,你能来,我真的很高兴。"

苏萌不禁脸红,"我只是觉得和你做朋友应该也不错,所以,我答应了。"

沈少洋没再说什么,至少他觉得这样很好,有目的的相亲,就少了某种期待感,而现在,他们俩谁也没有主动表态,反而更像恋爱的前奏。他和苏萌聊起不同的工作领域中遇到的人和事,聊得也很开心。

陈明香给他们送来了圣诞礼物,是包装得很好看的苹果,并祝他们节日快乐。她发现,和苏萌约会的还是上次来的男人,不禁冲着苏萌眨了眨眼睛,分明是在问:"不是没看上吗?"

苏萌一脸羞怯,陈明香笑着走开了,这热闹的店里突然让她有点寂寞的感觉。她又看了一眼霍恩经常坐的那张桌子,可那儿坐了一对情侣,他们脸上的笑容仿佛在向所有人宣告他们之间的爱情。

苏萌刚进家门,沙丽丽就凑过去问:"是和上次那个小伙子约会去了吧?"

"妈,我只能说先做朋友试试,不保证能发展下去。"苏萌如实告诉妈妈。

"不反感,就是好的开始。"沙丽丽很高兴,苏志强却一脸严肃:"我觉得,如果你对男孩子没有意思,就要保持距离,不然别人不知会怎么想了。"

"我为什么要管别人怎么想?"苏萌反驳父亲。

"你一个女孩子单独和男孩子约会,自然不是普通朋友那么简单。"苏志强装作若无其事地说着。

沙丽丽忙说:"总要相处看看嘛。"

苏萌没再说话,回自己的房间去了。她心底何尝不在矛盾,更知道不能这样下去。她必须理清楚自己的心,可是周立哲又没有真正地表白过。原本她想,等周立哲回来了就和他说清楚,但她怕呀,他们现在可以像朋友一样开开心心,还有双元制班上的其他人,他们在一起特别开心,如果真的挑明了,万一周立哲不喜欢她,那以后相处起来可就尴尬了。这不是她一个人的事,是一群人的事。何况,进入公司以后,她非常努力,工作也很出色,备受重视。可是周立哲的成长速度比她快,等他从德国回来,一定又是一次飞跃,在他面前,她又要自卑了。苏萌很不喜欢自己这样好强,她已经因此失去了吴欣,还要失去周立哲吗?苏萌很困惑,自己到底是怎么了。她拿起手机,躺在床上看着周立哲发来的圣诞祝福,但是看不出任何感情色彩。

彼时,周立哲和夏海丰、李长浩三个人走上街头感受节日的气氛,可是他们觉得并没有想象的那么热闹,店铺都很早就关门了,他们才知道,这里的人都回家庆祝圣诞,少有人在外面游荡。

周立哲笑着说,"这倒是和我们太仓很像,到了节假日,都回乡下的家里团聚,没什么人在外面。"

"你这么说倒还真是。"李长浩应和着,只有夏海丰和他们不

第三章 十年之间

一样,"上海节假日最热闹了。"

虽然斯图加特没有想象的那么热闹,圣诞气氛仍然很浓,人们走在路上都会热情地打招呼,祝福新年。三个好朋友一边感受这里的新年气氛,一边感慨,因为今年的中国年,他们都不回中国,这是他们在德国的第三个年头,第三个春节。克恩总公司也会为他们送上中国新年的祝福和礼物。三个人在这里过了两个新年了,过完这个年,他就要回国了,"明年终于可以在家过年了。"周立哲感叹着说道。

元旦过了,就是中国的春节。国内开始张灯结彩,新年的气氛可比圣诞节要隆重多了。陈明香刚把店里布置的圣诞装饰拆掉,又要布置中国年的节日装饰。服务员们都不理解:"外国人也不过中国年,为什么还要布置啊?"

"我们的客人又不只有外国人,而且,也应该让他们看到我们中国的传统文化。"陈明香已经把中国红的装饰物搬进店里,指挥所有人布置起来。

"小红灯笼要点起来,红红火火……"陈明香跑来跑去地指挥着。突然大门被推开了,"还没到营业时间!"陈明香说这句话的时候,看到了一张熟悉的脸。

"霍恩先生!"有几个服务员已经惊讶地叫了起来。

霍恩却看着陈明香,径自走到她面前:"我可以和你说几句话吗?"

所有人都看着他们俩,陈明香回过神似的笑着说:"好啊,还是老位置吗?"说着她就向霍恩经常坐的位置走过去,她的心怦怦跳,快跳出来了似的。霍恩跟在她身后,服务员们开始窃窃私语,盯着他们两个人。

霍恩坐下后,请陈明香坐在他对面,陈明香有点不自在,但她看到霍恩脸上严肃的表情,只好乖乖坐下,"好久不见,假期过得愉快吗?"

"不愉快。"霍恩沉声回答。

"啊?发生了什么不愉快的事吗?"陈明香关心地问道。

霍恩垂眼看着桌面,服务员送来了柠檬水,陈明香替他倒好,"慢慢说。"

霍恩喝了一口水:"我觉得整个假期,我都在思念一个人,对她的思念让我无法安心享受我的假期。"

陈明香的心脏开始剧烈地跳动,他要对她说什么?他有心上人了?还是……她不敢想,她不敢想下去,可她又很想听下去。

"陈小姐,这次假期让我很确定了一点,就是我爱上你了。"霍恩的话音落地,陈明香怔在那一动不动,听错了吗?

陈明香怔怔地看着霍恩,霍恩同样凝视着她,良久,都没人说话,世界好像也跟着静止了一样,"你,刚刚说什么?"她喃喃地问。

霍恩又说了一遍:"我爱上你了。"

陈明香倏地站了起来,"霍恩先生,我很尊重您,但我不是随便的女生,我谈恋爱一定是为了结婚,我不太适合浪漫的爱情游戏。"陈明香说这些话的时候语速很快。

"我当然知道,我很认真。"霍恩连忙解释。

陈明香的英语水平不错,可现在她好像突然无法用英语表达清楚自己,她抬起两只手,大脑飞速地运转着想着怎么说下去。霍恩拉住她的手,"陈小姐,你不要太激动,听我把话说完,我今年刚刚三十二岁,单身,没有婚史,你放心,我以绝对真诚的心向你表白,我不要求你现在回答我,你可以考虑考虑再回答我。"

他们已经引起店里其他人的注意,陈明香看到那些服务员惊讶的表情,起身向后厨跑去。

霍恩看着她的背影不知所措,只觉得自己吓到她了,他并没有离开,静静地坐在那儿,看向窗外的街上的灯光。陈明香跑到厨房,有个女服务员也跟了进去,"陈店长,霍恩先生在向你表白吗?"她的声音很大,所有人都听到了,陈明香尴尬地看着所有人:"你能不能小点声。"

"陈店长你怎么不答应啊?霍恩先生那么帅,条件也好……"

"你怎么知道他条件好不好?你了解的只是他来店里吃饭时的样子。"陈明香对女服务员说道,事实上她是在对自己说。

厨师们都在备菜,突然传进来这么大的新闻,纷纷停下手里的活儿看着她。那一刻,陈明香真想找个地缝钻进去,大概所有人都觉得她这是在欲擒故纵。

"陈店长,霍恩先生在那儿坐了很久了。"又有一位服务员跑进来告诉陈明香。陈明香深吸一口气,鼓起勇气走了出去,两个女服务员跟在她身后,厨房里的厨师们也都忍不住好奇,凑到门口向外面张望。

眼看着就要到晚餐高峰时间,陈明香必须在用餐的客人来之前解决这件事,不能影响工作。她重新回到霍恩面前坐下来,霍恩看到她很惊喜，盯着她的脸，期待她的回答。

陈明香抬眸碰上霍恩看着她深情的眼神，还是会心猿意马，她垂下眼睛，不敢直视霍恩，"霍恩先生，感谢您的厚爱，今天的事，有点突然，可以让我考虑考虑吗？"

"当然，你能考虑考虑，我已经很开心了。"霍恩摊开两手，放松了许多，"对不起，是我太唐突了，我刚回到中国，就立即来这里找你，把这段日子以来我的思念告诉你，并没有考虑到你能不能接受。"

"您不要这么说，其实，我……"陈明香想说，她对霍恩的奇怪感觉，大概也是思念，但东方女性的矜持让她没能说出口，"我能理解，我会尽快给您答复的。"

"希望不会太久。"霍恩的脸上露出笑容。

陈明香也笑了，这一次她笑得很腼腆："那，今天晚上您吃什么？"

"有新菜吗？"对饮食很保守的霍恩，除了陈明香推荐的新菜，是从来不会点新菜的。陈明香笑得更深了，"有。"

似乎已经不需要答案了。少女的心事和心上人的表白，很完美。那天晚上陈明香整个人都散发着光芒，她招呼其他客人的时候，霍恩目光默默地追随着她，而她不卑不亢、从容大方。她知道有一双注视着她的眼睛，只是在这之前她不知道那双眼睛已经追随她很久很久。

霍恩吃完晚餐，买单离开，离开的时候，他站在陈明香面前深情地看了她一会儿，只道了别，就走了。他的确是位绅士，绅士得让陈明香不敢相信，他刚刚对自己表白过。

第三章 十年之间

霍恩走后,陈明香继续工作,她让自己显得更忙碌,怕停下来就会怀疑刚才是不是一场梦,可她的脑海中一直在回忆自己对霍恩的感觉,她不想骗自己,她的确也对霍恩动心了。

当所有的员工打扫完卫生,准备下班的时候,有服务员忍不住问她:"陈店长,想好了吗?"

"赶快回家。"陈明香故作严厉地对她们说。

陈明香的年纪在所有员工中不是最大的,服务员里有两个比她年长,但都没有她工作能力强,所以大家也都很服从她的管理。只不过,还是会有人不服气被她这个小姑娘领导,总要说些闲话。厨房那些年纪大的洗碗工最喜欢说三道四,一边洗碗一边小声嘀咕:"每天和老外打情骂俏的,还真让她成功了。"

"哎呀,人家德国人总归要回国的,到时候能带她回去吗?"另一位阿姨跟着说。

"现在的年轻女孩不自爱。万一德国人不要她了,还怎么找婆家。"

洗碗阿姨议论得热火朝天,就是没人说一句好的。前面的服务员说得又是另一样:"陈店长如果跟了霍恩先生可真是让人羡慕啊。"

"店里天天来那么多德国人,你也有机会。"另一个服务员开玩笑。

"哎呀,你们也别想太多了,陈店长多优秀啊,也难怪霍恩先生会喜欢她。"

"就是啊,如果碰到个坏人,还不知道是好事是坏事呢。"

每个人看待这件事的角度都不同,各种声音,陈明香总会听到一些好的、坏的,她没有出声。想到今天发生的事情,偶尔她会羞涩地笑,又会微微地皱起眉头,到底她要不要答应霍恩呢?她深知,选择一段跨国感情需要承受很多——文化的差异和舆论的压力。

陈明香回到家里,父母正坐在客厅里看电视。他们已经习惯了她的晚归,每天都等她回来了才会休息。陈明香和父母说过很多次让他们先休息不要等她,他们虽然嘴上答应了,但仍然每天等着她,他们对她说:"不养儿不知父母恩,只有等你有了自己的孩子,才能体会我们的心情。"这句话让陈明香没有反驳的余地。

今天不一样,父母看到女儿回来了,正要起身回自己的房间休息,被陈明香叫住了:"爸,妈,有件事想和你们商量。"陈明香觉得还是要和父母说,就算是她心里有了决定,也应该告诉他们。

陈明香的父母看着她,等着她说下去。她坐在他们旁边的沙发上,双眸低垂,看着膝上紧握在一起的双手:"今天,经常去我店里吃饭的一位客人,向我表白了。"

"啊?什么样的人啊?在哪里工作?"陈明香的妈妈一听,倒是非常高兴,毕竟女儿已经到了谈恋爱的年纪。

陈明香循序渐进地说:"他在舍弗勒上班。"

"哦,那个德企我听说过,不错。"陈父把电视机关上了,认真地听着女儿说话。

"是不错。"陈明香不知接下来她说的话,父母会是什么反应,"不过,他是,他是德国人。"她把霍恩的基本情况告诉了父母。

"啊？"陈母错愕地看着女儿，陈父亦是如此。

陈明香知道父母一定会是这样的反应，他们是普通的家庭，从来没想过会有一个德国人要走进他们的生活。客厅里安静了片刻。"我不同意。"陈父干脆地说道，她的父母相对传统。

陈明香早就预料到父母会反对，她是家里的独生女，虽然家里不算富裕，但父母对她十分宠爱，连去苏州上学都希望她毕业后回太仓工作。他们就是想把女儿留在身边守护，而一个德国女婿，是他们想都没想过的事。万一霍恩要回国了，把女儿也带走了怎么办？那可是德国，比苏州远几百倍，他们肯定舍不得。而且跨国婚姻牵涉到的问题很多，他们觉得那些事都是他们预料之外的，他们也没有信心应对。

"就是啊，明香，万一他回德国了怎么办？"陈母忧心忡忡地看着女儿。

陈明香低垂着头，两只手交叠在一起，不作声。的确，她还没来得及去细细思考这些问题，可她的心动了。

"这件事，你要慎重。"陈父提醒女儿，他也知道女儿大了，有些事不是他反对就有效的，而沉默的女儿更让他感觉到了不安。

那夜，陈明香辗转反侧，无法入睡，同样还有他的父母和霍恩。

第二天到雅格上班时，陈明香心事重重，她心知霍恩每天都会来，今天她特别不希望霍恩来，她还没想好怎么回答他，她看到那张迷人的脸，她怕自己就会沦陷到他深邃的眼睛里。而除了这些，她竟然对霍恩没有更多的了解。她突然有一个想法。

霍恩仍然是在老时间来到雅格，他踏进大门，店里所有人的目光就追随而来，他们都在等着一场爱的结果。

陈明香调整好情绪，走到霍恩面前："你来了。"

霍恩满怀期待地看着她，他仿佛从她的眼睛里看到了她的感情。他相信眼睛是心灵的窗口，那里不会骗人。

"我想和你正式谈谈。"陈明香严肃地对霍恩说，霍恩点头。

仍然是在霍恩常坐的位置。那个位置本来就很安静，没有人敢去打扰他们，他们在那儿谈了很久很久。

霍恩的表情很严肃，好像是受到了拒绝，但他最后对陈明香说："我知道是我考虑得不够周全，我仅仅考虑到我个人的感觉。我还不知道中国和德国对待婚姻的态度有那么多差异，我会认真考虑一下。"

陈明香看着落寞的霍恩，不由心疼："对不起，他们是我的父母，他们有中国的传统观念，而我也很难跳出这样的文化和思维，因为我希望既然爱了就会有结果。"她含蓄地表达了自己不是只谈恋爱不结婚的不婚族。

那天晚上，霍恩再也没有露出过笑容，陈明香脸上的笑容也很勉强。

苏萌早就成了陈明香这里的常客，这次她不是和沈少洋来的。她看出陈明香有心事，不像以往那样春风满面，连她的笑容都很勉强，她悄悄地问她发生了什么事。陈明香看着苏萌，突然问："你在德企工作，会和德国的工程师谈恋爱吗？"

这个问题问得苏萌摸不着头脑："我们公司来的德国工程师都是已婚人士，怎么谈恋爱？"

第三章 十年之间

"他们离开家和妻子,不会因为寂寞找一个中国的女孩子谈恋爱吗?"陈明香继续问。

"当然不会,你在想什么呢?"苏萌诧异地看着她,"是不是,有已婚人士想找你谈恋爱?"

"没有没有,我只是好奇,他们会不会因为寂寞谈场恋爱。"陈明香最近为情所困,人变得怪怪的。苏萌白了她一眼,说:"你是不是那些乱七八糟的看多了?爱情这东西可遇不可求,不是什么感情都是爱情。如果你一直想那么多,那还算是爱情吗?爱情应该是心底最让人感动的东西。如果你把所有事都想明白了,那就不是爱情了。至少这份爱就不纯洁了,夹杂了其他因素。"

苏萌的一番话点醒了陈明香,也点醒了她自己,原来她什么都明白,为什么到了自己的身上,就会一团乱?是呀,爱情就是最动人的感情,那种感觉应该是不可言说又情不自禁的,为什么要用所谓的理智限制一场属于青春的爱情呢?

"谢谢你,萌萌,太谢谢你了!"陈明香兴奋地抱住苏萌,然后就跑开了。苏萌一脸莫名其妙。"什么情况?"她问来给她点菜的服务员,服务员把霍恩向陈明香表白的事告诉了她。

陈明香跑去找霍恩,可霍恩刚刚离开了。陈明香推门而出,店里所有的人都看到了,他们好像都预感到了什么。陈明香很快就看到了那个大个子,她跑了几步,喊道:"霍恩!"

霍恩回过头,看到向他奔跑而来的陈明香,停下了脚步。

陈明香跑到他面前,已经上气不接下气,霍恩看着她,等她把气喘匀了:"我答应你!我们试试吧。"

"真的吗?"霍恩感觉自己像做了一个梦,一个小时前,他还感觉被拒绝了。陈明香笑着点头。"真的,我不想辜负了我的青春,我还年轻,我就大胆一次,用我的青春赌你的爱。"

霍恩只觉得眼前一热,他俯身拥抱住娇小的陈明香,在她耳边低语:"我不会让你输的。"

从那天以后,他们就是雅格最让人羡慕的情侣。霍恩每天按时来就餐,只不过,现在他每次进来时都会先去拥抱陈明香,然后还会申请陈明香陪他共进晚餐。每当那时陈明香就有种上班偷懒的感觉,不过,雅格餐厅全体员工都支持她偷懒,他们都有些羡慕痴情而真诚的霍恩打动了中国美丽的女孩,也希望看到一段美好的爱情故事,那些美好的事最让人感动。

"你不用每天都来吧。"陈明香悄悄对霍恩说。霍恩却说:"你又没有假期,我除了来这里又没有其他吃饭的地方,来这里用餐就是我们的约会,你们说的一举两得,不是很好吗?"

陈明香无言以对。她的工作性质的确如此,这让她觉得有点亏欠他似的:"每个月我有一天假期的。"

"你不觉得太少了吗?"霍恩笑了笑,"在这里看着你工作也很好,就是你工作的样子吸引了我。"

"啊?"陈明香疑惑地看着他。霍恩却说:"你处理事情时的机智,对待工作的热情,不卑不亢的性格都是你散发出的魅力。"

陈明香觉得不能再和霍恩交流下去了,不然她会被他的甜言蜜语灌醉的。她笑着瞥他一眼,说:"真看不出,你这么会说话。"

"我说的只是实话。"面对德国人真诚的表情,陈明香只能接受他的夸赞。

两个人像泡在蜜里一样。"可是我们认识的时间才几个月，你确信你爱我？"

"爱和时间没有关系。"霍恩很肯定地回答她，"而且我想找的是妻子，可以让我感觉到安心的人。"

苏萌再来雅格的时候，看到霍恩和陈明香贴面告别，有点惊讶。"现在你的服务这么到位了吗？"她开玩笑地问陈明香。陈明香只好把她和霍恩的故事告诉苏萌，还说："是你点醒了我。"

"我还做了这么大的好事呢？如果你们能修成正果，一定要请我吃大餐。"苏萌又加了一句，"不能在雅格，我要点最贵的。"

陈明香笑得很羞涩，也很美。

她们都是年轻的女孩，这段时期，最美的经历就是爱情。苏萌决定不再接受沈少洋约会的请求，因为她知道那不是爱，是条件式相处，在相互匹配的外在条件下结婚，大多数同龄的女孩都会选择这样的婚姻，但对她来说，她需要有爱。而她知道，她的爱是日久天长才积累出来的，属于那个和她一起成长的人。至于周立哲和他口中的优秀女性，也燃起了她的斗志，让自己更加优秀的斗志。

还有一年，她想再等一年，等周立哲回来了，就会有答案了。

陈明香的工作性质决定她周末的时候更忙，而霍恩只有周末休息，所以他就会中午来餐厅吃饭，下午在这里喝咖啡，直到晚上吃过了晚餐再走。只盼着在陈明香休息的空隙，两个人可以聊聊天，他们需要有加深了解的时间。直到霍恩对她说："带我去见你的父母吧，我想你一定希望我们在一起能得到他们的祝福。"

陈明香很犹豫,霍恩拉住她的手,坚定地告诉她:"我相信真诚和坦荡可以赢得他们的信任。"

经过一段时间的相处,陈明香知道了他比她大八岁,在她之前谈过一次恋爱,是在英国留学的同学,后来因为各自的追求不同而分手了。霍恩从来不会和陈明香争执,遇到两个人有不同的意见,他就会保持沉默,然后对陈明香说:"听你的,我希望你开心。"

霍恩的优点很多,踏实和真诚是她最喜欢的。既然霍恩有这样的诚意,陈明香也决定去面对:"那这个周末,我休假,我带你去见他们。"

陈明香决定听霍恩的话,坦白地告诉父母他们在谈恋爱。

"爸、妈,霍恩想来拜访你们。"陈明香向父母宣布。陈父看着女儿半天说不出话儿:"不见。"

"爸,你这样可不利于我们中国人的友好形象。"陈明香故意说道,她了解父亲,虽然父母都是普通人,但他们都有一颗爱国的心。

被女儿这句话噎住的陈父,看看女儿又看看妻子。陈母也说不出什么,夫妻俩只好说:"什么时候?"

"这个周末。"

"好。"陈父听说外国人不喜欢中国复杂的亲戚关系,他就把老陈家所有的亲戚都叫了回来,足足二十多口人。陈父暗自决定让女儿带着她的德国男朋友去乡下见陈家大家族的所有人,他想用这种方式吓退霍恩。

陈明香猜到了父亲的心思,她把中国的亲属关系给霍恩讲了一遍,担心他能否应付。霍恩不以为然,还很感兴趣地说:"听起来很有趣,我也很期待。"陈明香一时之间不知道他是否真的不介意,但那双眼睛里的坚定给了她信心,无论怎么样,她都决定勇敢一次。

回乡下的途中,陈明香又给霍恩介绍她的家庭成员还有和这些成员之间的关系。霍恩很惊讶地听着,并不时发出感叹:"太神奇了。"他心里是根本不能理解这么多人是如何相处的。

"这就是中国人的亲情,我们的春节都要团圆在一起,就像你们的圣诞节。我们还有中秋节,也是最重要的属于家庭团圆的日子。"陈明香把中国文化一点点地讲给霍恩听。霍恩一边听,一边点头。"那我和中国员工相处,是不是也应该尊重你们的民族习惯?"

"当然了,就像我的餐厅,也会在圣诞节装饰出圣诞气氛,这也是对你们文化的尊重呀。"陈明香和霍恩一路上讨论着中西方文化应如何相融共存。

这次会面对陈家来说,也是一种考验,特别是陈明香的奶奶,一个连普通话都不会说的七十岁老太。陈家的亲戚们站成一排,看着向他们走过来的霍恩和陈明香。霍恩身材高大,陈明香走在他的身边显得格外娇小。那时候乡下来个外国人,还是有点稀奇的,别人家的院子里也有人出来看,看陈明香找的外国男朋友。

陈家的老宅是一座三层小楼,小楼外面有一个八十平方的大院子,院子里有鸡棚,不像西方人的院子里都有个漂亮的花园。这里只有一小块种着小葱的土地,余下的,被打扫得干干净净,只在角落处堆着一点干柴。陈家人都在院子里,陈父和陈奶奶走在前面,陈爷爷就坐在客厅内等,没有出来。看到霍恩从大门进来时,大厅内的光线都被遮住了一半儿似的。

霍恩看到陈家的人站成一排看着他们,他手里拎了很多礼物,这也是他听中国的同事说过的中国礼仪。他们来到陈家人面前,霍恩用刚和陈明香学过的汉语说:"大家好,我是霍恩。"别扭的发音,听得陈家人忍俊不禁。

陈奶奶一看,笑了起来,直用方言说:"这是费翔吗?"看来费翔是三代人的偶像。

所有人都哄笑了起来,只有奶奶和霍恩不明所以。陈明香大方地向奶奶介绍:"奶奶,这是霍恩,我的男朋友。"

"不是费翔?"奶奶的耳朵不太灵光,又引得众人大笑。

本以为的三堂会审,就这样在笑声中变了味道,霍恩笑容满面地给奶奶一个拥抱,奶奶高兴极了。第一次见霍恩,陈家人都觉得这个外国人看起来很随和,虽然语言不通,可他对谁都保持微笑,笑是人类最好的语言。陈明香要跑来跑去地给他当翻译,陈父原本请来打算吓退霍恩的亲戚们,不知不觉中被这个大个子的魅力所吸引,成了霍恩的盟友。霍恩倒像是来娘家做客的姑爷,而这样其乐融融的氛围,陈父也好像被感染了。

陈爷爷已经听说了孙女的男朋友是个德国人,虽然太仓的德企已经很多,但老一辈对这种经济形式接受得比较慢,全然不懂对他们的生活会有什么影响。

客厅里摆放了半圈红木沙发,能坐七八个人,其他人都搬了椅子在外面一圈坐下,一群人坐在一起像是要开重要的家庭会议一样。霍恩有点不适应地看看陈明香,但他还是尽量保持从容,陈明香坐在他身边,怕他紧张,她想挽住他的手臂,又怕长辈们笑话,只好拍拍霍恩放在膝盖上的手,轻声说:"没事。"

陈父是陈家他这一辈的老大,在陈家很有地位,除了陈明香的爷爷奶奶坐在主位,陈父坐在客厅的次主位,霍恩是客人,座位在正中央,好像也是为了方便所有人都能看到他。陈家二十几口,除了几个年纪小的,都在屋子里了。

"你们打算什么时候结婚?"陈父开口直奔主题。问得陈明香脸都红了。"爸,我们刚谈恋爱。"

"翻译。"陈父低头命令女儿,陈明香尴尬得不知如何启齿,但她必须准确表达父亲的意思,这场谈判对他们俩很重要,她如实翻译给霍恩听。

"只要您同意,我随时都想娶她。"霍恩用英语说的话,陈家老人听不懂,陈明香能听懂,还有几个年轻的晚辈勉强听懂一两个单词。她惊讶地看着霍恩,霍恩倒是笑着对她说:"翻译。"

陈明香哭笑不得,刚想翻译,又觉得难为情。

"他说什么?"陈父追问。

陈明香只好把霍恩的话如实翻译过来,连陈父都没想到霍恩会这么主动。"在我们中国结婚就是一辈子,不能轻易离婚。"

"爸!"陈明香不想翻译了。

陈父板着脸说:"我是为你着想,翻译吧。"

陈明香就翻译给霍恩听,霍恩笑着的脸立即严肃下来。"婚姻不是儿戏,我很认真。婚姻也是承诺,我希望我们的爱可以让彼此安心,我会一直爱她,守护她。"

陈明香翻译的时候,觉得她好像在接受霍恩的再一次表白。在他们相处之后,他仍然如此坚定,他是哪国人,又有什么关系呢?四目相对,真情流露,所有人都感受到了。

陈父咳嗽了一声:"那,结婚后,万一你们公司让你回德国,明香是不是也要和你回去?"

终于问到了关键问题,陈明香把爸爸的话翻译给霍恩听,霍恩很认真地思考了一会儿,他对陈明香说:"很抱歉,我还没考虑到这个问题,但如果我们结婚了,我想我们两个人会根据实际情况来考虑这个问题,我可能回德国,但我也可以留在中国。"

这个答案,并不能让陈父满意,老人家仍旧忧心忡忡。霍恩马上又说了一句:"我很喜欢你们这个大家庭的气氛,我会尊重明香的决定。"

这样的一位绅士是很难让人拒绝的,陈家一大家子人,都已经喜欢上这个外国大个子,他们开始替霍恩说话:"大哥,你也不要太保守了,现在的年轻人不像我们那个时候,要守在老人身边,只要他们过得好,我们又图什么呢?"陈明香的姑姑劝自己的哥哥。

"话是这么说,明香是我们陈家的宝贝,如果真去了那么远,还是会牵挂的。"陈明香的叔叔说道。一时之间,陈家的亲戚争论不休,得不出个结论。

陈明香最后站出来说:"各位长辈,大家再给我和霍恩一点时间可以吗?"

"明香,你是女孩子,我们怕你吃亏。"婶婶小声说。

陈明香害羞地说："婶婶,你放心,霍恩很尊重我。"

霍恩坐在那听他们这个说完那个说,陈明香答完这个答那个,他一句也听不懂,只有默默地看着。最后,他终于忍不住了,对他心爱的女孩说道："明香,不要太为难。"

陈明香感激地看着他,她已经再也不会动摇了。

陈明香几乎是太仓最早谈跨国恋爱的女孩,在这之前,她只有在苏州实习的时候看到过跨国恋爱,当时连她都有些不能接受。此刻,她自己变成了主角,面对种种猜疑和误解,还真有点哑巴吃黄连的滋味,但每当她觉得心里有许多委屈的时候,霍恩的坚定和温柔都会让她无比欣慰。

太仓这座小城不算大,人与人之间的关系很紧密,绕不出三个人中就有熟人这个规律。陈明香虽说从小在这里长大,只有大学期间离开了三年,但她的朋友并不多。雅格在太仓也是非常热闹的餐厅,很多太仓的同学都会在这里遇到她,也有些高傲的人对她的这份职业表示出不屑,苏萌是为数不多的愿意和她来往的儿时同学。陈明香渐渐地和苏萌的联系也多了起来,她把和霍恩之间的事,经常讲给苏萌听,或许因为苏萌也在德企工作,某种程度上可以帮她解惑。

苏萌和吴欣断联之后,走出自己的舒适圈见到的第一个熟人就是陈明香,她自然地把陈明香看得不一样,特别是陈明香的豁达影响了她之后,何况陈明香又把恋爱的秘密和她分享。她也愿意替陈明香分忧,她主动去接触公司里的德国工程师,发现他们和她除了谈工作之外,从来不谈私事,哪怕她故意提及私事的时候,人家也会回避,有点不像她从别处了解到的那种开放前卫的西方人。

她把这些情报不时地通报给陈明香，陈明香一边听一边对苏萌说："萌萌，你说我这样打听他们德国人的消息，是不是对霍恩的不信任啊？"

这句话问住了苏萌，她点了点头说："好像是有点不太好，还是要你们自己去了解彼此。"

"嗯，爱是付出，不是说'爱出者爱返'？"陈明香给自己打气，她脸上的幸福是隐藏不住的。苏萌笑着对她说："看你那一脸幸福样，就不要自寻烦恼了，瞻前顾后又要多生事端。多年与德国员工共事的经验告诉我，他们没那么多心思，有什么说什么，很坦荡，就是有一天不爱你了，也会直接告诉你。"

"那还是不要直接告诉我吧，我可接受不了。"陈明香苦笑。

苏萌被她逗笑了："真受不了你。"

从此，陈明香坠入爱河。苏萌觉得自己还在"河"边徘徊，好几次和周立哲互发消息的时候，她都想直接问个清楚，可是每次打好的字母，又被她删掉，从来都没有按下发送键。中国人是含蓄的，很多事也坏在这含蓄上面。

马上就要到春节了，苏萌问周立哲，他们几个在德国怎么过春节。周立哲回答她，他们三个被上次遇到的那位优秀的女孩邀请一起过年，斯图加特有很多中国人。

苏萌又沉默了。

周立哲也没想到，吴欣会邀请他一起过新年。

异国他乡，吴欣给她认识的所有中国人发了共同过新年的邀请。每年她都会发出这样的邀请，只是这一次，她把在飞机上刚认识的周立哲也带上了。周立哲告诉她,他们有三个人,吴欣仍然热情地邀请他们。

周立哲和夏海丰、李长浩三个人非常开心,这种感觉大概只有离乡的人最有体会,何况,他们是在德国。德国总公司同意他们在中国除夕和初一这两天放假,庆祝属于他们的节日。三个人早早就买了一些食物赶到吴欣那里。

吴欣也邀请了冷若非和彭悦,还有几个她后来认识的中国人,他们都聚在吴欣的小公寓里。因为吴欣的成绩不错,加上实习收入和父母的资助,她已经能负担起一个小公寓的租金。而这也是她来德国搬的第五次家,她想在这里一直住下去,她在厨房里忙碌,准备了很多可以做中国菜的食材。

客人们陆续登门。冷若非带来了一个中国结,她对吴欣说,那是她的教授送给她的,因为她的教授是个特别喜欢中国文化的人,所以在这样的节日送给她一个大大的中国结让她装点节日气氛。她把中国结挂在吴欣公寓客厅的窗户上,中国红立即让这间屋子更有中国年的感觉了。

彭悦也来了,他神神秘秘地说,他弄到了中国的白酒。

"你从国内带出来的?"冷若非很惊讶,毕竟那不只是一瓶中国白酒,还是著名的茅台酒。

彭悦笑着挠头说:"本来是想送给我的导师的,可是总不好意思送出手。"他很敬佩他的教授,虽是心存感激之情,却觉得任何物质都会侮辱了他这位导师的人格,所以这瓶酒,他在斯图加特珍藏了很多年。

接着又来了几位来自中国北方城市的朋友,最后到的是周立哲他们三个人。他们三个和其他人都是第一次见面,很礼貌地问吴欣是否需要帮忙,吴欣对大家说:"虽然包饺子是中国北方过春节的习俗,但在外国人的认识中,好像也成了中国新年的某种象征,所以,我们今天也准备包饺子。"吴欣让周立哲他们三个人和面,虽然他们不会包饺子,可是和面这种手上的技术活,对他们来说易如反掌。三个人力气大,很快就把面团揉得像棉花一样软了。

人多,分工又明确,很快一条饺子生产线就形成了。在有条不紊的合作下,热气腾腾的饺子很快端上桌子。

他们打开了彭悦那瓶珍藏多年的好酒,虽然他们在座的所有人都没什么酒量,但那天的意义不同,尤其对在异乡的他们来说,更加不同。

"可惜,我们没有钢琴,不然可以听非非姐的现场演奏了,非非姐可是未来的钢琴家。"吴欣看看手表,"还有一个小时,就是国内敲钟迎新的时候了。"

"我带了我录制的碟片。"冷若非把碟片拿出来,吴欣用自己小小的CD机播放。那张碟片里录制的都是中国的曲目,他们当中有人对钢琴曲还很陌生,但那不影响中国人骨子里都刻进的中国旋律,只要听到那些旋律就感到莫名的亲切。

那天,不会喝酒的他们个个面若桃花,深情思念心中的家人和他们热爱的土地。

刚过了中国的新年零点,各自开始给家人打电话恭贺新年,随后,他们又在一起彼此祝福。周立哲说:"这大概是我们在德国的最后一年了,谢谢你邀请我们过了一个难忘的新年。"他把酒杯递向吴欣,吴欣笑着拿起酒杯和周立哲碰杯,一饮而尽。有些相遇就如人生过客,匆匆而来匆匆而去,甚至来不及细细品味。

"我们还会再见的,因为我也是太仓人呀。"吴欣笑着说。夏海丰和李长浩也举着酒杯凑过来说:"为太仓干杯!"

"为太仓干杯!"

"你不是太仓人吧。"李长浩对夏海丰说,夏海丰直说:"不是吗?我以为我是。"

"你不是上海人吗?"

"哎呀,上海和太仓零距离。"他用手做出一个零的手式。

四个人都笑了。"太仓?"其他几个人都看着他们,"很多德国企业都去了太仓投资。"其中一个来自西安的朋友说道。他刚刚入职,也听说自己的企业会去中国投资,就是在太仓。

"对,我们就是从克恩中国公司过来培训的。"周立哲接道。

"太仓在哪里?"问话的是来自中国西安的男士高义生。

"江苏苏州太仓。"李长浩略带酒意,笑嘻嘻地告诉他,几个太仓人会心一笑。

"哦,原来在江苏啊。"四个人笑得更深了,只有他们懂,他们在笑什么。

"如果我们公司到太仓办厂,我也想申请回国。"高义生一脸严肃地说着。

"欢迎欢迎,欢迎人才回太仓。"夏海丰这个上海人伸出双手握住高义生的手,"到时候可以找我们三个人。"

周立哲和李长浩点点头:"是啊,欢迎你们都到太仓来创业。"

所有人又为太仓干了一杯,因为太仓在德国的名气真的是越来越大了。吴欣默不作声地看着他们,若有所思。

"我最近也常听人提到太仓。"冷若非温柔的语调响起,"连我这个苏州人都跟着骄傲呢。"

"吴欣,你呢?新年愿望是什么?"周立哲问她。吴欣笑了笑,说:"你们就要回国了,我希望我能顺利毕业,找到一份心仪的工作。和高义生一样,希望进入一家会到太仓投资的企业,然后做一架不一样的桥梁。"

"你的桥梁情结。"冷若非很懂她地接上一句,吴欣冲她眨了眨眼睛。

几个人又热闹了一会儿,此时的话题已经离不开太仓了。

此刻的苏萌,整个新年都显得有些落寞。她收到陈明香的祝福,陈明香对她说,霍恩和她在乡下过新年,他开心极了。陈家人慢慢地接受了他,陈明香每个字都溢着幸福。苏萌看到身边的人幸福,情不自禁地笑了笑。

她连忙去陪亲公亲婆和爸爸妈妈,她心里的两个人都在德国。

大年初一,苏萌又收到了周立哲发来的消息:春节快乐!苏萌拿着手机,一时不知道该回复什么,毕竟周立哲和她说,那个优秀的女孩子邀请他一起过年。她想问他们一起过新年开心吗,可又觉得不该问,磨磨蹭蹭地打了一串串字母又删掉,换一个方式打上去,又删掉。她觉得这样的她连她自己都有点讨厌了。

最终,她回了和周立哲同样的四个字:春节快乐。

吴欣过完中国新年后开始继续她的学业,工业管理对她来说是个全新的领域,充满挑战。她的学习能力很强,学什么都学得快,很快她又拿到了新的实习机会,而且是非常著名的博世集团,德国的工业企业之一,从事汽车与智能交通技术、工业技术、消费品和能源及建筑技术产业。博世公司创新尖端的产品及系统解决方案闻名于世,是全球第一大汽车技术供应商,员工人数超过四十二万,遍布五十多个国家,是世界市场领导者之一,堪称行业内的世界隐形冠军。

吴欣有在电视台的实习经验,所以博世市场部的新闻处理工作对她来说易如反掌。她主要负责为公司管理层撰写英、德双语发言稿,那段时间吴欣每天都在用两种语言写稿子,这让她得到了很多公关锻炼。她在博世又认识了很多中国人,她突然想到过年的时候,朋友们说的那些话,所以,她的毕业论文研究的课题是"如何与中国公司在项目上更好地沟通和合作",她开始接触博世中国公司方面的信息。

毕业之后,她同时拿到了奔驰公司和博世公司的录用通知,但吴欣觉得奔驰公司的行事比较高调,并不适合她,她骨子里仍然有中国人的含蓄,朴实简单的博世更让她心仪,她最终选择了博世。她不会想到这个决定让她从此和博世结下了不解之缘,即使在许多年以后,她已经不在博世工作,仍然还有另一种缘分。

吴欣对德国的文化和工作方式已经非常适应,后来她被安排到市场部做信息汇总,收集公司产品在全球的相关新闻。她最后做到市场推广,专门针对中国和日本市场的部门,主要负责中国总公司和德国相关部门的事务。

吴欣是中国人,她能更好地协调德国方面和中国方面因文化或者认知差异而出现的问题。怎么更好地促进国际合作,做好跨国运营团队,优化内部合作这些事,她都已经非常熟悉。

她会给德国公司方面提出因文化的差异,中国团队和德国团队在工作交流中需要注意的地方,并找到更适合的合作方式。这其中包括适应时差的问题,甚至直接指出用什么方式能更好地加强两国团队的工作。

吴欣的成长是快速的,而吴灏旭和肖茹也发现他们的女儿已经不再是那个冲动的女孩子了。当他们看到吴欣发过来的工作照片的时候,都觉得他们可以找点自己的事情做了,女儿不再是他们生活的重心。

吴灏旭约张轲闻吃饭,把吴欣现在的情况告诉张轲闻。连张轲闻都没想到几年的时间,吴欣变化那么大,一个曾经在家里养尊处优的女孩子,没有被人误解成娇公主,而是成了世界冠军级企业里的一名精英。

"我也没想到,她能成长得这么快,她的运气太好了。"吴灏旭笑着说。

张轲闻瞥了他一眼:"你以为人只要靠运气就行了?也是她够努力,我能想象得到她有多努力。"

服务员端上牛排的时候,张轲闻眼前一亮:"不错哟。"

"张总,听您的建议,我们改良了做法,您快尝尝给点意见。"HOME的王老板信心十足地对张轲闻说。张轲闻只看着那牛排的卖相,就知道味道不错了。切开一块放进嘴里,入口即化,嘴里泛起浓浓的奶香和肉香。"太棒了!"忍不住夸赞。

"真的?"王老板的那双大眼睛本来就大,这会瞪得像个乒乓球,"我的厨师去上海学习了一年。"

"我就知道你能行。"张轲闻笑弯了眼睛。

吴灏旭也吃了一口:"果然,不一样了。"

"再不努力,太仓的西餐行业就没我的立足之地了。你们看最近开了好多家西餐厅,不知道我还能不能分这一杯羹了。"王老板很担心地问他们。

张轲闻倒是笑着说:"不怕晚,会越来越好的。"

"真的? 有您这句话我就放心了。而且我也希望很多和我一样有留德经历的人都可以来我这里聚一聚,同频的人在一起可以碰撞出更多的火花,我想为他们做点事。"王老板说得很真诚。

张轲闻这一次很郑重地注视了王老板一会儿说:"太仓现在有越来越多像你这样的年轻人了。"

"嗨,我们都希望这里越来越好。那不打扰你们用餐了,有事叫我。"王老板适时地离开了。

吴灏旭笑着说:"太仓这几年的变化真快,西餐都越做越好吃了。"

"接下来会更快。吴欣会回来吗?"张轲闻随口问了一句。

吴灏旭摇着头说:"这丫头已经不是当年了,什么也不和我们说,只通知我们结果。"

"她去德国几年了?"

"八年。"

"时间过得可真快啊。"张轲闻不禁感慨,"都八年了。"

吴灏旭也跟着叹了口气:"是啊,八年了,她也不小了。从来没听她提过有男朋友,不知道是没有,还是有了不告诉我们。"

张轲闻笑了:"没告诉你们,你们就当没有。"

"她一个女孩子在外面,总是希望能有个男朋友依靠依靠。"吴灏旭的头发也白了一些。

张轲闻马上说:"她还需要依靠?我看这丫头,无所不能,我对她真是刮目相看。"他抬起一只手翘起大拇指。

吴灏旭不知该如何形容自己此刻的心情,既高兴又失落。"还是希望她能成家,这样我们就放心了。如果她回来,我们还能帮衬一下,如果不回来,总要让我们知道她的归宿是什么吧。"

"你们就没想过让她回来?现在太仓德企那么多,博世在苏州也有公司,也很近啊。"张轲闻提议。

吴灏旭只能说:"我们哪能做得了她的主,得她想回来才行。"

"快了。"张轲闻本能地回答,他都不知道自己为什么会这么说。他对中德合作信心十足,他仿佛看到了中国和德国之间的交融之径。

"哟,你说得准就好了,那她妈最高兴了。我们去德国看了她几次,她一次都没回来过。也不知道她怎么那么忙,别人留学也会回来几次,她可好,八年都不回来。你说这丫头是什么铁石心肠?"吴灏旭爱怜地抱怨女儿。

张轲闻笑着说:"她有她的想法,她想充分融入公司,所以,她这么成功,不是没有原因的。"

吴灏旭也不知道张轲闻说的是真心话,还是在安慰他,就算是他说的这样吧。不过,张轲闻说起中德合作在太仓发展得越来越好了,这倒是的确让他动了心思。或许,真的可以和女儿说说,看她有没有可能回国发展。他转首看向窗外,HOME门前的这条街,两年前还没有,现在宽敞明亮,太仓一直在变。几个德国人刚刚走过去,他们笑着聊天,还有德国人在夜跑,穿着运动衫从这里跑步经过。

"你看,我刚搬到里面的小区的时候,我们的房子都没人买,现在都要抢着买了。"吴灏旭感慨万分地摇着头,"那时候我带工人来给客户量房,送来了还要接回去,不然,这里一片荒芜,想回去连车都没有。"

"是啊,路也多了,街也宽了。"张轲闻也看向窗外,"现在没人笑话我们俩不留在上海了。"

2009年,吴灏旭的公司越做越好。房地产的高速发展,让他的装修公司有签不完的合同,干不完的活儿。

张轲闻有这样的预期不是没有原因的。克恩公司在太仓已经十六年了,公司也越做越好,因为接近目标客户,来中国投资的德企越来越多,在太仓逐渐达到汽车产业配套的条件,依着这样的发展趋势,他觉得会有更多的配套企业来太仓投资。这里的双元制专业班已经从一个班变成二十几个班。只要企业有需要就会有相应的专业班开设,并成功培养出企业需要的人才。不仅如此,根据德国企业对不同人才的需要,太仓健雄学院和德国企业合作成立了双元制的大专专业培训班,建立了从生产工人到生产技术人员培养模式,以应对德国企业全方面人才的需求。学校、企业、高新区开始了新的双元制合作模式,培养人才被有保障地输出到企业中去。

张轲闻对双元制越做越有感情,他现在和以前的想法不一样了。起初,他只是想把企业的问题解决了,让企业可以越做越好。在对双元制工作的深入之后,他发现双元制对学生,对政府,对企业,对产业,对学校都是有利的,这成了他坚持做双元制的另一个原因。

"再过十年,太仓会大变样的。"张轲闻意味深长地说,"克恩来太仓投资的时候,只有七个人,我带着新项目回来,却找不到模具工。现在,我们最不缺的就是有精湛技术的工人,十年前可把我难为坏了。"

吴灏旭被他这么一说,才发觉时间过得真快,已经十年了,他的确记得当年张轲闻急得到处找模具工人的事。两个大男人感叹了半天时间的飞逝。

"不过,有像吴欣这样省心的女儿真是你的福气。我现在看我们家那两个小的真是无能为力,比我管理公司还难。"张轲闻突然感慨,脸上浮上一抹无奈。

吴灏旭看着他忍不住大笑:"谁让你结婚那么晚,人家说,现在孩子太聪明,家长搞不定。"

"可都是孩子啊!"张轲闻满脸不解。

吴灏旭没想到把事业做得风生水起,从容面对各国友人侃侃而谈的张轲闻会因为孩子而发愁,不过张轲闻的愁显然是爱。

"对了,你们公司是不是有一个女孩叫苏萌?"吴灏旭突然想起,妻子说过在电视新闻报道克恩公司时看到过苏萌。听他这么一说,张轲闻随即点头说:"对,我们的第一批双元制学员。怎么?你认识?"

"真的是她。"吴灏旭把苏萌和吴欣之间的事讲了一遍。"哦,苏萌是个非常优秀的孩子,她的成绩也非常好。本来两年前去德国学习的名额有她一个的,可是她自己放弃了,有点可惜,不然,她会更好。"

"她的确是个优秀的女孩,我们家欣欣找了她很久了。难怪那时候哪里也找不到她,原来她去读了双元制班。"吴灏旭一边感叹一边说,"那时候我只听你说过,还以为是个概念,哪里会想到真有那么一个班存在。"

"哼,我是只说说不干事的人吗?我说什么就做什么。"张轲闻责怪似的说吴灏旭。

吴灏旭回家就把这件事告诉了肖茹:"至少听轲闻说,她现在在德企里发展得很好,也算是一种补偿吧。"

"要不要把这件事告诉欣欣?"吴灏旭问妻子。

"先不说了吧,反正欣欣暂时不回国。"肖茹心知这件事是女儿的心病。最近这些年,吴欣没再提起过苏萌,大概随着年龄和阅历的增长,她已经不在意了。有些事到了该知道的时候自然就会知道。

然而,正当中德合作在太仓渐入佳境的时候,一场金融危机席卷了全球。中国并没有受太大的影响,但德国就没有那么幸运了。陈明香突然约苏萌见面,苏萌下班后立即赶到雅格。今天,她没看到陈明香明媚的笑容,就知道陈明香今天找她不会是什么好事。

"萌萌,我找不到人商量。我需要你帮我出个主意。"陈明香严肃地对苏萌说。苏萌点点头,问:"我能帮上什么?"

"霍恩的公司要他们外派人员撤回德国了。"陈明香这么一说,苏萌就明白了。"那你们?"

"他希望我和他结婚,然后跟他回德国。"陈明香父母最担心的事终于还是发生了。

苏萌知道陈家对这个独生女十分宠爱,他们肯定不会舍得让女儿跑去那么远:"那你的想法呢?"

"一边是父母家人,一边是他,我也不知道我该如何选择。"陈明香的脸上从来都没有这样阴沉过。曾经是她像太阳一样照亮了苏萌的心,苏萌不忍看到这样的陈明香。她握住陈明香的手说:"你还年轻,你可以去尝试,而且你也有试错的机会,只要你内心坚定,你们的爱坚定。"

"你是让我和他一起走吗?"陈明香看着苏萌,苏萌点点头。其实,她能从陈明香的眼神中感觉到她早有了打算,但她需要一个声音告诉她,她可以。

"霍恩希望你们结完婚再走,就是他最大的诚意,也是他最深沉的爱,这是他给你父母的承诺,你还不明白吗?"苏萌真的很羡慕陈明香,如果是周立哲这样做,她一定义无反顾地支持。"去和他谈谈,带着他去和你的父母谈,和他走吧。一辈子能找到一个相爱的人是最大的幸福,我不希望你错过。"

陈明香紧紧地抱住苏萌。"谢谢你,苏萌。"

"我也要谢谢你,如果不是你,我现在还在自己的内心深处沉沦呢。"苏萌的话,听得陈明香不明所以,她推开苏萌,说:"我?我好像没帮你什么啊。"

苏萌笑着说:"对,就是你啊,我的小太阳。"

苏萌知道她不会懂的,陈明香刚要问,苏萌就推了她一把。"你去找霍恩吧,你没有给他答复的时间,每一秒对爱你的那个人来说都是煎熬。"

"你真是个爱情专家。"陈明香笑了。

苏萌却苦笑着说:"不如说我是个暗恋专家。"

"暗恋?需要我帮忙吗?"陈明香那侠女的风范又冒出来了。

"你还是先解决你自己的问题吧。"

陈明香真的很想帮苏萌,但陈明香知道苏萌和她的性格不一样,她不会轻易说出心事。她早就知道苏萌有心事,她选择了尊重,等苏萌有一天真的需要她。可是她没想到自己会即将离开中国,离开太仓,还要离开她的亲人和朋友。

苏萌大概知道了霍恩公司里要面对的经济危机,她不知道,这样的危机会不会也影响到克恩(太仓)公司,劝完陈明香之后,她就有点担心自己的公司了。这几年克恩公司在中国发展得特别好,而且周立哲他们还要带新设备和新技术回来,不会遇到霍恩公司那样的事吧?可是舍弗勒是当时太仓最大的一家德企,那么会不会从舍弗勒开始这场金融危机呢?

苏萌给周立哲发了一条信息,问他德国公司的情况。周立哲说一切都好,公司并不担心这次金融危机会带给他们太大的影响,而且公司也在启动应对措施。公司更多其他的事情,就不是周立哲能知道的了,他只安抚苏萌好好工作,相信企业的决策。

很幸运的是克恩公司没有受到像舍弗勒那么大的影响。总之，陈明香和霍恩走了，走得很匆忙，陈明香的妈妈哭了好几天，陈父也无能为力，他们爱的女儿和爱他们女儿的人走了，左右都是为难。幸好在这段时间里，霍恩一直去陈家，他们觉得这个德国女婿不错，从来不和女儿发脾气，就算有不同意见，也都能顺着女儿，多了一个人宠爱他们的女儿，就算有再多的不舍，他们心里都知道能陪伴女儿走得更远的还是霍恩，他们只有送他们离开。

"您放心，我会带明香回来的。"霍恩临走时向他们保证。

陈父并不相信，中国人的传统观念仍然认为女儿嫁出去了，就不会再回来了。

陈明香也哭成了个泪人。在飞往德国的飞机上，仍然在哭，她哽咽地问霍恩："不知道我们什么时候才能再回来？"

"不会太久，相信我。"霍恩安慰她。陈明香一直都很相信霍恩，因为他向来言出必行，所以，她相信他一定会很快带她回来的。霍恩笑着帮她擦干眼泪："就当你去见你的公婆，到了德国我再给你一个德国的婚礼。等这一切都办完了，或许我们就可以回到中国了。"

"真的吗？"陈明香情愿相信这些话。霍恩坚定地说："真的。"

他们没想到这一走就是三年。这也是在太仓开启中德合作之后最艰难的三年。经济危机之下，不受牵连的企业很少，只不过受影响的程度有大有小。

周立哲他们三个人回国了。苏萌早就知道了这个消息,双元制班的同学们订了饭店,给他们三个人接风洗尘。

那天,苏萌穿了一件白色的连衣裙,微卷的长发披在肩头,高跟鞋让她显得高挑了一点。周立哲、李长浩和夏海丰都没想到,苏萌也会变成淑女,都目不转睛地看着她。

"看什么看?"苏萌没好气地白了他们仨一眼。

"哎呀,你不说话的时候,我还真把你当成淑女了。"周立哲故意逗苏萌。以前他一直这样和她开玩笑,特别是上学的时候,可现在他再说这句话,苏萌听得心里特别不是滋味。"德国优秀的女人多,看不惯我们工人阶级了?"

"我也是工人阶级啊。"周立哲没听出苏萌话中的醋意。

苏萌见他没听出来,也不再说下去了。

夏海丰憨憨地笑着打趣:"早知道你打扮起来这么漂亮,我就不找女朋友了。"

苏萌白了他一眼,像又回到了学生时代似的。有个男同学走过来说:"苏萌,我也单着呢,要不我们俩凑合一下吧。"

"还轮不到你。"周立哲这回抢先说话了,苏萌瞥向他一眼,不作声,抿起嘴笑。

"真是女大十八变,想当年苏萌就是个假小子嘛。"另外一个男生开玩笑地说,"现在,在车间里只看到你穿着工作服,戴着帽子,没想到打扮起来还真有女人味儿。"说这些话的时候,就好像苏萌根本不是个女生。

"你们够了啊,能不能别拿我开心了,我生气的话……"

"会哭!"班里的男同学们异口同声地接话儿。这的确是他们在学校里经常上演的戏码,没想到这么多年过去了,他们都记得,苏萌突然有受宠的感觉,曾经不懂事的男生们长大了。

"好了,今天的主角是他们仨。"苏萌转移话题。

李长浩却说:"我们不介意当绿叶,谁让我们班就这一朵红花呢。"所有人又笑了起来。

同学们一边问他们三个在德国的生活和学习,一边慢慢转向他们带回来的新设备和新技术上面,饭桌差点变成了办公桌。直到苏萌说了一句:"这饭还吃不吃了?"所有人才恍然回神,但他们的脸上都是期待之情,恨不得快点到明天,他们可以开始新技术的学习。

大概很多人都不会想到,小时候不被父母看好,被说成不是学习那块料的他们,现在这一副求知若渴、奋发图强的样子。

苏萌想等晚宴结束后跟周立哲一起去沙溪,她等了三年的话,想要一个结果。可偏偏周立哲他们仨被同学们灌醉了,东倒西歪,苏萌觉得这时的周立哲恐怕连话都不会说了,更别说什么真心话了。

回来之后,克恩的新设备开始安装调试,所有产线上的工人都要认真学习,而周立哲这时已经很专业地在给他们培训了。三年不见,周立哲又成长了,也越来越优秀。

周立哲还没有向苏萌表白。她还记得上次周立哲匆匆回来时说过,等他回来有话要对她说的,她也知道他想说的是什么。现在他只字不提了,难道他真的遇到了更喜欢的女孩?那个周立哲提到过的太仓优秀女孩再次拨弄着苏萌的心弦。

周末的时候,夏海丰把李长浩和周立哲约到一起,三年在德国的共同学习让他们成为真正的挚友。夏海丰告诉他们,他要结婚了,他比他们大三岁,的确到了结婚的年纪。

"接下来,我要买房子、装修,准备结婚的事了,人家等了我三年,我要给她一个交代。"夏海丰很认真地说,"你们也不要辜负了等你们的女孩,她们的青春很珍贵。"

"我还想再存点钱,不然,买不起房。"李长浩实话实说,"我不想贷款,有多少钱办多少事。再存个两年,也像你这个年纪了再结。"

周立哲没有出声,他们两个都看着他。周立哲被他们看得别扭,没好气地问:"你们俩这么看我干吗?"

"还能干吗,你都回来多长时间了,是不是还没表白呢?"李长浩笑着问周立哲。

周立哲被他问得尴尬,掩饰着说:"什么表白?你俩别瞎说。"

"哎哟,我都看到过你手机上的那些信息了,现在回国了可以发汉字了。"李长浩言下之意,他早就知道周立哲和苏萌这三年来的往来信息。

夏海丰也说:"就是就是,你以为你瞒得住我俩?我们只是不想揭穿你。"

两个人你一句他一句,说得周立哲只好傻笑着投降了:"你们都知道了?"

"废话。"他们俩又异口同声地回答。

"我只是,只是觉得我们太熟了,倒不知道怎么开口了。"周立哲难为情地吐露自己的感情。

夏海丰将手搭在周立哲的肩膀上说:"过几天,我再约你们,到时候,我给你们制造机会。"

"好。"周立哲仍然笑得腼腆。

李长浩直摇头:"周立哲,你是不是装的啊?你会是不敢表白的人?"周立哲在公司里很有领导能力,思维也很活跃,不像是个不会说话的人,他说不知道怎么表白,实在让他无法相信。

周立哲怯懦地说:"我也觉得很奇怪,每次话都到嘴边了,偏偏就说不出口,和她说什么都行,就是这表白的话,真不知道怎么说呀。你们和女朋友都是怎么表白的?"

夏海丰和李长浩已经笑作了一团:"亏你还是我们生产班长,天天教育我们。"

"你们正经一点,回来快一个月了,我都急死了。我听我妈说,给苏萌介绍男朋友的人可多了。也不知道她有没有男朋友了。"周立哲终于说出心事,他一直绷着神经,别人都以为他从容自若,万万想不到他的内心也这么焦灼。

那两个兄弟,越想越好笑。"周立哲啊周立哲,没想到你这个人和你的内心反差这么大,我以为周班长无所畏惧呢,现在看来也有软肋啊。"

"你们笑够了没有?是兄弟就帮我想想办法。"周立哲这是真急了。

"我都说了,下周我来约。你也把你的女朋友带上,我们去玩情侣游戏。"李长浩得意地笑着。

周立哲不知道李长浩要玩什么样的情侣游戏,可是真到了周末,他发现上当了。李长浩和女朋友面对面坐着,周立哲和苏萌面对面坐着,四个人面前的是一张麻将桌。

"这就是你说的情侣游戏?"周立哲小声在李长浩耳边嘀咕。李长浩耍赖地笑着说:"对呀,你不知道了吧,这麻将的发源地啊,就是我们太仓,你看这个游戏需要四个人,一对一对。"

周立哲无言以对,又不敢发作,人都坐在这儿了,他只能配合。苏萌无奈地看看他们:"人家夏海丰要结婚了,不和你们玩了,你们也不至于想出这个游戏来吧?"

"苏萌,这个游戏很好呀,益智。"李长浩才不管那么多,"胡了。"兴奋不已,周立哲在麻将桌下把李长浩的白色运动鞋都踩黑了。李长浩硬是装作若无其事:"哎呀,我都三年没碰麻将了,就让我过过瘾吧。"就这样,周立哲和苏萌陪着李长浩和他的女朋友玩了整整一个下午的麻将。离开李长浩家的时候,周立哲狠狠地打了他一拳。

"送苏萌回家哈。"李长浩临走还要送个人情,"不要辜负我给你制造的机会。"

周立哲哭笑不得。回去的路上,他们两个人肩并肩走着,很长一段时间都没有说话,好像三年来两个人发信息已经把要说的话都说完了。可三年来他们俩发的信息中连一句关于感情的话儿都没有。

"听说很多人给你介绍男朋友。"周立哲好不容易开口了。

苏萌笑了笑:"嗯,怎么说呢,人家觉得我在德企工作,冲着企业来找的。可是一听说我是个模具工又觉得我是工人了,现在的人真是什么都想要。"

"工人怎么了?新中国成立以来最推崇的就是工人,现在这世道真是不像话。"周立哲愤愤不平地说。

"不是所有人都能理解,我现在越来越觉得人的认知和生长环境有关。"苏萌已经习惯了,自沈少洋之后,也陆续有人介绍男朋友给她,各行各业的都有,也有同样是德企的员工。在与那些人的交往中,她早就看出来,能懂她的还得是双元制班里出来的人。

"那就找一个双元制班的学员。"周立哲鼓起勇气说。

"我能选的不多。"苏萌的声音很小。周立哲就停下脚步,问:"那我呢?"

终于,等到这句话了,苏萌的心一阵悸动,她以为她再也等不到了,她以为周立哲的心里又多了一道白月光。而现在的周立哲默默地看着她,那双眼睛里的深情不是假的。苏萌看着他,很久很久。周立哲就又问了一遍:"我们可以试试吗?"

"这是你一年前想和我说的话吗?"苏萌反问他。

周立哲点点头:"是的,我一直怕你看不上我。"

苏萌不禁笑了,她一直不自信,怕周立哲看不上她,没想到周立哲竟和她一样:"我以为你在德国遇到了更优秀的女孩。"

"我喜欢的女孩也很优秀。"周立哲轻声说着,"萌萌,我可以这样叫你吗?"他有些紧张,生怕苏萌会拒绝自己,强烈的自尊心让他迟了这么久才开口向心爱的女孩表白。

苏萌笑了,笑他们俩的傻。"我等你说这句话等了三年。你走的那天,我就在等了。"

周立哲将苏萌拥进怀里,高兴地说:"终于梦想成真了,我想这一幕也想了三年。"

苏萌依偎在周立哲的怀里,唇边漾起甜蜜的笑容,她的爱情不像陈明香那么热烈,算不算日久生情,她都不知道,她只是觉得周立哲让她无比心安。她很享受这样的爱,润物细无声的,也经过了时间的考验。

他们的恋情终于公开了。双元制班最优秀的两名学员成了情侣,同学们说,这叫肥水不流外人田,并纷纷表扬周立哲留住了双元制班的火种,催他们快点结婚,而且要生两个孩子,体现双元。气得苏萌追着他们打。

直到2011年,全球经济才开始恢复。在这段艰难发展的时期里,中德双方都经受住了考验,度过了各种磨合期。

德国人欧文带着女朋友从迪拜来到太仓。欧文一直在迪拜工作,工作中结识了敏敏。敏敏今年二十六岁,一个知性的女孩,白皙的脸颊上有小雀斑,让她看起来像个外国姑娘,虽然没有太惊艳的外表,但是她的笑很动人,外贸专业毕业后,在深圳的一家公司里工作,因业务发展被派到迪拜分公司。

欧文追求敏敏很久,敏敏最初有中国人的传统观念,也觉得欧文已经四十岁了,他们岁数相差那么多,她对欧文很尊敬,从来没想过和欧文谈恋爱。相处中,长年在外漂泊的敏敏面对欧文的内敛沉稳,慢慢有了依赖感。又经过几年的了解,他们终于走到了一起。这一次欧文因工作出差到太仓,他希望敏敏和他一起来看看太仓。

敏敏来自中国北方城市,她从来没听过太仓这个地方。"原来就在上海旁边呀。"敏敏像发现了新大陆似的看着地图上面太仓两个字,"我居然不知道。"她翻看了半天,又看到了苏州,"看来是个不错的地方。"

"当然,你一定会喜欢那里的。"欧文想让敏敏和他一起去太仓。心里另有一个打算,但现在他还不想说出来。

初到太仓的敏敏并没有觉得这个小城太小,她像发现了宝藏一样:"这里简直是座世外桃源。"

欧文很得意地看着她:"你喜欢这里吗?"

太仓是一座精致的城市。2011年,太仓的城市建设也已经更新,整齐的街道,随处可见的街心花园,大片大片的绿化带,让一直在繁华都市中穿梭漂泊的敏敏感受到了太仓的可贵。"看看这些绿化带,大都市才舍不得这么多地皮种植绿化带,真没想到这里可以这么整洁这么美,只有百姓生活安逸幸福的地方,才会有这样的局面。"

"是的,像我们德国的小镇一样。"欧文有点得意,好像太仓是他的家乡似的。两个人倒有一种反客为主的意味,欧文带着敏敏参观太仓的时候,一边介绍一边笑着说,"我很喜欢这里。敏敏,其实,我想在这里创业。"

敏敏正陶醉在太仓这个静秀的小城里,听到欧文这样说,认真地看着他:"你认真的?"

欧文露出他迷人的微笑。

敏敏陷入沉思,他们坐在浏河边的长椅上,看着浏河里的船。欧文没有追问,他想敏敏需要时间思考,他不想强迫她,如果她不喜欢这里,他们就回迪拜去。

两人在阳光之下坐了许久后,敏敏起身沿着浏河岸边缓缓顺着河水流淌的方向走,欧文像个犯了错的孩子似的跟在她身后,他们又走了很久。敏敏停下脚步,欧文也停了下来。"好吧,我很喜欢这座城市。"

"真的?"欧文上前一步,站到敏敏面前,"你愿意和我来这座城市生活、创业?"

这话听起来更像是一场求婚。

敏敏可以和他来这座城市创业,但生活……? 敏敏害羞地转过身,面对浏河的河水,说:"你要把话说得更清楚才行。"

"嫁给我吧!"欧文直接说道。

敏敏回过头时,看到四十多岁的欧文半跪在地上,手里不知何时多了一枚戒指,敏敏露出动人的微笑。敏敏万万没想到这次陪欧文出差,竟决定了她的终生大事,而这座城市也和欧文一样成了她的归宿。

"这是我的幸运之城,在这里我完成了第一个梦想。"欧文抱起敏敏转着圈,把那枚戒指戴在敏敏的手上。敏敏自由独立,她敢为自己的幸福做主。"我可以说出我的第二个梦想吗?"欧文乘胜追击地问。

敏敏觉得自己是不是掉进欧文为她布下的陷阱里了。"第二个梦想?"

"对,我想在这里开个面包房。来这里出差的时候买德国面包成了一件非常费事的事,要挑固定的时间和固定的地点,而且那里并不方便,所以我想在这里开面包房。"

"这就是你要创的业?"敏敏大惑不解。这对她来说是一个完全陌生的行业,而且开面包房,她觉得欧文在开玩笑,可是欧文那张成熟的脸上很委屈也很诚恳。看到敏敏脸上的怒意,欧文又像个孩子似的说:"如果你不同意就算了,我只是说出我的想法。"

"为什么是面包房?"敏敏非常想不通,这和欧文和她做的工作完全不相关。

欧文耸了耸肩膀:"那是一个很久远的故事了。"

小时候,欧文住在德国的一个小镇里,每天上学的路上都会路过一家面包房。有时候放学后,他饿着肚子路过面包房,看着里面摆放的各种面包,肚子就会跟着咕噜叫,他看呀看呀,里面烤面包的大叔就看到了他,那位得有 200 斤重的大叔就拿着一片面包从里面走出来,递给他。那一刻,他觉得那片面包是这世上最美味的食物。长大以后,每当路过面包房,闻到谷物烤出来的香气,他都会觉得温暖。现在他觉得他自己也是一位大叔了,他突然也想给别人温暖。

敏敏听他讲完这个故事,用她瘦小的身躯将欧文抱在怀里:"我懂了。"

第四章 归

吴欣仅仅用了三年半的时间,就完成了别人五年的学业,连教授都非常惊讶于一个中国女孩有这么强的学习能力。她本可以直接进入博世公司成为一名正式员工,但同时她也收到了另一个公司的工作邀请。这家公司没有博世的名声显赫,但求贤若渴,这就意味着会给吴欣提供更多的机会和空间。

吴欣每次出现在冷若非面前,一定有大事,冷若非也不问,陪着她在公园里散步。吴欣说:"非非姐,如果伯林爱乐乐团邀请你加入,还有一支德国并不算特别有名气的乐团也邀请你加入,但你在这个小乐团里会担任首席,你会选择哪里?"

冷若非便笑了,温柔地对她说:"不要拿艺术和你的工作相提并论,很容易判断失误的。"她们都是独立女性,很多事情会客观地摊开来一起分析。

"又被你发现了。"吴欣撒娇地看着冷若非,"每次遇到选择题我都觉得你能给我精神力量,所以,我想听听你的意见。"

"答案都在你心里了,还问我。我觉得相信自己的直觉,因为这是你专属人生的规律总结,旁人就算是给你出了一次正确的主意,也只是运气而已,对吗?"冷若非和气地说着,她也是个很有主见的女孩,只是她们执着于不同的领域罢了。

吴欣用力地点点头,两个女孩手挽着手走在深秋的公园里,一片片落叶从树上飘下,安静地躺在地面上,没有离开树的悲伤,是安然享受着成熟。

这一年,吴欣二十六岁。她离开了博世,去挑战更多的可能性。这个决定,她没有告诉父母。也是这一年,一个德国男孩对她展开了热烈的追求。

吴欣虽说在德国生活了八年,已经是个德国通,可是她始终不能接受一个德国男友。对于德国男孩的追求,她一直回避,甚至会拉彭悦假扮自己的男友。可那个德国男孩对爱的执着让彭悦都感动了,他问吴欣:"为什么不试试?"

"不知道为什么,可能我还是喜欢中国人吧。"嘴上这么说,心里并不是很肯定,她只是不喜欢追求她的这个男孩而已。"我不喜欢冲动和热情,是不是我的心有点老?"在国外的生活经历,已经让吴欣成了一个大女生,她喜欢成熟地思考问题。"反正对这种激情澎湃的追求,我没有感觉。"她这么回答彭悦。

随着年岁的增长,冷若非和彭悦之间也似乎有了某种暧昧。吴欣每次找彭悦假扮男友,都要和冷若非知会一声儿,冷若非表面上说和她没关系,但心里总有些说不清的介意。吴欣和彭悦是她在德国最亲近的两个朋友,她不希望发生那些令人尴尬的事。这一点吴欣的高情商很快就感觉到了,后来她不找彭悦扮演男朋友了,学着独自面对自己的感情问题。

德国小伙儿认死理,被吴欣拒绝了几次都不肯放弃。后来吴欣告诉他,总有一天,她会回国的,那时候,他们就不能在一起了。那个德国小伙儿不解地看着她:"等到那时,再考虑那时候的选择不好吗?"吴欣摇摇头,说:"我的爱情观和你有很大差异,更不可能了。"德国小伙儿很苦恼,他不能理解吴欣的爱情观。吴欣颇有些伤感,不是因为德国小伙儿退缩,而是她突然发现,有些爱如果是有国界的,那就不是爱了吧?她这么认为。

从那时开始,吴欣总觉得她最终还是要回国的,只是什么时候回去,她并没有想好,直到有一天,她的新公司决定去太仓投资。得知这个消息以后,吴欣兴奋不已。她终于可以为自己的祖国和自己的家乡做点事了,她想起当年自己刚决定出国时的幼稚,她曾那么信誓旦旦地要学新闻传播,一心想做文化的桥梁。

太仓的一块空地上搭建着一个可以容纳数百人的会场,会场最前面有一个舞台。舞台上灯光闪烁,一排、两排、三排……一共十排长桌,每一排大约有五十米长,桌子上面摆好了德式面包和啤酒杯,桌子两边是长长的座椅。会场上空挂满了中德两国的国旗。两侧摆放着各种德式美食和一桶一桶的啤酒。

工作人员穿着节日的盛装忙里忙外。台上的德国乐队调试好了乐器,一场盛大的节日活动就要开始了。

人们渐渐聚集而来,人声喧闹,各种语言交织其中。

"各位朋友们,2011年中德啤酒节正式开幕!"随着主持人热情的宣布后,一声锣声拉开了啤酒节的序幕。张轲闻站在台上打开啤酒节上的第一桶啤酒,啤酒的泡沫四溢,点燃了会场所有人,笑声、歌声、酒杯的碰撞声,"Cheers!""干杯!"各种语言和肤色充斥其中,人群开始沸腾……舞台上的乐队热情高涨地演奏看,宾客们高高举起啤酒杯欢呼,舞者穿着节日的盛装走向人群,坐在餐桌边的人站起来,跟上跳舞的队伍,那支队伍就像小时候玩的游戏贪吃蛇一样,越来越长,所有人都兴奋地唱、跳,很快就把这里点燃了。

"我要回去了!"

桌子上的手机显示出这样的一行字,可热闹的现场气氛下并没有人会去看手机。

刚烤好的乳猪被服务人员像抬花轿似的抬了上来,啤酒节的仪式感越来越强烈。这夜只有歌声、舞蹈和啤酒,各类人才会集,随便一个转身,面前站着的可能就是一位博士或者技术精英,他们彼此热情地打着招呼,却互不相识。

伟思富奇的老总不会想到他们的公司聚会居然在三年后成了太仓最重要的节日,于华也在其中。他拿着酒杯走过来和他的学长干杯,因为是校友,他们又在一起共事。于华已经回国八年了。

张轲闻端着啤酒杯穿过人群终于走到他们面前:"再过一会儿,我这杯酒就要喝完了。"仅仅十几米的距离,却有很多人和他碰杯,他是一边喝一边走过来的。

"没想到,仅仅因为一次不成功的采购,竟然变成了今天的啤酒节。"于华笑着看向热闹的人群。

"所以,任何坏事都可以变成好事,不是吗?"张轲闻笑着问于华。于华耸了耸肩膀:"或许是吧。"

三年前,伟思富奇需要采购一批鼠标垫,采购中间出了差错,因为颜色的问题而不能用。德国企业对任何采购都有严格的标准,既然不符合公司的要求就要重新采购,可是这批物资堆在仓库里又非常浪费。就有人说:"要不,我们办个啤酒节吧?我看这些鼠标垫很适合做啤酒杯的杯垫。"所有人都觉得这个提议不错。所以,韦思富奇太仓公司内部举办了一场小小的啤酒节,这场啤酒节也成了公司很好的团建活动,平常一丝不苟工作的员工们释放掉所有工作中的压力,换了一个人似的尽情地唱歌、跳舞、喝啤酒,用一场酣畅淋漓的狂欢卸掉所有的压力。

韦思富奇环境试验仪器(太仓)有限公司是亚太地区环境模拟设备行业的龙头制造商。除经销自主生产的设备以外,伟思富奇还可提供德国生产的设备,客户涵盖汽车、电子、航空、航天、新能源等多个行业及研究院所。

第二年,德国克朗斯太仓公司也加入了这个啤酒节,克朗斯股份有限公司能够用一流的技术,提供符合饮料、流质食品、药物、化妆品及化学品灌装包装需求的全套生产线设备,同时拥有整体生产厂房规划能力。克朗斯作为饮料机械生产商,在PET塑料瓶、瓶对瓶回收技术方面也成就突出。2008年,它们以其环保方案以及迄今为止最轻的、仅重6.6克的PET塑料瓶,获得了德国包装技术奖。

那一年的啤酒节,两家企业的老总协商引入慈善基金会,将啤酒节上获得的收入捐赠出去,这场善举引起了太仓经开区的重视。

啤酒节快速在德企之间传播开来，很快太仓人都知道了这个热闹的盛会。太仓经开区管委会的领导也十分重视这个充满善意的活动，决定将德国啤酒节纳入太仓重要活动中，并协助举办。所以，2011年，太仓市政府联合在太仓的德企举办了第一届太仓中德啤酒节。那一年，来太仓投资落户的德企已经超过一百家，并以极快的速度向二百家发展，此时的太仓市已进入中德合作的鼎盛时期。

柏林，亚历山大广场。

吴欣站在柏林电视塔的电梯里感受失重，瞬息之间直达203米的观景台。观景台鸟瞰四方，全市风光尽收眼底，万里无云的秋季，视线都变得没有尽头。吴欣走进旋转餐厅，挑了一个位置坐下，来德国的这几年，还没来过这里，今天有些不一样。

餐厅自转一周，约需一个小时，吴欣要在这里享受一顿丰盛的午餐，慢慢地、细细地欣赏柏林风光。她特意点了几道平常舍不得吃的菜，心情好极了！原来，有些快乐可以那么简单，简单得只需要消费就能满足。那是不是她所追求的从不是简单就能实现的？留德十年，她深知一个人越到精神深处越难快乐，但她不想活得那么肤浅，她的追求从来都不简单，不然她也不会选择来德国留学，孤身奋斗至今，如今再次站在选择的路口，她毫不犹豫，她坚信自己的每一次选择都是对的。

当把最后一口甜点送入嘴里后，她微笑着拿起手机发出一条信息：我要回去了！

十年，留德十年。

季羡林先生曾写过一本《留德十年》，吴欣刚来德国时，接她的于华也是在留德十年后回了中国。

吴欣看着机场里堆着的五个大小箱子,不禁笑了,来的时候,她只带一大一小的两只箱子,十年来,只多了三只箱子带回去吗?她回首看向身后,她把十年的青春都留在了这里。她知道除了那三只箱子,最珍贵的是那份聘任书。她坐在机场里候机的时候,默默地看着窗外熟悉的风景,此刻她的心情和来的时候不同,那时她充满向往,一切都是未知的,现在她信心十足,满载理想。

2013年,吴欣坐上从德国飞往中国的飞机,结束了她的留德生涯。

肖茹和吴灏旭早早就等在机场,十年,十年了,吴灏旭和肖茹的脸上都有了岁月的痕迹。肖茹伸着脖子向里张望,直到看见女儿。和十年前走的时候相比,吴欣换了一个人似的,虽然这十年中他们也去德国看过女儿几次,但都在德国的机场,那里大部分都是西方人,而这里不一样,这里是中国上海浦东国际机场,他们怎么送走女儿的,就怎么接她回来了。肖茹特意买了一束紫色的郁金香捧在胸前。

十年前,吴欣扎着马尾,穿着T恤衫和牛仔裤走进去。十年后,吴欣穿着白色衬衫和黑色的长裤走出来,微卷的长发及腰,身姿挺拔,精致而优雅的妆容,自信又知性。肖茹看着女儿,心底无比自豪:"看,这就是我的女儿。"

"是我们的女儿。"夫妻俩脸上的笑容掩都掩不住。

吴欣已经满面春风地挥着手向他们走来,扔下手中的行李,和父母拥抱在一起:"爸爸妈妈,我回来了!"

接机的人看向他们，都能感受到他们相聚的快乐，脸上也跟着露出笑意，快乐果然是可以传染的。

送别是泪，迎接也是泪，一家人紧紧地拥抱了一会儿。肖茹突然有种如释重负的感觉，女儿终于回来了，吴灏旭更是如此，他从来没有期待女儿要有多大成就，他只希望女儿过得快乐、健康，得到她想要的幸福。

"走吧，想吃什么？"吴灏旭马上问，"想中国菜吧？"

"太想了，什么都想吃，我要连续大吃几天，会长胖吗？"吴欣像是停不下来似的，说这说那，肖茹和吴灏旭笑得合不拢嘴，不停地点头。

十年，她终于回来了，上次回国，她只去了北京，她很想真实地体会一下，阔别家乡再归来的感觉，她一声不响地看着车窗外的风景。直到从高速下来，进了太仓，那一瞬，吴欣的心静了下来。

"现在我知道为什么德国人喜欢太仓了。"吴欣轻声说道，"就像我在斯图加特刚下飞机的时候一样，有熟悉感。"

"是啊，这些年去了那么多国家，还真是德国和太仓最相似。"吴灏旭赞同女儿的话，"轲闻以前就和我说过，太仓和德国的契合之处很多，但我们的感受总是不多的，每次去德国看你时，到你那住几天，注意力都放在你身上了。"

"在那边住了十年，就是为了现在最真实的感觉。"吴欣靠在后面的车座椅上，吴灏旭的车也越换越好，"真快，十年了，你走的时候好像还是眼前的事。"吴灏旭跟着感叹了一句。

"十年啊，你居然说是眼前，我们还有几个十年？回家休息一下就去看看你亲公亲婆、外公外婆,他们都老了,惦念着你呢。"肖茹可不觉得这十年过得快,她简直是度日如年,"要不是有点爱好,我都怕想女儿想疯了。"

"妈,你的书法写得怎么样了?"吴欣知道肖茹在她走后就开始学习书法。

肖茹有点得意:"这个不是你老妈自夸,我要是早点学啊,现在也出名了。"

"哟,老妈,这么自信?"吴欣不太相信,看一眼爸爸。吴灏旭很肯定地说:"别说,你妈的书法真的写得不错,都是被你耽误了。"

"那是。"肖茹不谦虚地扬了扬下巴。吴灏旭从来都不会吝惜对妻子的夸赞,所以他们的感情几十年如一日般好。

"被我耽误了?"吴欣无奈地看着她可爱的父母,"好吧,我又回来耽误你了,肖女士。"

肖茹得意地笑着说:"没关系没关系,我不介意。"一家人说说笑笑,车里弥漫着满满的幸福。

吴欣突然觉得她好像已经不认识自己的家乡了,宽敞的街道,高楼林立。"我才出去十年,变化这么大?"她居然觉得自己迷路了。

"什么叫才十年,一个十岁的孩子什么都会了。"肖茹再次提醒女儿,她最不愿意听别人说这十年快。

吴欣没再说话,她看向路边的店铺,灯火通明,又看到太仓已经有大型的商业综合体了,如果让她自己回来,她真的会找不到家。

吴灏旭先带女儿去南园饭店吃了一顿家乡菜,吴欣在德国的这些年只能靠有限的食材做些简单的中餐。吴灏旭把菜单递给女儿,吴欣看哪个都想吃,又觉得只有他们一家三口,太浪费,犹豫不决。吴灏旭只好拿过菜单,把刚才女儿浏览过的菜都点了一遍。吴欣嘴上说着浪费,筷子却没停,夹这个夹那个,一边吃一边不住地赞叹:"好吃,好吃,好吃。"她根本想不出其他的语言,因为她根本就没想,只顾着吃了,不知不觉地把自己给吃撑了。

"不行了,不行了,到这儿了。"她指着自己的脖子,"我觉得我只要动作大一点,就能吐出来。"

吴灏旭和肖茹忙帮她倒了一杯茶水:"快顺顺,消消食。"

"中国人的饮食就是有文化呀,按着时令吃,春夏秋冬各不同。连养生的知识也是老祖宗的智慧,虽然西方讲究科学,但按科学吃饭的可不多,德国除了香肠就是面包,我没吃成个胖子回来就不错了。"吴欣大快朵颐之后,已经坐不住了,她站起来走到窗边,"南园的景色真美。"

"十年来,都没听你说过想家。"肖茹嗔怪着说,"也没听你说想吃什么。"

"想啊,想,为什么要说出来呢?"吴欣问得肖茹和吴灏旭哭笑不得。

肖茹摇着头说:"真不知道什么样的男人能受得了你。"

"我受得了我女儿。"吴灏旭马上接话。

吴欣跑到爸爸身边,抱着爸爸说:"老爸最好。"

"我是说,你未来的老公。"肖茹看他们父女俩腻歪的样子又气又笑。

吴欣不以为然地说:"这个就有点难度了。"的确,吴欣自己都没想过将来要找一个什么样的丈夫。总之现在她还没有遇到一个她觉得值得她爱的男人,而且她有种预感,她可能会孤独终老,因为她理想中的男人大概不会存在。

"女孩子能力太强了就这点不好,谁敢要你?"肖茹只想着女儿的终身大事。

吴欣马上转移话题:"哎呀,不早了,我们赶紧回家吧。"

直到父亲的车开进小区,她才隐约看到一丝熟悉,真的要到家了。吴灏旭把车停好,吴欣从外面看得出,家里已经翻修过了,跟换了一个新家似的。

"也不知道你什么时候回来,但又觉得你该回来了,所以这两年就断断续续地重新装修了一下。"吴灏旭突然觉得他的预感很准,不,应该是张轲闻的预感很准,要不是张轲闻曾说过吴欣会回来,他也不会有重新装修的念头。

"哎呀,你们重新装修,我就找不到以前的影子了。"吴欣有些不满,但她还是很喜欢新家的样子,"老爸,你们公司的装修做得越来越好了,设计也不错。"

"那是,我们也要与时俱进嘛,公司里的设计师的年龄也是阶梯式的,70后、80后都有,设计出的风格也多样,供各种客户选择。"难怪吴灏旭觉得十年过得快,他的精力很大一部分被工作分走了。

"妈,快,我爸的作品都贴墙上了,让我看看你的书法作品,我好好夸奖夸奖你。"吴欣推着妈妈,"我们家书房没变吧?"

"没有。"肖茹被女儿宠爱地推进书房。吴欣看着书房里原来属于吴灏旭的写字台不见了,换上的是一张长长的木桌,上面除了铺好的毛毡垫之外,还有笔、墨、纸、砚,笔洗、笔挂,各种书法字帖。吴欣没想到妈妈这么专业。桌面上有一幅展开的书法作品,字迹娟秀,吴欣走到近前,对照着字帖看了半天,"老妈,可以啊,已经有七八分神似,十分形似了。"

"哟,你这个假外国人还看得明白?"肖茹不禁想嘲笑一下女儿,"从小你也学过书法,吃了几年的洋墨水,恐怕现在不会了吧?"

"哼,小看谁呢?"吴欣拿起毛笔,又放下了,"算了,我不逞这个能了。"一家人都笑了起来。

"我看你呀是不是被洋化了,中国的传统文化都忘记了?"肖茹瞥一眼女儿,吴欣马上反驳:"这可忘不了,我血管里可是流着中国人的血呢。"

吴欣很稀奇地参观完自己既熟悉又陌生的家。"我的书房打通了?"到了三楼她自己的领地,突然发现以前的两间小屋变成了一间宽敞的大房间,软装修形成的两个区域,是卧室和小办公区,原来的小玻璃窗换成了落地窗,米白色的窗帘和窗纱,米白色的床,米白色的床边地毯,还有米白色的梳妆台。办公区的灯光和书桌设计既时尚又实用,看得出是用了心设计的。吴欣的心瞬间就被融化了,她知道一定是爸爸考虑到她的喜好亲自设计的。

"怎么样?满意吗?"吴灏旭小心地问女儿,生怕女儿不喜欢。吴欣突然觉得自己回来是对的,无论在外面有多么成功,都

第四章 归

不如这般亲情让人温暖。

"老爸出品，绝对满意。"吴欣已经 28 岁了，可她仍然像个小女孩似的在父母面前撒娇，哪儿还有职场上雷厉风行的样子。

吴灏旭温柔地笑着，他生命中最重要的两个女人都满意是他最大的快乐。

"累不累？洗个澡倒时差吧。"肖茹关心地问女儿。虽然有点疲惫，但吴欣兴奋得全无困意，何况，吃了一肚子的好吃的还没消化。"不累，我想出去跑跑步，消消食，吃得太多了。"

"楼下有跑步机。"吴灏旭告诉女儿。

吴欣却说："不行，要去户外跑。"

"你会迷路的。"吴灏旭提醒女儿。

吴欣疑惑地看着父亲："不至于吧？"

夫妻俩看着女儿的眼神，仿佛在说：至于。

吴欣换了一身运动服出了门，她沿着自己十年前记忆中的路向前跑，跑着跑着，果然迷路了。眼前是灯火通明的街道，街边有很多热闹的酒吧和西餐厅，她从小到大都没看到过太仓有这么热闹的一条街，酒吧里坐了很多德国人，她只是从他们面前跑过，就能听到他们或者用德语，或者用带着德语口音的英语在交谈，那一刻，她有些恍惚，不知道自己有没有回国。还是，她仍然在斯图加特的大街上。

吴欣不可思议地看着这一切，终于明白了那年过年的时候，朋友们在她家里说过的话，太仓可是"德企之乡"。她的老板来太仓考察完回德国后，特意找到她，征求她的意见："吴欣，如果我们去太仓投资，你愿意回去帮我吗？"

"您决定去太仓投资了?"吴欣欣喜地问道。

"是的,在那里我找到了另外一种归属感。"老板很坦然地笑着说。

"您能喜欢太仓,我非常高兴。我就是太仓人,如果能得到您的信任,我当然愿意回去帮您。"吴欣那时也想过,为什么那么多德企的老总都喜欢到太仓去投资。除了她所知道的原因:太仓的德企多,已经有配套的产业链,还有太仓成功引进了德国的双元制教育,有了产业链与配套的人才。所以德国企业来投资就顺理成章了,但归属感还是第一次听说。

吴欣的老板做了个手势,吴欣惊讶地瞪大了眼睛看他,他满意地点点头:"是的,那真是一座很棒的城市。开始我听朋友介绍时还不相信,原本我是想把公司放在开放度更高的深圳,后来去考察后发现,太仓让我感动也让我安心,所以,我还是决定去太仓。"

"感谢您信任太仓。"吴欣突然不知自己到底代表的是哪一方了。吴欣的老板本来就是个中国迷,他每次和妻子去中国都会买很多有中国元素的纪念品。特别是到了中国的春节时,他还会吩咐员工在公司里挂满中国结。每当在公司里看到中国结时,吴欣都会想到冷若非说的,她的导师也喜欢中国文化,过年还送她中国结。此时她终于明白中国文化的魅力,即便是没有那些新闻媒体,中国魅力也在民间渐渐流传。这也是吴欣特别喜欢这家公司的原因,她在这里找到了归属感,所以,她特别理解老板刚才说的归属感是什么。

所以这才有了吴欣的回国。曼科公司计划在中国投资也是因为可以离目标客户更近。更近的距离,无论是服务还是生产都占有绝对的优势,在中德合作已经比较成熟的太仓,能提供给曼科公司配套的服务和相关上下游产品的供应链。

吴欣回太仓的任务就是把曼科中国公司成立起来,公司从零到有,她一个太仓人回太仓办事显然会更便捷,最初吴欣也这么想,可是回来之后,她才发现,自己这十年果然还是被德国人影响到许多,无论是思想还是行为。

吴欣最终还是找到了回家的路。如果说刚才是迷路,不如说是迷失,她刚刚迷失了一会儿,此刻的她清醒地认识到,十年后的太仓需要她重新认识。

她回到家,拿毛巾边擦汗边说:"爸,明天带我去见见张叔叔吧。听说,他是 TRT 的成员,我想让他帮忙办理公司的事。"

"可以啊,我还没告诉他你回来了,给他来个惊喜。"吴灏旭答应着女儿。肖茹听后脸色微微一变,说"欣欣,你还记得苏萌吗?"

这个名字已经很久没听过了,听妈妈再次提起,吴欣苦笑着点头:"我回来之前,还给她的 QQ 发过信息。"从 2012 年开始,手机上已经可以安装 QQ,发送信息了,通信技术简直是飞速发展,"还是老样子,石沉大海。怎么了?突然提起她,有什么事?"

肖茹看看吴灏旭:"我知道她在哪上班了。"

"哦。"吴欣一时之间不知该不该问下去。十年了,加上高中的三年,十三年,是不是可以忘记一个人了?但儿时的玩伴,想忘记好像并不是一件容易的事,"她怎么样了?"

"还不错,在一家德企上班,而且是你张叔叔的公司。"肖茹告诉女儿。这倒是让吴欣非常惊讶。"真的？那她当初到底去了哪儿？"

"双元制模具专业班。"吴灏旭告诉了女儿张轲闻告诉过他的那些关于苏萌的事。

一直苦于找不到苏萌的吴欣，突然听到苏萌的消息，本能的反应竟然不是想去克恩的公司找到她，而是不知所措。

"你要去找她吗？"肖茹看着女儿问。当初苏萌消失后，女儿伤心了很久。现在她已经是个大人了，应该早就释然了吧，至少肖茹这么认为。

吴欣没说话。吴灏旭和肖茹相视一眼，肖茹刚要再说什么，被吴灏旭拦住了："让她自己处理吧。"

回到自己的房间，打开电脑，鬼使神差地点开了QQ，那个头像仍然是灰色的。十三年了，她都没有回复过自己，自己还要执着于这段友谊吗？既然苏萌不想见自己，这段友谊是不是就该从那时就结束？

转念，她想起了周立哲，她记得他也在克恩工作。她拿起手机给周立哲发了一条信息："我回国了，回到太仓了。"

周立哲正和苏萌约会吃晚餐，他看到手机上的信息，惊讶地脱口而出："哦，那个女孩也回来了。"

"什么女孩？"苏萌不明所以地问他。

"吴欣，一个非常优秀的女孩，以前我和你说过的，邀请我们三个过春节的女孩，在德国做宣传中国的新闻。你知道吗？在那种媒体环境下，她做的是非常不容易的事，但很可惜，因为同行的报道被打压，她想做的中国栏目取消了，她放弃了德国数一数二的电视台,考研究生……"

听到吴欣这两个字,苏萌的大脑一片空白,至于周立哲后面说了些什么,她好像一个字都没听进去。她怎么也不会想到,曾经她在心里吃醋的那个优秀女孩竟然是吴欣。她不但和周立哲认识,关系好像也不错。

"她,她怎么回来了?"苏萌不是在问周立哲,而是在问自己。

"我们那年在一起过年的时候就聊起过太仓的德企越来越多,越来越好。这些年回来很多留德的优秀人才,你看高义生,他和我们过完了春节就申请回国,到太仓的快通上班了。"周立哲根本不知道苏萌此刻的内心,他只听苏萌讲过那段不愉快的往事,但苏萌没有告诉过他那个好友的名字。

吴欣真是闪闪发光,无论她走到哪里,都能被关注。虽然留德的中国人不算太多,但也有很多,他们会那么巧地相遇,真的是天意吗?

"那,她回来干什么呀?"苏萌继续探听。

"他们总公司也要在中国投资,她回来做负责人,CEO(首席执行官)。"周立哲也问了吴欣相同的话,这是吴欣的回复。周立哲说完,又感慨地说:"真是个优秀的女生,和我们一样大的年纪,她都做 CEO 了。"

优秀的女生,苏萌的心被狠狠地刺了一下。她拿出手机,登录了 QQ,吴欣的头像真的在跳动,上面写着,我要回去了。这条消息显示的日期不是今天,而是三天前。

一切竟然如此巧合。她抬头看到周立哲仍然滔滔不绝地讲吴欣,讲在德国的往事,她只觉得两只耳朵"嗡嗡"作响。

"她的确比我优秀。"苏萌蓦地说了一句。周立哲怔住了,立即意识到了什么,忙说:"你想什么呢?她和你不一样。"

是的,她们俩从来都不一样,一个是天之骄女,一个是碌碌无为的平庸之辈。为什么,十三年后,她们还是要有交集,而且是在一个她爱的男人身上?她抬起头看着周立哲,刚才他在说起吴欣的时候,眉飞色舞,那是一个男人对女人的欣赏,可对自己呢?她从来没看到周立哲说起自己的时候有那样的神情,她心里一阵难过。"她是不是你心中的白月光?"

"你说什么呢?"周立哲还没反应过来。不过,他很快看出来苏萌脸上的落寞,"你不是吃醋了吧?"竟然直白地问出来。

苏萌霍地起身,不及周立哲反应,已经夺门而出。周立哲买单后追了出去,可早就不见了苏萌的人影。他给苏萌打去电话,电话被挂断了。

"这个女人真是奇怪,这也吃醋?"他不解地自言自语。

跑出去的苏萌此刻已然泪流满面,她不禁怨恨起吴欣回来了。她一路跑回家,跑回自己的房间,蒙头大哭。苏志强和沙丽丽已经很久没看到女儿这么伤心了,苏志强跟过去问:"和立哲吵架了?"

苏萌这才发现她没关门,爸爸妈妈站在门口看着她。

"没有。"苏萌起身推爸爸妈妈出去。正说着沙丽丽的手机响了,是周立哲打来的:"阿姨,萌萌回家了吗?"

"哭着回来的,你俩吵架了?"沙丽丽和苏志强已经接受了周立哲这个准女婿。苏萌把他带到父母面前的时候,他们才知道为什么苏萌相亲总是不成功。

第四章 归

"她突然生气了,我也不知道怎么回事,她平安到家了就好,我这就过来。"沙丽丽挂断电话,就把苏志强拉走了。"吵架了,我们出去晃晃,让他们俩自己解决。"

夫妻俩出了门,正好看到周立哲匆匆赶来。

"萌萌,你不会以为我对吴欣有什么吧?你想多了,她那样的女生,我从来都不敢想。"

"我这样的女生就不如她呗?"苏萌一听更生气了。

"不是,不是,是她和你不一样,你们俩对我来说,就不是一个概念嘛。"周立哲觉得自己好像根本就说不清楚了,但在他心里是十分清楚的,"她是女人,你是爱人。你能明白吗?"

"我不明白,她是优秀女生,我是班里的假小子,我只知道这个。"苏萌越说越气,越气越哭,口不择言,痛痛快快地发泄着所有的情绪。

周立哲两只手又在腰间,第一次感觉到自己的嘴那么笨,怎么也说不清楚自己的心意。

"如果她喜欢你呢?如果她向你表白了呢?那么完美的女生,你就能保证你不会动心?"苏萌反问周立哲。周立哲倒真是犹豫了一下,这一犹豫,苏萌哭得更伤心了,没人能抵挡住一个完美的女性,周立哲也不例外。

周立哲觉得自己说什么都是错,只好垂着头,保持沉默。苏萌哭个不停,听得周立哲心疼了:"萌萌,不要这样,你对我的意义和她不一样,你们俩甚至都没有相比的意义。她只是过客,而你不同,你已经留在我的生命里了。可不可以不要因为她哭得这么伤心?我会心疼的。"

这算是周立哲这个每天和模具朝夕相处的男人说出的最柔软的话了:"要我说什么,你才相信我呢?我好冤枉。"

听他这么说,苏萌的心也软了,她看不得周立哲受委屈。上学的时候年纪小,她最讨厌周立哲傲气的样子,而如今,她就希望周立哲保持他的傲气,她愿意站在他身边,看着他越变越好。

苏萌平复情绪,擦干眼泪,是她没有想到吴欣会以这样的方式回到她的生活中,有些缘分大概是永远都躲不掉的,她不知道这算不算吴欣和她的缘分,而且这种缘分竟然会在周立哲的身上继续。她思考着要不要把吴欣就是她曾经说过的那位儿时的挚友告诉周立哲。

看她好些了,周立哲紧张的神经放松了不少:"好了,你真的想多了。我一直以为你大大咧咧的,不会吃醋呢。"

"你真不把我当女人啊?是女人都会吃醋,除非不在意。"苏萌真是第一次和周立哲闹情绪,过去两个人闹别扭,都是因为周立哲工作起来忘记了约会的时间,或者和同事们在一起的时候,提到她上学时的糗事。只有这一次,他们才像对情侣似的闹别扭,这让周立哲有点不适应,他这木讷的性格,真不会哄人。他低头去看苏萌是不是真的好了,苏萌扭过头去,不让他看自己刚哭过的脸。

周立哲非要看,两个人一个躲一个看去,周立哲顺势将她抱在怀里:"我现在总算知道女生吃醋是什么样了。以前班里没有女生,只有你这一棵独苗,都是我在吃醋,你也没机会吃醋。"

苏萌一听挣出他的怀抱:"你会吃醋?"

"当然,我又不是木头。"周立哲抗议,苏萌笑了。"真没看出来过,如果我知道你会为我吃醋,那你在德国的三年,我就不用那么难受了。"

"上学的时候看到你和夏海丰关系那么好,我以为……直到他找了女朋友,我才知道你俩真的只是兄弟。"周立哲吐露真情,苏萌莞尔一笑。周立哲继续若有感慨地说:"全班的男生都是你的兄弟,我拿你有什么办法?又不能都吃醋,我只是一直误解了夏海丰,不然,我早就表白了,何况,那时你对我也没有一点点暗示。"他委屈极了。

这是苏萌意外的收获:"不过,那时候,我真的没有喜欢你,一直把你当成对手。"

"可怜我的一片心。"周立哲继续佯装委屈。

"你在德国的时候,提到这个优秀的女孩,我真的难过了很久,我以为,你只把我当成同学。"苏萌鼓起勇气表达自己的感情,"所以,别人给我介绍男孩,我就和他们见面、约会,想让自己不那么喜欢你。可是我做不到。所有人都看到你的优秀,我也喜欢优秀的人,所以我才会怕……"

"是不是觉得自己捡到宝了?"周立哲打趣地问她。苏萌瞥了他一眼,说:"我还没有捡到。"

"现在捡到了。"周立哲自豪地说着,看苏萌刚要生气,连忙又说,"我也捡到了宝。"

苏萌笑出了声,正好苏志强和沙丽丽回来了,听到屋内的笑声,沙丽丽撇了撇嘴:"这就好了?"苏志强也笑了,说:"我们年轻的时候,也这样。"对周立哲这个孩子,他是非常了解的,在他们第一届双元制班里学习成绩最好,各项考核也名列前茅。他现在对双元制的考核机制特别了解，考核是对学习能力、动手能力、思考能力，还有个人品行的综合考量，经过学校的层层考核之后，进入企业又是一轮新的考核，而能让德国公司选去培训的就更是优中之优了，所以这个孩子从能力到人品，都是一等一的，他告诉沙丽丽，他这叫靠数据说话。

听到关门声，苏萌和周志强从房间里走出来打招呼。看着两个孩子，苏志强笑着说："年轻人吵吵闹闹很正常，不过萌萌，你可不能太任性。"

"没有，叔叔，是误会，我让她伤心了。"周立哲有点难为情地说。苏志强笑着说："坐，坐，周末我去沙溪找你爸爸喝一杯。"

周立哲的家在沙溪的老街上，父母都在沙溪基层单位工作，生活相对简单，没什么太大的奢求。在很多人眼里，周家就是典型的随遇而安，又积极生活的普通家庭。而就是那种无欲，反而得到很好的结果。虽说周立哲没有大志向，但他却把技术工作做到最好，才二十八岁已经是生产部门的班长。因为他的技术过硬，又有管理的才能，克恩公司特别重视培养他。在德国企业里，最受重用的就是有能力的技术人才。至于管理工作，他们认为，当一个员工爱上自己的工作，爱上所在的企业，对专业技术有要求，慢慢就能学会管理和引导新人，这样就可以成长为最适合企业的管理人员。所以德国公司里的大部分高级管理人员都是从基层一步步走上来的。这样的管理人员，做事也比较踏实，不会作不切实际的决定。

苏志强就很看好周立哲，这个孩子不浮躁，他倒也没想到小时候在巷子里淘气的小子变化会这么大。但这些都在苏志强的意料之中，他是教育工作者，他的父亲也是，一家人对教育的态度就是每个孩子都有机会走上自己的人生巅峰，只是他们会在不同的时间、不同的行业内发光。而也是从周立哲和自己女儿的身上，他领悟出更多教育的真谛，就像他的校长一直在说的，每个孩子的花期不同。周立哲在青春时期没有被抛弃，得到了另一种尊重和重视，男孩子虽晚熟，但他一旦成熟，成长的速度也是惊人的。而自己的女儿呢？一次失利，应该是她人生重大的转折，同时也是考验，他不知道自己的女儿是否经受住了这样的考验，至少现在看到女儿安稳地在克恩公司工作，德国企业文化的沉稳和耐力帮她磨炼了性格，帮她重新思考人生，也算是另一种收获吧，但他总觉得女儿这朵花，还没有完全开放，像是还在等待什么。到底等的是什么，他也在等待。

苏志强突然对他们俩说："你们俩有没有进一步的打算？"

这话一出口，所有的人都明白话中的深意，周立哲这回脑子灵光得很，忙说："有，因为之前我去德国那么久，回来后一直忙着新设备的投产使用，现在一切工作都安稳了，我才敢想这下一步。"

苏萌听懂了："爸，这么大的事，你是不是给我们留个浪漫的机会，你这样问，把浪漫都问没了。"

"本来我还一直不敢提，但叔叔今天问了，我就给叔叔一个交代，我爸妈也说了，过些日子找您说这件大事。"周立哲不知是不是没听懂苏萌话中的意思，只顾着向未来的岳父表忠心。苏萌又好气又好笑，笑他这个不拐弯的脑筋，无奈地说："你和德国人还真是一样。"

"什么?"周立哲没反应过来。

"她是说你太直接了。"沙丽丽都忍不住笑了。

"直接不好吗?如果我们俩早点这么直接早就在一起了。"周立哲说道。他们今年二十八岁了,十六岁时做的同学,至今已整整十二年。

苏萌已经放弃所有幻想,看起来她的人生大事就这样非常平实地决定了。她身边最浪漫的爱情,是陈明香和霍恩,但那时陈明香却一直说,他们俩连约会的时间都没有,何谈浪漫啊。可看在苏萌眼里,霍恩每天的陪伴,每天追随她的目光,还有每天都听陈明香推荐什么菜就只点陈明香推荐的菜吃都是浪漫,她喜欢的就是专属的偏爱。

什么是爱情?什么是浪漫?不同的人心中有不同的答案,不同的人喜欢不同的方式。

周立哲离开苏家以后,苏萌一个人回到房间,她就又想起了吴欣,她打开电脑,看着吴欣的留言,她们到底会以什么样的方式见面呢?会不会是在她和周立哲的婚礼上?看来,她要找个机会告诉周立哲,中考失利后,她一直躲避的那个好朋友就是吴欣。

吴灏旭第二天就带着吴欣去见张轲闻,张轲闻已经等在办公室里。看到以前那个俏皮的小女生现在身着职业装,嘴角微微上扬,自信和智慧从那双含笑的眼睛里传递出来,张轲闻惊讶地伸出手说:"吴欣?什么时候回来的?"

"张叔叔一眼就认出我了?亏得我早上特意化了妆。"吴欣很幽默,同时也伸出手与张轲闻握在一起,无论是张轲闻还是吴欣，十年前一定不会想到他们会以这样的方式再见面。

"怎么会认不出呢？我可是看着你长大的，不过真是女大十八变，越来越漂亮了。"张轲闻夸赞道，"老吴，你太不够意思了，事先也不说一声，我好给欣欣接风洗尘啊。"

"就是想给你个惊喜嘛。"吴灏旭笑了笑，说："今天欣欣也是来找你谈工作的。"

张轲闻看向吴欣："说吧，张叔叔一定尽我所能。"

吴欣把曼科要在太仓投资的事说了一遍。张轲闻听得很认真，直到吴欣说完，才一本正经地说："我记得这个企业，他们来考察的时候我也被高新区邀请参与了调研，没问题，需要我们TRT协助的，我们一定全力帮助你。"

TRT是太仓高新技术产业开发区欧商投资企业协会，简称"太仓欧商会"。TRT是针对驻太仓中小型德企及欧洲企业的专业行业组织。来太仓投资的德国企业都会先找TRT联系，张轲闻正是其中的一员。

"我把注册需要准备的材料，发一份文件给你，你可以进行准备，TRT也会帮你对接相关事情的人员。"张轲闻显然对于这些事已经驾轻就熟。

吴欣一听，开心地说："张叔叔谢谢您，有您在，我感觉方便了很多。"

"不，这是TRT应该做的，就算不认识你爸爸，你来找我，我也会全力协助你办好企业落地的相关手续。"张轲闻以工作的态度和吴欣说这些话，他那一脸的正色，吴欣都不敢笑了，也跟着严肃认真地又问了几个问题，张轲闻一一替她解惑。

吴欣问完最后一个问题,松了口气:"我真没想到太仓的对德窗口已经这么完善了,难怪在德国的时候经常听到企业里的人提起太仓,看来,是我回来晚了。"

"不晚,什么时候都不晚,而且有我们这样的人在前面开路,现在正是最好的时机。"张轲闻鼓励吴欣,吴欣崇拜地看着他,感激地说:"张叔叔,是您在我那个做梦的年纪给了我一个梦。现在我回来了,您可要帮我把这个梦做完了。您先给我讲讲太仓目前对德国企业的合作政策吧,我想知道……"她仿佛又变回了那个围在张轲闻身边问这问那的小女孩了。

"你看看,我还想着你能装多久,这不,你还是那个追着我问东问西的样子。"谈完了工作,张轲闻也放松了下来,和吴灏旭父女俩话起家常。张轲闻问了吴欣很多在德国十年来的经历,吴欣一一回答,张轲闻不住地点头,又对吴灏旭说:"这丫头,比你有闯劲。"

"当年我回太仓创业也很有闯劲,好不好?"吴灏旭有点不服气。

三个人在办公室里聊得非常开心,张轲闻看一眼手表已经到了午饭时间,站起来说:"今天你们就在我们公司食堂吃一点吧,改天我要请欣欣吃大餐。"

"不用了,我们回去了。"吴灏旭推辞。

"是不是嫌弃我们食堂?"张轲闻坚持要他们留下来吃饭,他让秘书帮他准备两份客人的餐券,然后对吴欣说,"你要先来感受一下,将来你也要管理这样的一个企业。那可和在德国的公司不一样,很多在德国工作的人刚回来的时候都不太适应,这个角色的转换,你也要尽快调整好。"

吴欣在德国工作的时候一直是在应对和中国市场相关的事务,她觉得自己应该可以驾驭,不过,她相信张轲闻的话,从小她就相信。她看向父亲:"要不我们就去看看吧,我也学习学习。"

张轲闻拉开办公室的门,三个人一起向食堂走去。

张轲闻一边走,一边向他们介绍路过的每个部门,走着走着,吴欣突然想起妈妈说过,苏萌就在克恩,她突然有点紧张。今天会遇到苏萌吗?看到她,还能认出她吗?这个突然的想法,打乱了她的思考,甚至张轲闻后来和他们说了什么,她都没有听进耳朵里。

她有点后悔,应该直接拒绝张轲闻的午饭邀请的,但现在,她已经无路可退。转念,她又觉得,为什么要这么紧张,不过是一个儿时的朋友,是苏萌先选择放弃了她们的友谊,为什么紧张的那个人是自己?心里这么劝自己,但她还是觉得整个人都不那么舒服。

张轲闻带着他们走进食堂,食堂里灰白相间的桌椅干净整洁。有员工和他们一样刚刚来,也有员工吃完了离开,还有一些员工正在用餐,人来人往的餐厅里只有菜香,看不到一丝凌乱,连吃过的桌子上都是干干净净的,没有一粒饭粒,也没有一点油污,每个人在离开的时候都把自己用餐的地方擦拭得很干净。吴欣很习惯这一切,吴灏旭却惊讶不已。"我借女儿的光第一次来你们食堂,真是没想到,只知道德国人很喜欢干净,但干净到这样的程度,让人无法想象。"

"选自己喜欢的菜吧。"张轲闻对父女俩说。

三个人选好菜,找了一个明亮的位置坐下来用餐。

"周末回沙溪吗?"周立哲和苏萌一边点菜一边问。

"不是你约了我爸妈一起回去吗?"苏萌觉得周立哲明知故问。

"对,我再确认一下。"周立哲笑着说,苏萌瞥他一眼,转眸之间,她看到张轲闻在远处的玻璃窗下吃饭,和他同桌的人有点眼熟,她没有仔细去看,毕竟张轲闻是公司里的最高负责人,她只是一个车间的模具工人,虽然在双元制班得第一名的时候,张轲闻给她颁过奖,还每个月都会和她约谈工作情况,但在苏萌心里,和张轲闻仍然存在职位的差异,不能像和其他员工那样随意去打招呼。

她拉着周立哲走到另一个区域,这样可以躲开张轲闻的视线。周立哲的眼里只有苏萌完全没看到张轲闻,因此也错过了吴欣。

吴欣低头吃饭,默默地听着父亲和张轲闻聊天,她不敢抬头,只想快点吃完就离开,所以,她吃得很快。吴灏旭看到她吃得干干净净的盘子,又看到张轲闻也把饭吃得干干净净,低头看看自己的餐盘里还有一些剩菜,受了影响似的,赶紧吃得干干净净。

"德国人不喜欢浪费食物,和他们在一起用餐习惯了。"张轲闻这话好像也在对吴欣说。

吴欣点点头,说:"是的,他们从不浪费食物。"

吴灏旭听女儿讲过一些相关的事,只说:"嗯,好习惯,不能浪费,像我们的光盘行动一样。"

吃过了饭,吴欣和吴灏旭就要回去了,他们将餐盘送到收盘区,苏萌正好抬头,看到了和张轲闻一起走着的两个人,怔住了。当他们要转身的时候,苏萌赶忙低下头,一口一口地将盘子里的菜和饭往嘴里塞。等到张轲闻他们走过去了,才停下来。周立哲坐在背对他们的位置,没有看到,低头吃着饭,根本不知道刚才发生了什么。

吴欣!是她,一定是她。她变了,变得很美,很美,浑身都在发着光,苏萌能感觉到那光,她不会认错的,就算她变化再大,她父亲的变化不算大,所以,她不会认错,就是吴欣,她真的回来了,一步步地在走近她。

苏萌的心狂跳不止,刚才塞进嘴里的饭和菜如同嚼蜡一般吃不出滋味。她躲了那么久,还要躲到哪里呢?她突然感觉到无处可逃,也无处可躲,是不是一定要面对了?她看着眼前的周立哲。连他都认识吴欣,她越想切断的,越是切不断。

切不断的缘,才是真正的缘,躲也躲不掉。

吴欣离开克恩的时候有点失落,她再回头看一眼克恩的大楼,苏萌在这里工作吗?她们走了完全不同的路,再相见,她们还能像当年一样无话不谈吗?生活的差异会让她们重逢后的相处变成什么样?吴欣都没有把握,现在的她可以从容面对生活的不同境遇,却没有想好怎么面对苏萌,说到底曾经那么在乎过的人,总是不一样的。

周立哲发现苏萌一直在发呆,关心地问:"你怎么了?今天的菜不好吃?"看了一眼她盘子里剩了好多菜。

苏萌恍然回神,忙说:"好吃。"她凭着本能回答了一句,她想,是该告诉周立哲,她曾躲避的好友就是吴欣。

"那你今天吃得那么少。"周立哲不知道苏萌此刻的心事。

苏萌继续吃饭,克恩公司杜绝浪费,每个员工都必须遵守。虽然没什么胃口,她还是一口一口完成任务似的把餐盘里的饭吃完。回车间的时候,苏萌突然停下脚步:"周立哲,我要告诉你一件事。"

"怎么了?"周立哲就觉得苏萌今天一整天都不对劲,"是不是周末两家家长见面的事,你反悔了?"他紧张地问。

苏萌摇了摇头:"你记得,我和你说过的,我那个初中最好的朋友吗?"

"就是你中考后一直躲着的女孩?"周立哲对苏萌的事记得很清楚。

"是的,那个女孩,那个女孩……"苏萌支吾着,"那个女孩就是吴欣。"

周立哲一时没有反应过来,看着苏萌,好像没听懂似的,蓦地,他瞪大眼睛,"什么?你是说……?"苏萌点点头。

"不会吧?"周立哲简直不敢相信,"你确定吗?会不会是因为名字一样?"

"会吗?"被周立哲这么一说,苏萌有点犹豫了,吴欣并不是一个非常少见的名字,会重名的概率很高,难道只是巧合?那这种巧合是不是也太过巧合了。

不知道苏萌是不想相信他们说的是同一个吴欣,还是真的有所怀疑。"不会吧?"她也不确定地问了一句。

"不好说。"周立哲并不确定,他只是觉得太过巧合,不愿相信罢了。"你现在还怕见她吗?如果你已经不在意了,我可以约我认识的吴欣出来,见个面,不就真相大白了。"

"可我觉得不会错,同龄,她也出国了,她也回来了。"苏萌从刚才周立哲的那个假设中清醒过来,"而且,刚才我看到她了。"

"什么?在哪里?"周立哲四处张望。

"刚才张总和他们父女俩一起吃饭,我不会认错的。"苏萌摇摇头,"一定是一个人。"

周立哲握住苏萌的手,关切地问:"萌萌,这么多年了,还不能面对吗?"

连苏萌自己都不知道她到底能不能面对吴欣,躲了这么多年,她好像躲习惯了,反而不知该如何坦荡地面对。周立哲发现她的手是凉的,他将她的手紧紧地攥在掌心,说:"萌萌,其实我很想知道你为什么要躲着她呢?你们那么要好,不是应该互相倾诉吗?"

"我……"苏萌现在大概知道儿时不想面对的是自己的自尊,在她知道自己的重大失误之后,她无法面对别人的闲言碎语。现在的周立哲也知道,只是他不知该怎么说出口,他不想伤害苏萌的自尊心。

或许有人会说这是一种虚荣。太仓双元制专业班办得最成功的时候,体制内大学大幅度的扩招开始了,无疑更多的人想接受高等教育,很多有大学遗憾的父母更希望自己的子女去读普通高中。上大学没有错,但同时也会错过很多更适合孩子成长的其他选择,这时的专业技术学校招生受到了极大的冲击,曾经被认为最光荣的工人阶级,就这样不知不觉地被轻视了。

周立哲是从双元制教育走出来的人才,他最能明白双元制教育的意义,但很多人是不会理解的。所以,周立哲知道苏萌也和很多人一样,心里那道坎就是一个认知问题,但他不想直接说出来,每个人都有自己的选择,无关对错。

"我问你,我们现在生活得幸福吗?"周立哲问道。

苏萌笑了笑,说:"这个问题全国都在问。"不过,她真的从来没有认真地想过。现在想来有一份安稳而有挑战的工作,在自己的岗位她有很大的空间做出很多技术上的突破,自己对这个企业是有用的人,企业也给她平台和机会,这种彼此珍惜的感觉,可遇而不可求,努力和机遇并存,缺一不可。她又瞥一眼周立哲,现在她有了心爱的人,他们可以互相理解,彼此支持,她有什么不满足的呢?她在双元制体系的培养下学习机会很多,她永远记得克恩的企业文化是终身学习,那些没有读大学的遗憾在这里都得到了弥补。

心念至此,苏萌抬目看着周立哲,从他眼里看到了信心,说:"我很幸福。"

"那不就是了,吴欣有她要追求的生活,你有你的,只要你们都得到了心中的幸福,又何必计较来路?古人都说了,英雄不问出处。"周立哲突然觉得自己很有学问。

苏萌瞥他一眼,不是周立哲突然有学问,而是这些年,他一直都在学习。除了专业领域的学习,还有遇到的优秀同事,进而从他们每个人身上学习他们的闪光点。日积月累而已,人都是在积累中成长的。

第四章 归

"如果你准备好了,我就把你们约在一起。虽然你觉得是她扔下了你,其实,是你扔下了她。"周立哲这句话苏萌一时没有听懂,疑惑地看着他。周立哲看到她眼底的疑问,笑了笑,抬手摸摸她的脸颊,"那只是升学考试,你们走上了不同的路。可对你们两个人来说,是你先拒绝了她的友谊,是你觉得她的出现会让你心痛,我也知道你心痛,但你想一想,是你先放弃了她。"

苏萌从来没有从这个角度想过,周立哲的话让她陷入沉思。

"回去好好工作吧,这件事,我们一起面对,我陪你。"周立哲见她愁眉不展,安慰道。

离开克恩之后的吴欣一句话也没说,她拿出手机,给周立哲发了一条信息:"你的同事中有没有一个人叫苏萌?"

周立哲已经回到自己的工作岗位上,忙完了手中的工作才看到手机里的信息。看来,只有一个吴欣。周立哲思量再三,回道:有。

吴欣看到周立哲的回信,沉默了。"她好吗?"

"很好,非常优秀。"周立哲小心地回复,"你们认识吗?"又故意试探。

"是的,她是我儿时的好友。"吴欣回。

周立哲凝思片刻:"这么巧?不如我来约你们一起见个面。"

吴欣犹豫了。

周立哲等了很久,手机的信息提示音有很长一段时间都没有再响起。"女人真麻烦。"他兀自念叨了一句,"什么事不能当面说清楚呢?"

他没敢把这件事告诉苏萌。确切地说,他希望从吴欣那等到一个结果。

直到下班以后,周立哲的手机又响了:"我和她之间可能有点误会。"

"有误会就说清楚。"周立哲竭尽全力地想帮她们,"儿时的误会,难道现在还解不开吗?"周立哲直线思维不能理解曲线的女人们。

吴欣又陷入了沉默,这一次,她很久都没再发信息过去。周立哲只能等待。

周立哲的父母周末去了苏阿公家,两家人早就心照不宣地默认了两个孩子的事。周立哲的父亲是个老实人,见到苏阿公就说:"苏老师,我们周家,真是有福气能有萌萌这样的女孩子看上小哲。今天,也是想把两个孩子的事定下来,他们也不小了。"

苏家人和周家一家三口还有周家阿婆坐在苏家老宅的小院里,其乐融融。本就在一条巷子里住着的邻居,知根知底。

"这两个孩子都急死我们了。"苏阿婆的头发已经全白了,"我还想抱重外孙呢。"

没有求婚仪式,两人就由着长辈们把婚事定了,这是苏萌后来和周立哲念叨了一辈子的话。周立哲后来假装求了好几次,苏萌都说少了那个味儿,周立哲一直都不明白,到底是个什么味儿。

就这样定好了婚期,2013年5月6日举办婚礼。

周立哲有一个心愿,在婚礼之前让苏萌和吴欣和好。刚过完年,还有四个月时间。

这段时间,吴欣开始抓紧筹备曼科太仓公司的创建。虽然曼科公司在太仓的投资不大,但麻雀虽小五脏俱全,事事都要亲力亲为。忙碌也让她可以忘记一些烦恼,周立哲的提议也被她暂时搁置在一边。

吴欣草拟新的公司计划,甚至细化到与德国公司因时差对接工作的具体时间和注意事项,她还要求公司里的所有标注都有中、英、德三种文字,以免造成工作衔接上任何可能出现的误差。在TRT的协助下,她的工厂很快就建好了,设备也从德国陆续运送过来。高新区政府对德企投资建厂有专门服务通道,一切都进行得非常顺畅。

当吴欣再次去TRT感谢张轲闻的时候,张轲闻笑着说:"过几天有个留德联谊会的活动,你要不要一起参加?"

"还有留德联谊会?"吴欣很高兴,不得不承认,她离开的十年,虽然太仓发生了很大变化,但她个人发生的变化更大,她需要有相同思维的人在一起交流,她和父母可以交流亲情、家事,过去的同学和她联络的已经不多,而她自己也没有新的朋友,有时候,她会有点寂寞,"太好了,我去。"

"好,你可以在那里认识很多志同道合的人。"

张轲闻把吴欣带去了联谊会,相同经历让他们很快就能融合在一起,吴欣是太仓人,而这个留德联谊会中有太仓人,有宁波人,还有西安人……全国各地去德国留学的又来到太仓工作的优秀人才都聚集在这里,他们像是另一个群体,彼此倾诉心声,那种感觉很好,这让他们能够把属于自己生活的一部分保持得很好,于华也在。吴欣非常感激于华对她的帮助,她对于华说:"于叔叔,我也是留德十年。"

"哦?那十年或许是个结界。"于华特别喜欢笑,也非常幽默,或许就是因为他是吴欣去德国遇到的第一个人,所以他的乐观也传染给了她。

"高义生?"吴欣惊讶地看到了一张熟悉的面孔。

"吴欣?"高义生同样惊讶,"你终于回来了。"

"这话说的,好像你知道我会回来一样。"能看到一起在德国留学时的朋友,吴欣特别高兴。

高义生笑着说:"你的家乡发展成了德企之乡,你不回来才可惜。"

吴欣现在承认这句话是对的。当初他们在一起过年的时候,她还不相信她的家乡可以变成现在的样子。她笑着点头:"是啊,我回来赶末班车。"

"欢迎回到太仓!"高义生反客为主地对吴欣说道,吴欣不禁大笑起来。

留德联谊会的存在,让吴欣的留德生活有了另一种延续,她找到了共同思维的人,从他们的经验中思考自己将来可能要面对的事,这种感觉非常好。她对张轲闻说:"我真没想到,太仓把对德合作做得这么好了。"

"当然,你回来不也是为了让太仓更好吗?"张轲闻笑着说。他总是很从容的样子,吴欣从来没看到过张轲闻有紧迫的时候,她很好奇地问:"张叔叔,你在中德合作中的工作已经不只是克恩公司了吧?这段日子,我觉得你在做教育、社会事业,是不是这让您更有成就感?"

张轲闻反而严肃了:"不不不,做这些事的原因,只是我想把我们克恩做得更好。"

吴欣看着张轲闻,她好像能理解,又好像没有理解:"就像你最初想做新闻,可现在你没做新闻,但你想做的桥梁,是不是以另一种形式出现了?"

吴欣这回懂了,她笑着点头:"我们在实际行动中去体会人生的美好就足够了。"

张轲闻告诉吴欣:"有时候,没有那么多原因,开始其实都很简单,只是后面会觉得有了其他意义而已。而我觉得去做自己想做的事,最幸福。"

每件事的起因都很简单,谁也不会想到后来会有什么样的结果。再过十年,吴欣就更明白了这句话的意义。

2013年3月,春风和煦,吴欣又收到了周立哲发来的短信:吴欣,能和你见一面吗?

曼科太仓公司一切已准备就绪,虽然办公环境还有些简陋但已经可以接待客人。吴欣一边啃着手里的面包,一边回复:"我在等一份传真,走不出去,如果你方便可以到我公司来。"

那天是周末,周立哲没想到吴欣连周末也不休息,但他还是欣然答应了。

周立哲来到吴欣的公司,看到一个简易的车间和办公区:"你们公司也做生产?"

"现在还没有,以后应该会有的,现在只是作为展区展示我们的产品。我们公司的规模不如克恩大,这是因为我们的定位是做在太仓很多德企的供应商,后面看发展的情况再决定要不要把产线搬过来。请坐吧,瞧我这儿有点乱。"吴欣难为情地说道。毕竟公司初具规模,一切还没有理顺。"你喝茶,还是喝咖啡?"

"不用客气了,我来只是想和你说一件事。"周立哲很客气地说,"就是上次你说的苏萌。"

"哦,不好意思,都是很久以前的事了,也许现在不再去触碰往事,继续向前走才是最好的。"吴欣笑着解释,"所以,我就没回你,让时间来决定吧。"

周立哲垂眼看着自己交织在一起的双手,吴欣将这个细微的动作看在眼里,男人有这样的举动让吴欣感觉到他一定有很重要的话要说。周立哲接过吴欣递来的茶杯,下了决心地说道:"是这样的,我也是刚刚知道不久。事实上,苏萌是我的未婚妻,还有两个月我们就要结婚了。"

这个消息让吴欣十分惊讶,她定定地看着周立哲,一时语塞。

周立哲继续说着:"我也刚从苏萌那听说了你们的事。"

吴欣陷入沉默,太巧了,所有人都被纠缠在了一起。良久,她才说道:"她是个好女孩,你们会幸福的。"

"是的,我会让她幸福的,但我想先为她做一件事。"周立哲说到这儿,她好像知道他的言下之意,她看着周立哲,等着他说下去。

"你们见一面吧,萌萌是个自尊心很强的女孩,可她不敢见你。但是,上次你去克恩,她看到你了,她在乎你,但你知道,她缺少勇气。"周立哲的态度很诚恳,吴欣都替苏萌感觉到幸福了,说:"你很爱她。"

第四章 归

"是的,所以我希望能为她做点什么,面对你是她一直无法踏出的一步。我想帮帮她,帮帮你们。"周立哲很想知道吴欣的想法,"我知道你给她发过很多信息,她说,她都看到了,但她不敢回复你。"

"真是傻瓜。"吴欣苦笑了一下,"但是,我也很难过,她就这样放弃我,放弃我们的友谊。"

"这就是你的心结,是吗?"果然,吴欣的心结和自己猜测的一样。周立哲心里豁然开朗,只要能找到问题的症结在哪儿,就有解决问题的办法。

吴欣沉思片刻:"是的,这些年,最初我觉得我在等她,等她好起来,我一直在想,可能是她需要时间面对,她的自尊心需要重新建立起来,所以,我并不着急。可是日子久了,我也会生气,气她就这样放弃了我们的友谊,气她怎么可以消沉下去,她选择回避我,到底是因为自己的失利而无颜见我,还是因为她承受不了我们之间会有差距。如果是前者,我觉得她小看了我对她的友情,如果是后者,是她看轻了自己,所以,随着年龄的增长,我反而无法原谅她。"

吴欣第一次把对苏萌的情绪说给别人听。在德国的时候,她都没有把这些话说给冷若非听。她一直深藏着这个秘密,现在她竟然全部说了出来,无比畅快地长舒一口气:"这就是我十三年来对这件事看法的变化。"

周立哲很认真地听完,点点头:"我想我能理解。"

"你不会觉得我们女人有点矫情吗?"吴欣笑着问周立哲。

周立哲当然这么认为,他只是觉得女人的感情太细腻了。

如果是男人,哪怕有再大的误会,喝一次酒,借着酒劲,该说的不该说的话都说出来,如果是朋友,说完就过去了,哪会想那么多?但在吴欣面前,他不敢这么说:"我和萌萌读过的书没你多,想法也比较简单,她也没有你那么大的格局,或许在她心里,太仓就是她的全世界了,是她小气了。"

"不,我可没有这个意思,你千万不要这么想,那就真成了我和她之间因为这些条件而存在差距了。事实上,我只想说,我和她只是单纯的性格相吸,不应该被其他条件干扰,她被那些事影响到了我们的友谊,才是我最在意的。"吴欣又解释了一遍。

这一次周立哲好像听懂了。

"我知道了。"周立哲觉得就像他对苏萌的爱情一样,没有其他条件,只要两个人的感情纯粹,吴欣的意思也是这样,她要的是最纯正的友谊。"等你忙完了这一阵,就和她见个面吧,如果你们再相见,感情变了,那也是一个结果,你们俩也就都死心了,谁也不用再折磨自己了。"

周立哲直白地把吴欣和苏萌的心事说出来,吴欣还有些难为情。她思量了一下:"下个月吧,下个月,我应该能忙完了。"

"那,那就下个月。"周立哲起身准备走了,"打扰你工作了,不过,周末是应该休息的。"这是德企的工作节奏,他们都懂。

吴欣摊开手,无奈地苦笑道:"这是我个人的问题,就当我有强迫症吧。有些事不做完,心总是不安,哪能安心休息呢?"她已经可以把个人的感情不代入任何其他情绪中去,就事论事地讨论问题了。

"优秀的人永远优秀,不是吗?"周立哲夸了一句,吴欣在他眼里的确是非常优秀的女人,他很欣赏,但这种欣赏和男女之间的感情是不一样的。

周立哲走后,吴欣坐在那儿发了一会儿呆,她在想刚才和周立哲说的那些话。这些话她从没说过,也没有真正地去想过,今天却一下子全都说出来,是她早就有了这些想法,还是冲动?她自己都不知道。她摇了摇头,告诉自己:哎,不去想它了,下个月见一面,也算解开十三年的心结。她本来以为成年人的世界有些事是不需要有结果的,但看来,她和苏萌之间还是需要一个结果。

吴欣深吸了一口气,继续工作,邮箱闪烁,她马上点开,这段时间的工作邮件多,她看了看时间,怎么会有人周末给她发工作邮件?她点开一看,是个紧急的任务,博世公司中国区负责人下个月要来太仓,洽谈中国区业务对接事宜。这是曼科的大客户,她在博世实习的时候就听说过这位负责人,他和他的家族都有十分雄厚的实力和背景。吴欣知道要认真对待这位客人,这是她为曼科太仓公司进一步发展争取机会的好时候。

下个月?周立哲也约了她下个月和苏萌碰面,下个月真是重要,她自言自语道,便又投入到工作中去了。

周立哲把下个月的约定告诉了苏萌,苏萌开始建设自己的自信心,这其中有一半儿是周立哲的功劳。一个人总有自己软弱的一面,苏萌的软肋竟然是吴欣,这是周立哲万万没有想到的。至少苏萌在他心里是强大的,在一群男生中能做到最好,绝不是一般女孩子。周立哲有时候也会笑,他真的不能理解女人的很多想法,对他来说,他爱苏萌,所以,他就总想能帮她做点什么，而苏萌工作做得非常出色，生活也处理得很好，他从来都觉得苏萌是个全能战士，也许只有这件事他能帮上忙，这是他爱的方式。

苏萌突然接到了陈明香的电话，那个号码自从陈明香离开中国后很久没有看到了，屏幕上陈明香的名字，冥冥之中让她有种预感。

"萌萌，我回来了！"陈明香连句铺垫都没有，直接向苏萌宣布。

"真的？"苏萌开心极了，三年了，陈明香离开三年后，终于回来了，"回来探亲？"苏萌开心地问，陈明香的声音里都带着笑意，"不，是回中国生活。"

"什么情况？"苏萌既惊又喜，这和吴欣回来时给她的恐惧感全然不同。

"说来话长，快，我们见一面吧，我都要想死你了。"陈明香兴奋地笑着说，听着她的声音，苏萌仿佛已经看到了那张热情的脸。

以前，她们肯定要去雅格碰面的，可现在，因为经济危机，加之德国人撤回，雅格的最强店长陈明香也离开了，生意就大不如前，最后被台湾老板关掉，退出了太仓西餐业的历史舞台，同时退出的还有一家开在创意园，也曾盛极一时的西餐厅，可惜他们都没有挺住。反而后来兴起的几家，后来居上。任何时候都是这样后浪推着前浪，不过，HOME倒是少数的几家一直坚持下来的，也许是这个名字取得太好了，家。

苏萌就说："好，你想吃什么？"

第四章 归

"吃什么不重要,我只想见见你。"陈明香迫不及待地想见到苏萌。

苏萌就约她在星巴克见面,那是太仓第一家引入的咖啡连锁店,以前太仓没有独立的咖啡馆,都是去西餐厅里面喝咖啡,现在太仓已经有很多家不错的咖啡馆了。陈明香一进来就张开双臂冲苏萌跑过来,两个女人拥抱在一起轻呼,咖啡馆里的其他客人不得不看向这两个兴奋的女人。"终于回来了。"苏萌高兴地说。

"是啊,终于回来了。"陈明香的眼底闪着泪花,她东张西望地看着这家咖啡馆,"真没想到我才离开三年,这次回来,感觉太仓的变化很大。现在快不认识了。"

"三年,对我们个人来说真的没什么感觉就过去了,可是对整个社会来说,每年都有新的变化。你就想想你都是两个孩子的妈妈了。"苏萌一边感慨一边说。是啊,她有时候觉得陈明香离开了很久,但数数日子,不过才三年。于是,她又坏笑着说:"我还有两个月结婚,你这是赶着回来给我送份子钱的吗?"

"真的?到底是哪个男孩子让你等了那么久?"陈明香早就知道苏萌心里有人。

苏萌瞥她一眼:"过两天介绍你们认识。快说说,你们怎么回事?"

"霍恩终于签了一份在中国工作到退休的合同,我们就回来了。不过,是换了一家公司,他回来做CEO。"陈明香兴奋地把这个好消息告诉自己的好朋友。

三年前,霍恩因公司的原因,不得不回国。陈明香和他一起回到德国以后,就怀了他们的第一个宝宝,因为怀孕,她不能出去工作,霍恩怕她寂寞就让她去学德语,陈明香在一个快乐的大家庭长大,霍恩就特意把自己的母亲请来和陈明香做伴,可是陈明香知道德国人的家庭关系和中国不一样,所以,陈明香没有让婆婆一直陪着她,她努力地适应,思乡心切,整个孕期她的身体和精神状态都很糟糕。这让霍恩更加着急了,大儿子刚出生不久,霍恩被派去泰国工作,陈明香就跟着他去了泰国。陈明香的性格在这段时间发生了很大的改变,因为要不断地去适应霍恩改变自己,她变得不那么快乐了。霍恩发现心爱的妻子开始变得郁郁寡欢,心急如焚。

终于有一天,他跑回家对妻子说:"我们可以回中国了。"

陈明香不可思议地看着他。其实,霍恩在离开中国以后,一直在寻找着回中国工作的机会。在中国的几年,从不喜欢吃中国菜,到爱上了中国的文化,甚至在他所有衬衫的领口都绣了一个霍字,新公司的老板看到他领口上的汉字,才知道他有一位中国妻子,正好公司也要去中国投资,太仓是首选,和霍恩约谈后,达成了一致决定,由霍恩担任太仓公司的CEO。在做好这一切之后,霍恩才把这段日子以来他的所有努力告诉陈明香。

陈明香看着霍恩,泪流满面,这一生有这样的男人爱着,别无他求了。

霍恩为了不再经历上一次的事,这次签了终身合同,直到退休。所以,他们回来了,陈明香告诉苏萌,事实上她已经回家陪父母一周了,今天终于可以出门,她第一个想到的就是苏萌。

"太不容易了。"听陈明香讲完,苏萌不禁眼含泪水,被他们的这份爱情感动,"你们俩的爱情故事是我听到的最动人的。"

陈明香笑着说:"你也快结婚了,你的爱情肯定也是最美好的故事。至少我们都找到了顾家又爱我们的男人。"

苏萌觉得世上怎么会有像陈明香这么幸福的女人,她很羡慕,但不嫉妒,更不恨,只有祝福:"我们中国的女人多有魅力啊,可以让他为了你作这么大的牺牲。"

"是他喜欢中国,是中国的魅力大。"陈明香故意说,"他说,他喜欢太仓的绿化,喜欢太仓人的亲切,喜欢太仓的便捷……"

"最重要的是他爱上了这里的女人吧?"苏萌笑着打趣。

陈明香扬起嘴角,脸上就是满满的幸福了。"我们决定买房子了。"

苏萌知道当初他们走得急,结婚时什么也没有,听说他们要买房子,那真是要安家落户了:"太好了。"

陈明香点点头:"是啊,刚结婚的时候,我们什么都没有,现在终于可以安个小家了。"

很多人都曾误解过陈明香,说她和霍恩在一起,是因为霍恩的条件好,陈明香的家境一般,想改变生活。可谁知道,陈明香嫁给霍恩的时候,真正没有钱的人是霍恩,是陈明香的出现,让霍恩有了更加努力的方向。霍恩内向,不喜欢很多的社交,所以,他把所有的爱和心思都放在了家里。陈明香可以让他安心地享受家庭生活,陪着他成长,男人本来就比女人成熟得晚,西方的男人好像更是如此,所以尽管他的年纪比陈明香大很多,在陈明香面前却像个孩子一样。苏萌是最了解这一切的人,她有时候会在同学中为陈明香打抱不平,陈明香反而劝她不要介意,日子是她自己的,她幸福不幸福与别人没有关系,而且,误解她的人,她根本就不去理会。陈明香就是能活出这样的潇洒,大概霍恩喜欢的就是这样的陈明香吧。苏萌见过霍恩几次,他总是默默地微笑着听她们两个说话,苏萌问过陈明香他能听懂中文吗?陈明香就笑着摇头:"他好像没有什么语言天赋,学汉语很慢。"苏萌记得霍恩为了记住陈明香的名字,把她的名字贴在家里的家具上时常看看,爱都体现在这些细节里。

苏萌觉得那些离她而去的一切,正在一个一个地再回到她的身边,包括吴欣。不,当初是她把自己与所有人剥离的,现在对她来说,她已经准备好回到那个热闹的世界,只是不知道会不会被接纳。

"嗯,这段日子,我们在买房子,然后准备装修,霍恩喜欢中国文化,他要装修得有中国特点,他还要亲自动手。他有一双巧手,什么都会做。"陈明香讲个不停。

霍恩是德国双元制教育走出来的 CEO,他的动手能力当然很强,这一点,没人比苏萌更清楚了。前几天她还亲手做了一个更合手的工具,有些时候,她宁愿自己动手,也不委托他人。现在她深深地知道当初她在克恩实习的时候带她的那位德国老师对她说的话:"要和你手中的工具产生感情,你才能知道怎么会做得更好。"

所以,苏萌对霍恩的亲自动手装修一点都不觉得奇怪。

"我和周立哲也自己装修了一半儿,重点是看不上那些装修工人的手工活。"苏萌猜霍恩大概也有这样的想法。

果然,陈明香两手一拍:"你说对了。"

第四章 归

苏萌得意地笑了。

"明香,你不工作太可惜了,你是那么优秀。"苏萌认识一些全职太太,时间久了,思想的世界就被家、孩子和丈夫占据,没有自我,她怕陈明香也会变成那种样子。

陈明香却说:"我们打算要第三个孩子,我觉得我会很忙。我在做很多事,要陪伴孩子,要规划他们的学业,还要照顾好霍恩的生活,他为我牺牲了那么多,我做这些又算什么呢?我知道你在想什么,很多事都不能一概而论的,只要我们生活得舒适,就是最适合我们的,霍恩给我的爱和尊重,足以让我内心强大,不会有的没的乱想的。何况,他到中国来做 CEO,需要我告诉他怎么和中国员工相处,他一直很相信我,我觉得我对他来说就是他无形的小秘书,这份工作我很喜欢,也能给我们的生活增添另一种浪漫。"说这话的时候,她神秘地眨了眨眼睛,苏萌好半天才想明白她那个暧昧的眼色是什么意思,忍不住捂着嘴笑起来,"你真是……"毕竟,她还没结婚,有些话仍然说不出口,两个女孩子就这样心领神会地偷笑起来。

不过,苏萌知道陈明香的工作能力,她的确可以给霍恩很多建议。

"是我多虑了。"

"我知道,你为我好,但我们已经找到了最好的相处模式。"陈明香不是一个虚伪的人,一直活得很真实,苏萌相信她的判断。

很快一个月就过去了,博世公司高级管理人员汉森来访的日子到了。吴欣早早就出了家门,她要赶去机场接汉森,这时街上的人还很少。她刚开出小区,就看到一名外国女士正推着行李箱四处张望,看起来,她还没找到出租车。吴欣看看她的行李,就在她身边停了下来,按下车窗问:"需要帮忙吗?"

"哦,我要去机场,我在等出租车,可能太早了,还没有车。"那名女士对吴欣说。

吴欣笑着说:"正好,我要去机场接人,那就载你一起去吧。"

"真的吗?"那名外国女士惊喜地看着她,可她马上又问,"车费是多少呢?"

"不用,顺路,上车吧,"吴欣从车上下来,打开后备箱帮她把行李箱放进去,"走吧,我在德国的时候也曾经被这样帮助过。"

外国女士非常高兴地感谢了她:"我太幸运了。"

吴欣笑着开车。她想起曾经在德国时的一件往事:就在她决定回国的时候,当时也是个清晨,她很吃力地拖着几个行李箱,在路边等车等了很久,一辆经过的出租车都没有,公交车也迟迟不来。后来听到别人说,前面有工人在罢工,几条线路都停了,不可能有公交车了。吴欣看看手表时间来不及了,她急出一头汗,正焦急地打电话想办法约车,一辆中巴停在她旁边,中巴司机是位四十多岁的男人,冲她喊:"是去机场吗?"

"是的。"吴欣回答。那位中巴车司机又说:"今天不会有车了。"再次证明今天不会有公交车,这让吴欣更难过,她苦着脸点点头,在德国一切都顺利,偏偏在离开的时候,遇到了罢工,是不想让我走吗?她看着老天心中念念有词。

正在她束手无措的时候,那辆中巴车又回来了,上面多了几个人,中巴车司机在她身边停下来,对她说:"上来吧,我也送客人去机场,带上你。"

"啊,真的吗?"吴欣像今天遇到的这名外国女士一样不敢相信。

那中巴车司机说:"是的,顺路,可以把你一起带上。"

"那多少钱?"吴欣拿出钱包准备付车费,那中巴车司机说:"你不是我的客人,我只是想帮忙,上来吧,不要你的车费。"

吴欣刚刚那张脸从阴转晴,笑得像太阳花一样灿烂,这是德国最后送给她的礼物吗?来到德国,她就很喜欢这里,喜欢这里的人认真的态度和诚恳的心,她很感激地给中巴车司机鞠了一个躬:"谢谢您!"上了车才知道,中巴车司机第一次看到她的时候,正要去接客人,接到客人还有空余的位置,就又接上了她。他们总要信守承诺,先做好自己的工作。

吴欣是带着美好离开德国的,她把这个故事讲给了那名女士听,那名女士很高兴地看着她:"也许这就是天意,我来这里也是为一件非常有意义的公益事业。"

"是吗?那就是您做了好事,上天派我来感谢您。"吴欣开心地说道。

"你是个善良的孩子。"外国女士说道。

吴欣突然好奇这名女士说的公益:"您是为了公益活动来中国的?"

"可以这么说。"外国女士说道,"因为一些人需要得到帮助,而太仓的德国企业家们也非常善良,他们愿意做这件事。"

吴欣听得来了兴致:"做什么?"

"这个世界上有开得最美的花朵,也有因为各种原因没有开出来的花朵,或者少了花瓣的花朵,但他们也是花朵,而且需要更多精心的呵护。这个世界给他们的机会太少了。"外国女士的脸上已经换了一副严肃的神情,吴欣便知道她对此非常认真,问道:"您的意思是?"

"有一些残缺的孩子,需要我们帮助。"那名女士说完,吴欣就懂了。

"我希望,能为他们做点什么。很多人支持我,我很开心,太仓政府也支持我做这件事,我还要回去做些准备,明年回来做好这件事。"那名女士坚定地说着。吴欣马上递给她一张自己的名片,"如果我能帮得上忙,我也愿意出一份力。"

"太好了,你真是善良的姑娘。"那名女士每次夸吴欣的时候都会露出真诚的笑容。

"您是德国人吗?"吴欣本能地认为所有在太仓的外国人都是德国人。那名女士笑着摇了摇头:"不,但我的好朋友是,所以是他们邀请我来太仓看看,我非常喜欢这里。"

吴欣很喜欢德国人的真诚,哪怕直接谈利益,但绝不会耍手段,遵守规则,脚踏实地。她对这名女士的话毫不怀疑,这名女士叫玛丽亚,吴欣觉得她就是真正的玛丽亚。

一路上,她都在听玛丽亚给她讲她要做的事。原因仅仅是她被朋友邀请来太仓玩,看到了一所特殊学校,而她进去的时候,看到了一些身体上有残疾和智力有问题的孩子,那些孩子的天真烂漫触动了她,印在她的心里。她和丈夫收养了其中一个,可那么多孩子都是她的牵挂,她和朋友商量后决定做一件更有益的事,她现在要回去办相关手续,还要去说服更多的人来支持。她和朋友已经和在太仓的德国企业老总们商量过了，他们都大力支持，但有些企业的德方老总不在，她决定亲自去拜访他们。

吴欣觉得玛丽亚这样为他人的精神特别珍贵，她居然可以为这件事不辞辛苦地奔波在两个国家之间，所以，她很高兴这次偶然的相遇。

到了机场，吴欣看时间还早，先送玛丽亚去登机，然后才转去接机口等她的客人。等待的时候，吴欣脑子里全是玛丽亚和她说的话，玛丽亚希望促成一家新的公司，让一些智力障碍人士以他们的能力得到他们应有的社会地位。她坚信这些残疾人士是有意愿并且有能力去充分融入工作环境从而融入社会的。虽然太仓的社会福利已经很好，特别是对这些残疾人，但他们都知道内心深处的平等，才是他们更渴望的。只有让他们发挥出自身的价值，才能得到更多的尊重和认可。一个普通人都不及他们更希望得到认可。为了实现这种可能，需要开发并应用一种独特的专业辅导方法，智能半自动化的工作场所和一个创新的车间培训系统，让残疾人士的制造生产率和质量水平与正常的工业企业相当甚至更优。玛丽亚的想法是让这些智力有障碍的人可以从事一些简单的工作任务，让他们在工作中得到社会的认可，不但能让他们有经济收入，还可以融入这个社会。但要想真的运作起来，还需要更多的企业加入，这样才能让这种运营模式更有保障。

吴欣没想到玛丽亚仅仅是因为来中国旅游就有了这样的想法，并在没有任何背景条件的情况下到处去游说，努力促成，从来没有考虑过难处和她个人力量的有限。这样的精神,深深地触动了吴欣。

不知等了多久,接机口出来的人越来越多了,显示屏上显示的正是汉森乘坐的航班。吴欣整理好自己的情绪,仔细地看着出来的每一个人,终于看到一位儒雅的德国男士走出来,她见过汉森的照片,马上迎了上去,用德语和汉森打招呼,并介绍了自己。

汉森没想到来接待他的是一位中国女士,来之前,在他们往来的邮件中,他感觉到对方的严谨和认真,他还以为对方和他年纪相仿,而吴欣看起来太年轻了,他惊讶地说:"很高兴认识你。"

回太仓的路上,汉森告诉她,他们的中国公司在苏州,离太仓不远,他来过苏州很多次,还没去过太仓。不过这些年,太仓在德国的影响力越来越大,他也经常听说太仓。

吴欣落落大方地说:"苏州是非常不错的城市,在城市能级上,苏州比太仓更有优势,太仓的优势主要是有成熟的双元制教育。目前在太仓政府的推动下,产校合作,形成了新的双元制模式了,这更加能推动在太德企的发展。"

汉森对这一部分很感兴趣,直夸了不起:"难怪,那么多企业都跑到太仓去了。"

两个人一路上交流了很多,汉森突然问起她关于中国文化的部分,他是一位绅士,好像对中国的文化比工作更有兴趣。吴欣就又给他讲了中国文化与德国文化的差异,交谈中,吴欣才知道,汉森不只是个企业家,还是个哲学家。

汉森得知她在德国留学,还在他们公司工作过,非常惊讶吴欣为什么会选择了曼科而且还回到了太仓。

"因为我爱我的家乡,我想我学的所有的知识,大概都是为了我回来做准备的。"吴欣笑着回答,脸上的骄傲无以言表。

汉森点着头,一个自信而又独立的女性是值得尊重的。

接下来几天的考察,吴欣以专业严谨的态度,成功为公司签下了供应博世中国区公司的订单,也是曼科太仓公司成立后的第一笔大订单。

汉森走的时候,对吴欣说:"博世没留住你,真可惜。"

"博世从来不缺人才。"吴欣机智地回答汉森。

"以后,我们可以继续交流中德文化吗?"汉森临别前对吴欣说道。吴欣很意外,不过她也很高兴,她对汉森说:"中国人对待我们的客人永远都是热情的,我当然愿意和你讨论中国文化,和去德国学习一定要学德语一样,我们也张开双臂欢迎每一个喜欢中国文化的人。"吴欣突然想起,当年,妈妈就是这样对张轲闻说的,她突然有些敬佩妈妈当年给自己的影响,她又觉得能成为一座桥梁,心情好极了。

送走了汉森,她才想起来,今天晚上周立哲约了她和苏萌见面。

吴欣匆匆忙忙地赶到蓝门西餐厅,从上海开回来的路上遇到了大拥堵,眼看着就要迟到了,吴欣真怕他们认为她是临阵脱逃:"我可不是苏萌。"她自言自语,下车前又照了照镜子。

职业的原因,她每天都要把自己打扮得衣着正式且大方得体,不仅如此,还要精致,无论是着装还是妆容,都需要精致,珍珠耳饰配珍珠项链,黑色名牌套装和高跟鞋,吴欣想到自己公司里的那些女员工,文员们的衣着还比较考究,但产线上的工人就比较随意了。她听周立哲说,现在苏萌是生产车间的班长,但毕竟还是在生产部门,那她自己的这身装扮,会不会让苏萌觉得她们之间有差距?她不想给苏萌那样的感觉,可是已经来不及回家换衣服了,只好鼓起勇气下了车。

走进西餐厅,吴欣就看到角落里的周立哲向她招手,她向他们走去,她先是看到周立哲和他身边的半个身子,越走越近,终于看到了那张熟悉的脸。苏萌也变了,上初中以前,苏萌一直留着短发,那时候她问苏萌,为什么把头发剪得那么短,女孩都喜欢扎辫子。苏萌告诉她,因为长头发打理起来太麻烦,每天早上都很耽误时间,留短发可以让她在早上省出梳头的时间,多背几个单词。现在的苏萌,留着淡淡的棕色长发,衬得她皮肤白皙,秀气的五官多了轻熟感的女人味儿。虽然知道苏萌在生产车间工作,但她身上仍然泛着淡淡的书香气,这和她的家庭有关。突然,苏萌的脸变得模糊不清,她强迫自己忍住眼泪。

苏萌已经从椅子上站了起来,周立哲此刻是她最大的底气。终于到了这个时刻,吴欣和苏萌面对面站着。

"对不起,我来晚了。"吴欣先向他们道歉,她的目光投向苏萌,又转向周立哲。

苏萌目光炯炯地看着她,看到她移走了视线,垂下眼睑。

"没事的,都是自己人。"周立哲看着别扭的两个人打圆场。

儿时的挚友,此时面对面,有点陌生,一种熟悉的陌生。不过,那时候她们还小,十三年的时间,她们都没有参与到彼此的人生之中,这才是她们之间真正的陌生感。苏萌仍然觉得吴欣

第四章 归

那么耀眼，她拉了拉衣襟，虽然她也穿得不错，也许此刻的她们在这个社会上的位置不同，着装也就不同了。苏萌穿了一件条纹衬衫和白色的裤子，整个人清爽自然，很难想象她在车间里工作的样子。

"好久不见。"吴欣伸出手，苏萌的确还是让她惊喜的。她生怕看到一个完全陌生的苏萌，但现在看来至少从打扮上，苏萌和自己梦中的形象相差不大。看起来像一位教师，这么多年。偶然梦到苏萌，她就是一副教师的样子。只不过现实中的苏萌不戴眼镜，眼睛更加神采奕奕。

苏萌也伸手握住了吴欣的手，陌生感让她们俩并不好受，看来有些事真的可以被时间改变，有些感情真的回不到从前。

"这里的牛排很好吃，试一试？"周立哲看着别扭的两个人努力地制造轻松气氛。

可她们俩哪里吃得下去呢？一个默默地看菜单，一个默默地转着水杯，周立哲都能从空气中感觉到尴尬。他直接放下菜单，看着她们说："要不我回避一下，你们俩聊聊吧。"

"不用！"两个女人异口同声地回答，生怕周立哲走了，更加尴尬。但周立哲还是站了起来说："你们应该好好聊一聊。"说完就走了。西餐厅里很安静，客人们都在轻声细语，她们也不好大声喊周立哲，只能任由他头也不回地走了。

吴欣终于打破了两个人之间的沉默。

"恭喜你，要结婚了，周立哲很爱你，很高兴你找到这么好的归宿。"吴欣的话很有礼貌，但在有些感情中礼貌更让人难过。苏萌垂着头，点了点。她们应该像她和陈明香那样拥抱，大声说

"我想你"。

吴欣几次欲言又止,来的路上想好的追问,都问不出口了。

"对不起啊吴欣,让你失望了。"苏萌终于开口,吴欣盯着苏萌的脸。苏萌继续说:"就算是我的自尊心在作怪吧,我知道,我没有资格再对你说什么,但周立哲希望我不要留遗憾。"

苏萌觉得泪会毫无预兆地流下来,就像现在。

"单方面的付出是很辛苦的。"吴欣回答她,"我等了你那么久,你却狠得下心。"

"对不起,是我不好。"苏萌在那一瞬间崩溃了,"我的虚伪让我不想再见到你,我怕别人笑话我,才躲起来,躲到谁也找不到的地方,自己舔伤口。现在我终于明白了,那个伤口明明就是我自己给自己划开的,是我懦弱不敢面对,我却用了一种残忍的方式伤害了你。"

吴欣的眼前已经模糊了,看着苏萌在她面前哭泣也让她很难过。她曾想要这个道歉,可是这个道歉来了,她突然有种感觉,若她收下这份道歉,就好像是和苏萌真正断绝了关系一样让人难受。

"不是你的错,每个人的心里都有一道难过的坎。"吴欣安慰苏萌,"但你心里的这道坎把我拦在外面了。"

眼泪扑簌而下,苏萌微垂着眼眸任由晶莹的泪珠滴在衣襟上,吴欣也跟着掉眼泪,她们静静地坐着任由眼泪自己宣泄了一会儿,才停下来。

"现在你找到了爱你的人,好好生活吧。"吴欣开解她,而在苏萌听来,听出她的言下之意,便是这段友情再也回不去了。虽

第四章 归

然难过,至少是个结果,十几年了,悬在那的一份友情,终于结束了。无论是爱情还是友情,开始与结束都会牵动人心。

"谢谢你,希望你也早日找到自己的幸福。"苏萌哽咽着祝福吴欣。

吴欣再也坐不住了,她突然起身,说道:"我先回去了。等你们结婚的时候,我一定去参加婚礼。"说完就走。吴欣觉得自己很狼狈,为什么和她想的不一样?她以为看到苏萌之后,她会质问她当初为什么躲着她,不知道当时她有多难过吗?但如果这样说了,又何尝不是她的狭隘,她只顾及自己的感受,而没想到苏萌当时的心境。可现在,她们的生活和经历都不一样了,除了那段往事甚至不知道该说些什么,一切都在十三年前停止了。现在她的人生里已经没有苏萌了,她必须接受现实。

被丢下的苏萌默默地坐在那儿,思绪凌乱。

这也不是她要的结果,她以为吴欣会问她,为什么不回她的消息。以前,她忘了回吴欣的消息,吴欣都是这样嗔怪着说她的。

大脑中的剧情没有变成现实,这是她要的结果吗?苏萌想不通,吴欣也没有想通,再续前缘并不是一件容易的事,人的情感也不能像电灯开关,说开就热情似火地开了,说关就冷漠无情地关了。人是有思想的,结果属于当事人,能料得准的又有几人?

周立哲并没走远,他坐在车里等苏萌。看到吴欣一边擦眼泪一边向外走,看样子并不愉快,叹了口气,从车上下来,回到苏萌面前。

苏萌看着他,哇的大哭出声,引来不少人侧目。周立哲连忙坐下来将她拥在怀里安慰:"过去了,就好了,都过去了。"

"她不会原谅我的。"苏萌只说出这样一句话,就倒在他的怀里哭,哭得很伤心,心疼,这么多年都没有这样疼过。

不是所有人永远站在原地等你,不是所有的错过都有机会补偿。吴欣没有给苏萌这样的机会,不是因为她无情,而是吴欣知道她们已经走向不同的世界,她不能以儿时的友情再去捆绑彼此。如果从此以后,她们还有机会相遇,还能走到一起,那才是真正的缘分,吴欣已经不想再依托任何人和事,她学会了独断独行,当然,她的决断大多数都是经过深思熟虑的。

周立哲也没想到会是这样的结果,他只能轻轻地拍着苏萌的背:"没事,你还有很多朋友。"

苏萌也知道,她还有陈明香,还有很多同事,但吴欣也曾是她生命中最重要的人,现在像在她心里头剜掉了一块肉似的空出了一个位置。

第五章 爱

吴欣和苏萌十三年的心结不知算不算解开了,两个人都很伤心。但这十三年她们已经生活在不同的轨道上,毕竟她们已经不再是小孩子,这算是她们对彼此的一个交代,至于以后会怎么样,她们谁也不知道。

缘分是很微妙的事,不是想断就能断,也不是说续就可以续的。

苏萌去找陈明香,陈明香的新家刚刚装修好,她正在打扫房子。苏萌进门就看到陈明香家的中国元素,惊呼道:"到你家来,我突然觉得自己好像不是中国人似的,都是刚装修好的房子,差距好大啊。"

陈明香笑着说:"到你家我也觉得我好像没嫁给一个德国人。我每天如果不进厨房,都会觉得我是不是穿越到了中国古代。"

两个女人都笑了:"我们这叫文化融合吗?"

苏萌是真的没有想到霍恩会对中国文化有如此深沉而又执着的热爱，毕竟，德国人的这种执着用在任何方面几乎都会做到极致。他们的家里无处不有中国元素，龙的图腾，朱红色的大门，有关公、兵马俑、紫砂壶，甚至还有挂在墙上的漫画《丁丁历险记》……苏萌疑惑地问："为什么不是中国山水画？"

陈明香笑着说："霍恩对中国文化的喜爱出自自己的内心，而不是附庸风雅哟。"

苏萌赞许地点点头。她看到这些中国元素可不仅仅是普通的装修公司那些中式风格而已，这让她这个中国人豁然明白了，中国文化对外国人触动最深的都是什么。

"这些都是霍恩自己想出来的。"陈明香也笑着说，"连我都觉得很惭愧。他每到一个地方旅游都会带些东西回来，你看，这个是西安带回来的，那是敦煌带回来的，那个是宜兴的……"

"或许就是因为他是德国人，才能领略我们中国文化的特殊之处。"苏萌看到陈明香家里的中式衣橱颇有感慨，红木镂空雕花，再想想她和周立哲选用简欧的现代衣橱，蓦然间有种背叛自己文化的感觉。

"差异文化的魅力吧。"陈明香一边打扫一边说，"我可没时间招呼你哈，你自己看。"

苏萌兀自参观了一会儿，眼前的落地玻璃窗外一片青绿让她心情豁然开朗，高尔夫球场的绿茵成了这幢房子的最佳视野："终于明白你们选这里的原因了。"

陈明香走了过来，笑着说："是啊，这样看过去，心情都莫名地好。他就是喜欢太仓的绿化好，而且安静、安全、舒适、舒心。"

第五章 爱

"我知道你爱家乡,就不用这么自卖自夸了。"苏萌挖苦她。

陈明香仍然笑得十分灿烂,"说吧,是不是有什么事?"

"没事就不能来找你吗?"苏萌有点心虚。

陈明香白了她一眼,"没事,你不会在我这么忙的时候来找我。你那么善解人意,肯定怕影响我。"

苏萌淡然一笑,幽幽地说道:"我见过吴欣了。"

"哦,她当初找你找得好苦啊。"陈明香知道得并不算多,就算是她和苏萌成了好朋友,苏萌也没把那些往事带到她们的友谊中来。苏萌今天却一五一十地把前因后果讲给了陈明香听,好像讲完这个漫长的故事,她就可以释然了。

陈明香认真地听完,拍拍她的手说:"也算是有个交代了,挺好。"说完便没再说什么。

苏萌等了很久,见她不再说话,才问:"没了?"

"什么没了?"陈明香反问。

"没有什么安慰我的话吗?"苏萌不可思议地看着她,周立哲可是安慰她很久。

"需要安慰什么?你都二十八岁了。你自己不能治愈自己吗?如果不能,再过几年就能了。"陈明香爽快地告诉她。想从她这里得到那种女人之间柔情似水的贴心话,可不容易,她只会直接真实地关心,"如果你要听那些腻歪的话,那可找错人了。我一直都是向前看的人,人生的路还长着呢,离结局也还远着呢。"

苏萌觉得陈明香才是个有大智慧的女人,虽然她没说什么,却又什么都说了,让苏萌感觉到了释然。

陈明香把话题转向装修经验,苏萌夸陈明香家里的装修避免了很多她和周立哲的失误,陈明香却说,她反而觉得苏萌的家设计得更好,反正从她们俩的谈话中,就是能听出无论如何都不会有十全十美的装修。不过,她们都没有纠结于那些失误,在这件事上反而彼此安慰了一番。

终于到了5月6日,苏萌和周立哲结婚的日子。

吴欣稍作打扮,没有穿平日焊在她身上的职业装,而是穿了一条淡粉色的连衣裙。吴欣很白,淡粉色非常适合她,没有了女强人的铠甲,她温柔得像个邻家女孩。

肖茹看到女儿走出来,上下打量了半天。吴欣看着妈妈问:"干吗这么看着我?"

"你什么时候有这么一件裙子的,我怎么不知道?"肖茹看惯了女儿每天穿的黑、白、灰,看到女儿这样娇媚,又想起她该找男朋友的事了。

吴欣俏皮地吐了吐舌头:"我也有秘密嘛。"

"你什么时候也找个男朋友啊?"肖茹这话刚开头,吴欣逃似的跑出家门。

男朋友需要找吗?男朋友是相亲相来的吗?吴欣在心里念叨,她要的爱情绝不是这样的。任肖茹磨破了嘴皮子都没用,肖茹想尽办法制造女儿和相亲的男孩子偶遇,可吴欣太聪明了,总能一眼识破她的计划,落得个尴尬收场,让肖茹经常丢面子,所以,肖茹再也不敢拉女儿去相亲了。

婚礼现场,吴欣远远就看到了苏萌和周立哲,他们俩很般配,周立哲和苏萌是许许多多太仓年轻人中的一对,他们自幼相识、相知、相爱,虽然没有什么轰轰烈烈的故事,但相濡以沫是许多人毕生的追求。

苏萌笑脸迎接宾客,抬眸间,看到远处的吴欣,她又闪着光来了。苏萌露出淡淡的微笑,吴欣走到他们面前:"恭喜你们。"

"谢谢你来参加我们的婚礼。"周立哲笑着说,今天他一直这样笑着。

苏萌笑了一天,看到吴欣时略微收敛了笑容,但也是笑着,眼底的光仍可见到喜悦:"谢谢你来。"

"我当然会来。"吴欣很大方地说道,"希望你幸福,有一个新的开始。"

对,每天都是新的开始。

"吴欣!"张轲闻看到吴欣很惊讶,他隐约想起了以前吴灏旭向他打听过苏萌,原来,苏萌和吴欣相识。

"张叔叔,今天你是不是要给你的员工当证婚人啊?"吴欣笑着和张轲闻打招呼,张轲闻身边站着他的太太Lisa,Lisa的气质很好,因为做双元制教育,她也认识周立哲和苏萌,特别是苏萌和她很谈得来。吴欣第一次见Lisa,但Lisa早就听说过吴欣:"你好,经常听轲闻夸你。"

"您太漂亮了,我实在叫不出阿姨,Lisa姐,我们各叫各的行吗?"吴欣特别会说话,听得张轲闻都美滋滋的,哪个男人不愿意听别人夸自己的太太呢,他连忙不介意地摇摇头:"我不介意,我不介意。"

"祝贺你们。"张轲闻送给他两个员工诚挚的祝福后就和吴欣一起进了婚礼宴会厅。

太仓真小,总有一些机会再相逢。陈明香和霍恩也来了,陈明香永远是人群中笑得最灿烂的那个人。"亲爱的,你太美了。"

"谁让你偷偷在德国举办婚礼,我都没看到你最美的那天。"苏萌嗔怪她,陈明香反倒说:"我哪天不美?"

一句话噎住了苏萌,被她说笑了:"真服了你,对了,吴欣也来了。初中同学,只有你们俩,要不要我带你去认识一下。"

"不用了,我其实听说过她在曼科,霍恩和她有过交流,放心吧。"陈明香对苏萌眨了眨眼睛。苏萌太了解陈明香的社交能力了,她根本不担心。

苏萌今天是主角,也顾不得太多,不断有客人来祝福他们,除了父母的亲朋好友之外,还有他们公司的员工。周立哲把公司里的德国工程师们都请来了,说让他们看看中国的婚礼。那些德国同事也很乐意来观礼,他们对中国的婚礼形式充满好奇,所有人都不会拒绝见证美好的事情。

和很多年轻人一样,他们先是穿着西式的白纱和礼服,再换中式礼服,中式礼服得到了德国同事的赞美,特别是女同事,直呼太美。苏萌答应她们等婚礼结束带她们各选一件回去。会场里热闹非凡,陈明香和霍恩走到张轲闻面前打招呼,吴欣坐在张轲闻旁边不时地看向陈明香。陈明香可是一眼就认出了吴欣,这大概和她过去的职业有关,她记人和人的名字都很厉害。

见吴欣时不时地看她,就知道吴欣一定吃不准她是不是陈明香,毕竟她们也有十几年没见了。陈明香大大方方地走到吴欣面前,笑着说:"老同学,还认识我吗?"

"陈明香?"吴欣听她这么一说,就敢确定她是谁了,"看了半天,就觉得像,还真不敢认了。"

"我是两个孩子的妈,身材不如当年了,所以认不出来了?"陈明香开着玩笑。

吴欣连忙摇头:"谁说的?你保持得非常好,完全看不出已经有两个孩子了。我只是,只是没想到小时候那个爱笑爱闹的女生,这么端庄优雅了。"

"你这是夸我吗?"陈明香笑着反问。

吴欣也笑着说:"当然啊,原来你就是霍恩珍藏起来的太太?"

"民间有这样的传说吗?"陈明香苦笑着说。

"是啊,民间的爱情传说很美。"吴欣开心极了,自从她回国,遇到的同学并不多,大概是因为她们的领域不同。当年在初中的时候陈明香和吴欣的关系不算最好,但陈明香的性格开朗,和班里同学的关系都不错,而且当初她找不到苏萌的那段日子,陈明香是最关心她的人。

"等以后,我们经常聚聚。"陈明香笑着说,吴欣点头答应,不过,今天的新娘她们都认识,她不知道陈明香和苏萌之间的关系怎么样。

"今天的新娘。"吴欣刚要说,陈明香就接道:"苏萌嘛,看到你在这,我就知道你找到她了。"吴欣没想到陈明香还记得这件事,她喃喃地说着:"嗯,找到了。"她没说,虽然她找到了苏萌,但已经不是当初和她拥有纯洁友谊的苏萌了。

陈明香没有多说,她只是笑着说:"你呢?什么时候结婚?我不介意出份子钱啊,我结婚比你们早,你们俩占大便宜了。"

"我？在一个单身的人面前禁止秀恩爱。"吴欣委婉地告诉陈明香她还是一个人。

"放心,那个人正在来的路上。"陈明香的情商一直都很高。

婚礼正式开始了,新娘娇美,新郎英俊,他们在属于自己的路上走出了精彩,周立哲在婚礼上说,他只想一生爱一人,他只愿一生终一事,如今他都如愿以偿。所以,他的余生会幸福地生活下去,他也非常感谢改变他命运的双元制教育还有克恩公司,他一定会珍惜拥有的一切。

苏萌说,她起起伏伏的心境终于可以平稳下来,她很享受这种安然的状态,如果她之前的二十八年是误走上一条从未设想过的路,那余生她愿意在那条路上踏实前行,她相信,她终将到达相同的终点。

吴欣的眼底闪烁着泪花,无论怎样,她都愿意看到苏萌得到幸福。陈明香瞥见吴欣感动的样子,淡淡地笑了。

幸福是会传染的,吴欣在参加完苏萌的婚礼之后,就收到了一封信,一封纸质的信件。在已经步入无纸办公的时代,纸质私人信件是很少见的,不仅如此,那封信竟然是从德国寄来的。吴欣本能地以为是工作信件,但是什么工作信件可以不计时间地邮寄?

吴欣看着办公桌上的信件,上面有非常漂亮的一串手写的德文,这让吴欣非常好奇,她拆开信封,展开信纸,呆住了。

信是汉森写来的,他在信中表达了对她的好感,而且回到德国之后,他的脑海中经常会出现她的影子。他说,他大概是恋爱了。

第五章 爱

汉森是很值得吴欣尊重的人,她从来没想过他会对她表白。但在这个时代一封手写的信件,漂洋过海地来到她手里,至少让她看到这位德国绅士的诚意,可她对汉森只有崇拜。

吴欣不知道自己该怎么回复汉森,可那封信在内心深处掀起了不小的波澜。对她来说,汉森是几近完美的男人,家境优渥,学识渊博,风度翩翩,无论是生活和工作的经验都非常丰富,他来中国考察的时候,他们经常讨论工作和生活,也会谈文化和经济,天文和地理,汉森就像一座知识宝库。这样的人对吴欣这个好学的人来说最有魅力,可她从来都没想过可以和他谈恋爱,这太不可思议了。

一封信彻底搅动了吴欣平静的感情世界。

思来想去也想不出该如何回复汉森,她想大概得不到自己的回复汉森就会认为她没有接受他的感情,她把信放进办公室的抽屉里。只是,从那时开始吴欣就有心事了。

陈明香给吴欣打电话,约她周末一起去沙溪古镇逛逛,不知道她这位女老总有没有空陪老同学,吴欣没好气地说:"你这话是不是带刺的?"

"没有啊,你觉得刺哪了?"陈明香问得吴欣哑口无言。

"好吧,好像我回来以后还没去那条老街上走走呢,真有点想那种悠闲的慢节奏了。"话说到此,她想起了汉森的信。

自从收到汉森的第一封信之后,她每天都会收到相同的手写信。她不敢想象汉森是如何计算邮差的邮寄时间,那么准确地在她看完上一封信的时候,第二封就到了,他大概是不想让她喘息,也可能是希望她可以连续地阅读他过去的人生。

周末,陈明香和吴欣开着车去了沙溪,沙溪老街在她们俩的眼里都变了样子。街上修了些铜人,店铺虽然还不多,但也开始有了点商业的气氛。

"我还是喜欢老街以前的样子。"吴欣边走边说。

陈明香却说:"我们都在怀念过去,可我们的脚步都不停地往前奔走,为什么要让这条老街停下来呢?老街也有它的生命,也要往前走。"

"明香,你现在说话真是很有哲理。"吴欣对陈明香有点刮目相看。陈明香借机说:"每个人都会成长嘛,现在你发现我身上的魅力也不晚,毕竟我们在过去的十几年中都在变化。不过,我们可以重新认识一下呀。"

吴欣总能感觉到陈明香的话里有话,但陈明香那脸真诚的笑容又会让她觉得自己是不是想多了。

"好吧,你好,我叫吴欣,很高兴认识你。"吴欣很配合地演起戏来。陈明香也一本正经地说:"我叫陈明香,全职太太,很高兴认识你。"

"我带你去一个地方。"陈明香说着带吴欣走到一家店铺前。"德国大叔面包房?"吴欣看到橱窗里的人,有几个德国的面包师在做面包,"哇,太好了,我一直想找一家德式面包房,在德国的那十年,我简直不能离开德式面包了。"

面包房里出来一位年轻的中国女士,看起来和她们年纪相仿:"欢迎尝试德国面包,我先生亲自做的。"

"你先生?"吴欣好奇地看向玻璃窗里面,那位女士指着一位正在认真做面包的德国人说:"就是那位大叔。"说这话的时候,她的脸上带着爱。

"你们相差几岁?"吴欣问她。

"十岁。"那位女士回答,"但是,年龄与爱情没有关系。"她马上说道。

陈明香买了几个面包,和吴欣离开了,吴欣一直沉默不语。陈明香就说:"霍恩和我相差八岁,他们相差十岁,德国的男人年轻的时候都在做什么?"

"在做自己。所以,他们的婚姻都相对会晚一点。"吴欣在德国的生活经历让她有这样的认知,她告诉陈明香的时候,想起了汉森,汉森也比她大很多,她突然觉得如果不是这样的汉森,就很难让她崇拜,可是她很犹豫要不要接受跨国婚姻。她突然问陈明香:"你和霍恩的婚姻中不会出现什么问题吗?"

"问题每天都有,你问哪一种?"陈明香的幽默总能让严肃的话题变得轻松。

吴欣笑着说:"可我觉得你像没有问题一样。"

"如果把什么事都看成问题,才会有问题的好吧?"陈明香一语点醒梦中人,"是不是有德国人追求你?"

吴欣的沉默回答了陈明香:"所以,我不知道我能不能应对文化的差异,虽然在德国生活了十年,可越是了解他们,就越知道我们的差异在哪里,就越会去注意,这样反而会放大问题。我是一个有点固执的人,我怕我不能很好地处理这种关系,我不想伤害别人,但也怕别人会伤害我。"

"吴欣,我以为你是一个果决的女性,你怎么会有这样的想法?"陈明香不解地看着她。

吴欣轻轻叹息："在我可以控制的事情上，我才是果决的。可感情方面，我怕我不能自如，就像对苏萌，我有那么深的执念，看似和她之间已经尽释前嫌，可我心里知道我无法做到真正释怀。"

终于说到苏萌了，陈明香拉着她的手，说："为什么要执着于过去发生的事呢，你们已经在新的人生轨道上了，该想的是接下来，你们会不会再有交集，就像刚才我们也重新认识了。"

吴欣看着陈明香，觉得她的话很有道理。

"的确，很多跨国婚姻双方的年龄相差很大，因为中国的女性更成熟，需要成熟的男性做她们的另一半。这个问题我想了很久，也是我在德国陪霍恩的那段日子里想明白的。中国女性的温柔和娇弱又让他们有保护的欲望，所以，他们懂得了疼爱。中国女性的传统美德也是家庭最稳定的核心，所以，中国女性多么有魅力，他们懂，他们才如此地爱和珍惜。"

陈明香对她的爱情有这样的诠释，连吴欣都忍不住为她骄傲了。"这就是中国女性。"吴欣笑着说。

陈明香的脸上从来都是那么从容，生活对她来说，有很多变数，都被她一一化解了，生活赋予她很多智慧。霍恩是个不断在学习中成长的人，她从霍恩身上学到最多的就是不断学习，哪怕她是个全职太太，她都在学习。

霍恩下班回家板着脸，她就知道他今天的工作不顺利，她会陪他聊聊天，让他发泄心中的情绪，然后，会帮他分析梳理问题。霍恩比她大那么多，还是会像个小孩子一样不服气地沉默，可最后，他都会尊重她的意见，因为他知道和中国人共事，要转换思维,工作中很多时候,只要思考的模式不同,就会造成很多误会。陈明香是丈夫公司里的隐形顾问,她会就事论事地告诉他,中国人的思考方式,让霍恩理解。霍恩开始会想不通,可事后,他都会再找陈明香聊一聊,往往他都尊重陈明香的意见,公司里的事解决得很好。不仅如此,陈明香以过去的工作经验帮助霍恩应对每一个中国节日,应该做些什么,霍恩公司里的员工一直都有被尊重的幸福感,这样的企业凝聚力自然好,公司发展也就更好更快。

在太仓的德企很多,有中方做企业老总的,也有德方做老总的,在德国人做老总的公司里,一般都会有一位中方的副总,协调各种工作。

霍恩和他的员工相处得越来越好,公司稳定发展,她的家庭也稳定,这是陈明香的智慧。

陈明香看时机不错,若无其事地提起了苏萌:"萌萌的阿公家在这附近吧?我记得苏阿公以前是老师,她爸爸也是老师,她也一直想当个老师。"

是的,这是苏萌儿时的梦想,吴欣也记得,所以她才为苏萌感到惋惜。

"都是过去的事了,现在她不是也很好。"吴欣淡淡地说道。

"不如问问她在哪儿,万一她在沙溪呢?"陈明香拿出手机,不及吴欣多说就拨出了电话号码,"萌萌,你在不在沙溪?我在老街上呢。"

苏萌果然和周立哲在沙溪的家里。陈明香没说她和吴欣在一起,苏萌只听到一半儿就说要来找她,吴欣有点尴尬,但她并没有多说什么。苏萌跑过来的时候看到吴欣,脸上的笑容收了收:"你们一起来的?"她看着眼前的两个人。

"对啊,都是老同学嘛,正好叫你聚聚,我们俩都走累了,带我们去喝口茶吧。"陈明香撒了个娇。苏萌就带着她们俩走到了一家小茶室,那间茶室古朴得一进去就能感觉到安静,三个人沿着水边找了个位置坐下。店家为她们泡好了茶,茶香袅袅,苏萌伸手帮她们倒茶的时候,吴欣注意到苏萌的手比她们的手粗糙,她想到她在车间里工作的样子,心里有点不是滋味,她心中的苏萌应该穿梭在教室之间。

"我以为你们俩只喝咖啡呢。"苏萌无意间说了一句,她和陈明香之间开玩笑习惯了。

吴欣说:"德国人接受外来文化很慢,中国人愿意尝试多种文化。说明我们的包容度更高。"

苏萌很少听到这些话,这些年,她一直在基层工作,对她来说德国人给她最深刻的印象就是做事严谨、认真,这让她所处的环境都很真诚。苏萌觉得陈明香和吴欣都是聪明的女人,她们的见识也比自己多,所以,她会把自己放得很低。

"我以为别人都说崇洋媚外才会喜欢追求外来的东西。"苏萌温和地说道。

"应该说中国人对待外国人更加友好热情,这是我们的传统美德,而且,接受多元文化的同时彼此尊重,这也体现我们中华民族包容的传统美德。有些人总是喜欢激化矛盾,这个世界的人类本来就是共同体,只是每个国家的发展时期不同而已,我们先要做到自信,才不会让人觉得在模仿。"吴欣说道,这是她在德国做新闻期间最大的体会,"其实,他们也有不自信的时候,就说他们不敢让我们做真实的报道就是不自信的表现。"

吴欣把她的经历讲给两位好朋友听,苏萌只觉得吴欣真的活成了她自己说的样子。陈明香也在德国生活过,她知道报道的偏差,所以,霍恩回德国以后一直在对他认识的德国人讲述中国的一切,想告诉他们真实的中国,那些亲朋好友们总是半信半疑。陈明香激动地说:"我在德国,看过你做的那期节目,还让我身边的很多人看过。"吴欣的确值得她们骄傲。

"真的?怎么样?"吴欣内心深处仍然为自己做过的这一点点贡献骄傲,"哎,我当年有点太天真了。不过,我不后悔,只有这样走一遭,我才能无怨无悔。不然我根本就不会死心。"吴欣突然放下了所有芥蒂和陈明香、苏萌大谈那段往事,好像要补上那些年没有说过的话。

陈明香和苏萌听得认真,三个女人就这样聊了整整一个下午,直到夕阳西下周立哲给苏萌打电话叫她回家吃晚饭。她看着陈明香和吴欣的眼睛,说:"我今天和朋友在外面吃,不回来吃了。"

吴欣和陈明香会心一笑,好像诡计得逞了似的。

解开一个结,才能有新的开始,陈明香笑得意味深长。三个女人又在饭桌上聊到很晚才散,也不知道她们哪来的那么多的话,从中国聊到德国,从德国聊到德国男人,从德国男人聊到德国企业,又从德国企业聊到太仓的变化,还有她们三个人的变化。

"如果没有中德合作,我们会怎么样?"吴欣突然说道。

苏萌简直不敢想,如果时间倒流,她中考失利,没有双元制班,她的命运是什么样的。陈明香的初恋就是霍恩,她不知道自己如果没有遇到霍恩,她又会遇到什么样的男人。吴欣她大概不会去德国留学,现在她会回家辅助父亲的公司,或是在某个一线城市里打拼自己的人生。

可人生从来没有如果,也不会重来。她们想了想,都笑了,"现在就是最好的。"陈明香这样说,苏萌和吴欣赞同地点着头。

直到月上梢头,三个人才散去。那天晚上苏萌笑得特别明媚,她跑回家,抱住周立哲说:"你猜,今天我和谁在一起?"

"猜不着。"周立哲这个人说他木讷又很体贴,说他细腻又有点不解风情,而苏萌就喜欢这样的周立哲,于是直接告诉他说:"陈明香和吴欣。"

听到有吴欣的名字,周立哲来了兴趣:"是吗?你们和好了?"

"谈不上,一定是明香故意带她来的,反正今天我们三个很开心。"苏萌悄悄告诉周立哲。看到她脸上的喜悦,周立哲比她还高兴,他把苏萌搂在怀里,说:"你开心就好。"

吴欣回到家后一直在想着陈明香那段对跨国婚姻的解读,她突然想要不要给汉森回一封信。她拿起笔寻思了许久,又放下了。她想起在德国留学时那个追求她的男人,她怕最终还是要做相同的选择,以前她对那个男人没有感情,所以,她可以用回国吓退他,但汉森不一样,哪里不一样,她一时之间还没想清楚。

上班的时候她又收到一封手写的信件,仍然是汉森寄来的。

吴欣看着信封上熟悉的字体,心里泛起涟漪:"他这一次会写什么呢?"

当她小心地拆开信封,展开信纸后,映入眼帘的仍然是整齐而漂亮的德文。汉森没有着急向她要结果,也没有追问,而是和她讲起自己的童年、成长的故事,还有他的喜好,一切的一切,就像一部电影一样,在吴欣的眼前缓缓展开,她有时候会怀疑汉森是不是一位作家,他的文字功底那么好,能把她带进他的世界里去。

她又连忙叫醒自己,吴欣,你要保持清醒。她将汉森的信放进办公桌的抽屉里,继续看电脑上的工作内容,可脑海中却出现汉森给她讲述时娓娓道来的样子。

一个知识涵养丰富的成熟男人对知性的女人有致命的吸引力,吴欣就是这样的女人,她只是不敢去奢望能得到汉森如此深沉的爱,但同时,她还有另一个思想枷锁,毕竟汉森比她年长很多,这样的婚姻,她的父母可以接受吗?她突然发现,曾经标榜自己是前卫女性并不准确,中国女性的传统观念还在她的骨子里。

高义生作为另一家德企的老总,经常会来找吴欣,西安人朴实的性情很招人喜欢。吴灏旭和肖茹都以为高义生在追求女儿。肖茹对吴欣说:"小高人是不错,就是西北和江南的生活差异会不会有点大啊?"

"妈,你想什么呢?我们只是朋友,现在有工作上的联系而已。"吴欣马上打消肖茹的幻想。肖茹一听,不知是该高兴,还是不高兴,眼看着女儿快三十岁了,还不找男朋友,肖茹是真着急。

不过,肖茹的话,经常萦绕在吴欣耳边,高义生好歹是中国人,妈妈都这么介意,那汉森他们肯定不能接受了。

直到,她收到汉森的第三十封信。

每一封信都是手写,吴欣经常听到人家说,过去很慢,车马慢,信件也慢。现在,她明白了那慢的感觉是什么样子的,慢也是一种安稳,她能想到汉森坐在书桌前一笔一画为她书写的样子。像他那样的人,能用心至此,吴欣终于决定给他回信了。

信中她大胆地表达了自己对待感情的看法,她说,虽然她曾去德国留学,但在感情上她是一个保守且谨慎的人,她不希望她的爱情只是一场游戏。

她的回信,汉森收到以后,回信上写了他对吴欣的尊重。他又告诉她,如果她接受他的感情,他就会马上站在她的面前。

不知不觉间,吴欣好像为情所困了。她没有想好要如何回复汉森,汉森的信就像一首有节奏的舞曲一样,一封封地连续不断地寄来。

直到,有一封信上,汉森写着,这是我给你写的第一千页纸⋯⋯

吴欣马上去翻她存放汉森这些信的抽屉,嘴里喃喃地说道:"有那么多吗?"不知不觉已经那么厚了,她好奇地去数了数,果然是一千页,这持久的耐心也是德国人的优点。她终于再次提笔给汉森回信,信很简单:我爱我的家乡,我曾经离开她十年,我不想再离开。中国人有句古话,落叶归根,我也会有一些传统的想法,所以,我想我不会再离开这片土地了。您的真诚打动了我,但我不得不告诉您这些话⋯⋯

寄出这封信之后,吴欣就开始漫长的等待。她不知道会等到一个什么样的结果,只是她很久都没有再收到汉森的信,她给陈明香打了一个电话。

陈明香又约她去了那家德国大叔面包店,今天欧文和敏敏都在,但是他们在争吵。上一次看到他们时他们那么恩爱,现在他们似乎吵得很凶,她们俩都能听得懂德语和英语,也就能听得懂他们用两种语言吵架的内容。

大概因为欧文一直送给来店里的小朋友面包,敏敏说他再这样下去,他们就要亏本了。欧文告诉她,他小时候的经历她明明知道,他也想做那样的大叔,给孩子们温暖。敏敏被他气坏了,她直说在中国的小孩不会再饿肚子,而且中国的小孩子很多很多,他们的店铺无法承受他这样的理想。

欧文委屈地坐在角落里不出声了,四十多岁的男人像个犯错的小孩子一样委屈。敏敏坐在另一边,两个人谁也不说话。

陈明香拍了拍敏敏的肩膀:"他很有爱心。"

"可是我们创业以来承受的一切已经不能满足他的爱心了。"敏敏委屈地哭了。

陈明香体贴地将她抱在怀里,说:"能和我说说吗?或许我可以帮你。"

"不,这是我们自己的事,我们自己会想办法解决的。谢谢你的好意。"敏敏擦掉眼泪,走到欧文面前,将他抱进怀里,两个人紧紧相拥,没有任何语言。

吴欣看得很感动,陈明香说:"他们也不容易,欧文是个有情怀的人,没有野心,只想安稳过普通人的日子,并不像我们以为的那些德国商人一定要成功。敏敏和他一起创业,他们吃了很多苦,只为了做最纯正的德国面包,欧文绝不允许因为利润而改变面包的品质。吴欣,不是所有的德国人都戴着光环而来,他们选择了太仓,就是太仓的魅力。"陈明香对吴欣说着。

"明香,你活得通透了。"吴欣钦佩地看着她。

陈明香却做了个鬼脸,说:"人与人相遇不容易,何况是两个国家的人呢?这是什么样的缘分啊,不该珍惜吗?"

"可很多人对跨国婚姻都有误解。"吴欣有些无奈。

"那你呢?如果你介意,不也成了他们中的一员,不是应该相信爱吗?"陈明香说得吴欣有些脸红。她说的没错,苏萌对她的无情,就是因为苏萌介意所谓的人言,如今到了自己的身上,她也要犯同样的错误吗?

"谢谢你,明香,你让我想明白了一个困扰我很久的问题。"吴欣笑了。

陈明香趁机追问:"是感情问题吗?"

吴欣笑而不语,陈明香心领神会,推了她一把:"如果困扰,就说明你动心了。还犹豫什么?"

太仓是一座动静结合得最完美的城市,在经济高速发展的江苏,太仓并不是发展得最快的城市,但当人们回过头时,总会发现这座名不见经传的小城,一直踏着小碎步默默无闻地前进着。太仓没有火车站的时候,太仓人民并不介意去隔壁的上海或者昆山乘车,商人也很稳定踏实,很少有人急着去赚快钱。这样的民风让太仓人生活得很安逸,也很知足,所以太仓人并不愿意离开他们的家乡,反而以家乡为傲,社会风气就尤其的好。

第五章 爱

太仓的每一条公路都可以当跑道,总有许多德国人在跑步,渐渐地中国人也多了,这项活动成了一种风气。

初秋的周末,江南的天气没那么热了,太仓市政府主办了一场大型的马拉松长跑活动,市民们都可以参加,有业余的、专业的,有中国人、德国人。

陈明香穿上了她的战衣,站在起点,她指着苏萌和吴欣说:"你们两个真是懒惰。"

苏萌和吴欣眼巴巴地看着她,苏萌找了个最好的借口:"不是我懒,是我肚子里那个懒。"这个借口一说出来,吴欣和陈明香都高兴得跳起来:"真的?"

苏萌笑着点头:"才三个月,所以,不敢和你们说。保住了才行。"

陈明香竖起大拇指:"肯定没问题。"她一边说着,一边开始做热身运动。距离开跑还有十五分钟,起点的人越来越多,足足有几千人会聚在马路上。为了这次马拉松赛事,市民们都牺牲了便利的出行,太仓几条最宽敞的街道就是跑道,街道两边站满了来加油助威的市民,就像苏萌和吴欣一样。吴欣本来也有长跑的习惯,只是这段时间太忙,很久没跑了,她怕身体吃不消,她只好答应陈明香,下次一定和她一起跑。

广播里开始宣布所有长跑运动员准备,陈明香严阵以待,吴欣和苏萌从来都没见她这么严肃过。

"啪!"枪声一响,几千人开始移动,人太多太多,再鲜艳的运动服也被淹没了,吴欣和苏萌大声喊着"加油!",看着这个庞大的队伍向前移动,她们早就看不出哪一个是陈明香了。

漫长的等待中,吴欣和苏萌退到路边,吴欣关心地说:"你不能站太久了,要不回去吧,我在这等她。"

"可我也想等她。"苏萌看着远处说着。

吴欣有点吃醋,问:"为什么当初你不是这样对我的呢?"

"那时候我不懂事。"苏萌糯糯地笑着,和她的名字一样软萌萌的。吴欣觉得她怀了孕,人也变得更柔和了,她垂着眼睛看着苏萌的肚子,问:"怀孕了,还在一线工作,会不会太辛苦了?要不要我和张叔叔说一说?"

"不不不,我知道你关心我,你也知道,公司有制度,不能随意破坏。"苏萌连忙拒绝。

公司里制度多严格,吴欣比谁都懂。不过是看到苏萌起了恻隐之心。

"辛苦倒还好,我的身体一向很好。不过,我确实在考虑换工作。"她坦诚地对吴欣说,"你们见识的多,帮我出出主意吧。"

"换到哪里?"吴欣看着她问。

"张总的太太 Lisa 问我,要不要去做双元制班的教师。"苏萌这话刚说出口,吴欣就接道:"我怎么没想到呢?这个主意太棒了。"

苏萌淡淡地笑着:"是啊,我也没想过,还可以圆这个梦。"

这话她们俩最懂其中的深意,吴欣那一刻真想抱住她,她好像比苏萌还兴奋。

"正好,现在克恩需要更高级的人才,所以双元制班在健雄学院里招收大专班。Lisa 问我愿不愿意去教专业课,因为我在克恩做了这么多年,还有周立哲,我更知道这个企业里需要什么样的人才，Lisa和我提这个建议的时候我也很激动，但是，我还有点担心，担心自己能不能胜任。"苏萌能对吴欣说出这些话的时候，吴欣就知道苏萌已经不是当初的苏萌，但她的自信心还和以前一样，没太多长进。

吴欣嗔怪地对她说："当然胜任，你总是自我怀疑，如果不是你的这种自我怀疑，大概我们俩也不会误会了这么多年。你勇敢一点，为自己争取才对。你看我，你看明香。"

事实上，这几年与陈明香相处，还有吴欣回来之后，苏萌的确被她俩影响了很多，现在的她已经不会总缩在第一届双元制班那个小社交圈里了。她敢大方地出去社交，认识了很多和双元制教育相关领域的人，也和他们经常沟通和探讨。对于教学这一块，她是从德国双元制教育走出来的，经过十年的工作积累，在目前的双元制教育的基础上融入太仓元素，并能更好地诠释参与双元制学习的孩子的心理发展，所以，这份工作她肯定是不二人选。

"就是你们给我的影响很大，过去，我只是窝里横，在双元制班的那些男同学，觉得我是个假小子，能吃苦，坚强得很，其实，他们不知道我内心深处的自卑。所以，我能面对他们，却不能面对你们。明香让我有很多感触，我很幸运，又遇到了她。"说到这儿，苏萌看了吴欣一眼，"也很幸运，你能重新接纳我。"

吴欣根本没有想过她对苏萌是重新接纳，这时候，她才反应过来，陈明香是整件事的策划者。可她倒也不生气，既然她还能接纳，就是没有离开过，就说明她们之间还有某种契合，和身份、地位、学识无关，这就是她们最初的感情。吴欣悟到了似的，释然一笑。

"我觉得可行,等你生完了宝宝就去学校吧。"吴欣觉得孕期去学校不是明智之举,还是等她的宝宝出生之后再去最合适。

这正是苏萌在犹豫的事,听了吴欣的建议,她点点头:"嗯,那就等宝宝出生。"

两个人聊了很久之后,看看时间,又伸着脖子看有没有跑回来的人,远处开始有嘈杂的欢呼声,看来是有人回来了。她们俩从后面再凑近跑道,陈明香根本不会跑那么快,可她们俩生怕错过,早早地站到最佳的位置,等着给陈明香最后冲刺的时候助威。

已经回来很多人了,迟迟不见陈明香的身影,她们俩就有点着急了:"她不会中途不跑了吧?"

"应该不会吧?"

"你看那些男人都累得不行,她是不是坚持不住了?"

"她一直在练习跑步的,不会那么弱,再等等。"

"这可是马拉松,她只是随便跑跑的吧?"

两个人你一句我一句地说着,回来的人越来越多了,她们感觉已经有一半人回来了,后面的一半儿呢?

"要不要给她打个电话?"苏萌突然想起来,陈明香的手腕上绑着手机,她拨打陈明香的电话,"嘟,嘟……"响了好久都没人接。

"快看,她回来了!"吴欣大声喊,苏萌顺着吴欣手指着的方向,果然看到了陈明香,虽然是初冬的天气,她们俩穿着厚厚的毛衣,只穿了运动半袖和短裤的陈明香全身是汗,汗水已经浸湿了衣襟。吴欣手里抱着陈明香的大衣,有种莫名的感动,眼泪就要夺眶而出。"明香,加油!"她用尽力气大喊,喊声也是一种发泄,她都不知道自己到底在感动什么,为她,为她们仨,为女性的魅力,还是为太仓,总之,她一边喊,一边流泪,脸上却是笑得灿烂。

苏萌也跟着喊:"明香,加油!"憋闷了那么久的气一下子就吐出去了似的畅快,她和吴欣手牵着手,继续大声喊,"明香,加油!"

吴欣拉着苏萌向终点的陈明香走去,终点的人太多了,挤来挤去。吴欣担心苏萌,一直用手紧紧地拉着她,苏萌走在她身后,从吴欣的手掌中感受到了力量,她觉得自己真傻,竟然浪费了那么多时间,而且让吴欣伤心了那么久。

陈明香气喘吁吁地看着她们俩梨花带雨的脸,瞪大眼睛,指着她们半天说不出话,喘了半天,她才说:"你,你们,你们俩怎么了?"

"激动的啊。"吴欣擦掉泪水,这一回头,看到苏萌的眼泪更多,"你这孕妇是不是感情更丰富啊?"

只有苏萌知道她的泪水是为什么而流,她笑着说:"激动的啊!"

三个女人开心地拥抱在一起,终点的人很多,没人在意她们,她们就是这成千上万人中的一个缩影。

一个城市的感觉来自于市民的状态,因为太仓人的踏实,就像马拉松长跑一样,或许时间很长,或许并不是很快,但终会抵达终点,这个终点才有价值。

第二天上班的时候,吴欣接到一个电话,是汉森的。看到是他的电话,吴欣心跳加速,她已经很久没收到他的信了,在这之前,几乎每天都会收到一封手写的信。她以为是她回的那封信中所说的话让汉森也打了退堂鼓。

她深深地吸了一口气,挺直身子,对自己说,吴欣,不能退缩。对,她从来不惧怕任何困难。她不能做个胆小鬼,按下了接听键:"您好!汉森先生。"

汉森沉静的声音听得吴欣愣怔片刻,随后,她冲出办公室。公司大门前,汉森正捧着一大束鲜花站在那儿。

"我考虑过了,只有这样,才能让你知道,我可以为你妥协。"汉森说道。

像汉森这样的年纪和见识,能为她做这样的事,绝不是冲动。任何女人都会被打动,吴欣也不例外,她一步步走到汉森面前,四目相对,微微一笑,伸手接过汉森手里的花,汉森张开双臂,温声问她:"可以吗?"吴欣贴近他,汉森绅士地将她轻轻拥进怀里,闭着眼睛深情地说:"谢谢你!"吴欣没有说话,眼底氤氲着感动的泪。

和陈明香面对过的问题一样,接下来要面对的是让她的父母接受汉森。

肖茹的业余爱好越来越多,眼看着要退休了,为了她退休后的生活不会枯燥,每天到处去学习,忙得不亦乐乎。她开始学画画,太仓娄东画派在中国国画史上的地位不可小觑,书画一家,她也手痒地想触碰一下试试,她经常往文化馆里跑。最近,她又迷上了江南丝竹。没几天就买了中阮回来,在家里嗡嗡嗡地弹得让人头疼。

"妈,专注一样就行了。多了就叫杂而不精。"吴欣从房间里出来,找到妈妈。肖茹现在的琴房在原来的地下室。

肖茹一脸稀奇地说:"你不知道,文化馆里的丝竹乐队有个德国人,吹笛子吹得老好,人家外国人都学会了,江南丝竹可是我们太仓的非物质文化遗产,而且我好像还挺有天赋的。"

吴欣忍俊不禁,她回来的时候记得妈妈说写字有天赋,现在弹上中阮也有天赋了。看着妈妈戴着老花镜认真地看着琴谱,吴欣走过去,站在妈妈身后说:"妈,你这么大年纪了,学琴会不会很吃力?"

"哎呀,现在我跟着工人文化宫里的几位老师在学,等将来退休了,我就去老年大学学,反正有地方学我就去学,学成什么样不说,至少我们的非遗我得会呀。"肖茹一本正经地说完,又和女儿八卦,"那个德国人啊不知道来太仓多久了,讲汉语讲得好,笛子也吹得好,如果你不看着他,你一定觉得是中国人在说话和吹笛子。那个小伙子说,太仓是他的家。"

"是吗?"吴欣听着都觉得新奇,"德国可是音乐王国,他们骨子里就有音乐细胞,学什么都快,不过,他们喜欢我们的民间乐器真是不容易。"

"那是啊,西洋的东西走进中国的太多了,我们也传一点出去。"肖茹很开心地又开始拨弄她的中阮了。

"现在德国人在太仓安家的越来越多了,你还记得陈明香吗?"吴欣想借着这个机会,探探妈妈的口风。

"不记得了。"吴欣的那些同学,肖茹只记得苏萌。

吴欣就把陈明香的事给肖茹讲了一遍，一边讲一边看着妈妈脸上的神色："我从来没想过明香那么棒。"

"我们太仓的女孩很少嫁到外面去的，宝贝着呢，这也是我们太仓女孩的魅力。"肖茹听说陈明香嫁给德国人的第一反应和太仓很多父母一样，"不过，外界总觉得找个德国人好像占到便宜了似的。"

"娶到我们中国女人才是他们的福气，而且，只有旗鼓相当，才是最好的结合。不得不承认，以前是有人喜欢走捷径，以为可以改变自己的生活，但是中国现在也很富裕啊，女人也很自强，绝不能一概而论。"吴欣激动地说着。

肖茹看着女儿。"你倒是研究得很透彻。"她突然放下中阮。

吴欣的聪明不是没有原因的，吴灏旭是上海同济大学建筑系毕业的高才生，母亲从南京邮电大学毕业，在那个年代能考上大学的屈指可数。

"是不是有德国人追求你？"肖茹直截了当地问吴欣。

吴欣怔了一下，这一怔，就被肖茹看到了苗头，忙说："说吧。"

肖茹给吴灏旭打电话。"你在哪儿？赶紧回家。"下了个命令就挂断了电话。

吴灏旭正在小区外面的酒吧里和张轲闻喝啤酒，接到妻子的电话，皱了皱眉头。肖茹很少这么果断下命令，一定是出什么事了。

"老婆态度严肃，我赶紧回去看看。"吴灏旭起身和张轲闻说了一声，"扔下你一个人了。"

张轲闻笑了笑,他才不是一个人,整个酒吧里有一半儿人认识他,他已经快成为中德合作的吉祥物了,他笑着说:"快回去吧。"

吴灏旭跑回家,看到妻子和女儿都坐在客厅里,气氛不太友好:"哟,这是怎么了?"

"你问她。"肖茹指着吴欣。

吴欣心知早晚要过这一关:"我恋爱了。"

"这不是你妈一直盼着的事吗?这怎么……"吴灏旭看着气氛不对,转念又问,"小伙子不好?"

"小伙子?"肖茹有点生气,但又瞥了吴欣一眼,有些话不能说出口,容易伤人,肖茹的家境好,父亲是太仓的老干部,所以家教一直很好,"你还是问她吧。"

吴灏旭被她们俩弄糊涂了,脱了外套坐在沙发上:"欣欣,你找了个什么样的人,能把你妈气成这样?我觉得现在你只要找个男人,你妈都可高兴了。"

"爸!"吴欣不满地说,"你们就觉得你们的女儿只值得随便找个男人?"

"不,爸爸可不是这个意思,所以,你到底找了个什么样的男人啊?"以他对女儿的了解,女儿绝不会找一个不靠谱的男人。

吴欣轻声说:"他是德国人。"

这并没有让吴灏旭特别震惊,这几年太仓的跨国婚姻很多,见怪不怪。他又是一个新派的人,能接受,只是肖茹可能会介意,因为肖茹还是比较传统的。"工作认识的?"

"是的。"吴欣如实回答,"而且他是一家大公司的中国区负责人,和我有业务往来。在工作接触中,他开始追求我。"

"说重点。"肖茹拍了拍面前的茶几。

吴灏旭也不明白,工作不错,德国人,还有什么是重点?他看着女儿,等女儿说下去,吴欣说:"他比我大,大十几岁。"

"啊?"吴灏旭有点惊讶,转念又想自己这么多年接触过许多德国客户,那些中德夫妻,好像都年龄相差很大,最初他也有些疑惑,总怕是这些姑娘被骗了,后来听张轲闻说,因为德国男人对结婚年龄的认识和中国人不同,他们一定是需要婚姻的时候为爱结合,而不是因为年龄而结婚。

"还有!"肖茹继续说。

吴欣小声说:"他有过一段失败的婚姻。"

吴灏旭听完,也沉默了。

"唉。"良久,吴灏旭长叹口气,"如果不是特别优秀的男人,你也看不上,你看上的男人一定优秀,而优秀也决定了他的阅历丰富。我只想知道你们彼此相爱吗?"

"最初我也很犹豫,我知道你们不一定能接受。"她看了一眼妈妈,的确这个家里最传统的就是肖茹。她把她和汉森这段缓慢的爱情故事讲完,肖茹也觉得不可思议。

"妈,如果不是这样,我也不会被打动,而我真的需要一位比我学识渊博,能指引我的人爱我。"吴灏旭和肖茹何尝不知道能驾驭他们女儿的人真是不多,所以,他们明白吴欣选的人一定是优秀的。

"我不想再把你送到德国去。"肖茹终于哭了。

"我也不会再离开太仓了。"吴欣知道她和汉森还要面对很多,她和汉森都不是小孩子,他们很谨慎地处理着他们的感情。

汉森的公司在苏州,他会经常跑到太仓来和吴欣约会。他看出吴欣有心事,耐心地等着她把心事说出来,吴欣几次欲言又止。

汉森对她说,他来太仓还有一件事要做:"这次回来也是要在苏州的博世公司里成立双元制培训中心,我希望来太仓找到合作伙伴,一起做这件事。"

"那找张总最合适了。"工作上的事,吴欣对张轲闻直接用官方称呼,"我明天帮你联系。太仓的双元制已经非常成熟,而且我们正在做人才升级的培训项目,将来会有一套更全面的体系。"

"太棒了,德国的企业,都是为此而来。太仓已经找到了一种新的方式发展太仓经济了。"汉森对太仓中德合作特别肯定,太仓模式在德国企业中的地位在不断提升。在德国企业的认知中,来中国投资,太仓是首选,很多德国企业即便对其他城市有兴趣,也会将投资的第一站放在太仓,以此为中心再向中国的其他城市扩展。

"还有一件事,受人之托,我要为这里的慈善事业做一点事。我们公司也会放一条产线到中德善美。你知道那里吗?"汉森问吴欣。

吴欣欣喜地点点头,自从那名她无意中送去机场的女士走后,她就到处打听,知道了他们要做的事是什么,现在中德善美已经在德国企业家和高新区政府的推动下成立了。

"我是那里的义工。"吴欣告诉汉森。汉森满意地笑了,不忘赞美地说："善良的人最美。"

中德善美是一家残障人士福利工厂，由太仓欧商投资协会的德资会员企业，借鉴德国的心智障碍者就业模式，于2015年3月创办。目前有二十一名流水线工人，均为心智障碍者，从事工业零部件加工和组装。

"带我去看看吧。"汉森对她说。

太仓中德善美实业有限公司的车间里，忙碌而有序。这里的员工是一个特殊的群体，他们的动作有些缓慢，但零件排列得整齐划一。这是中国第一家智障人员公益性工厂，由太仓欧商投资协会投资200万元成立，也是德国企业在华建立的首家残疾人福利工厂。

沈雪已经在车间门外等着他们了。吴欣走过去介绍道："沈总，这位是汉森先生，他想了解一下中德善美，希望能做点事。"

"太好了，欢迎您。"沈雪笑着伸出手。

沈雪一手促成中德善美的创办，所以凡是中德善美有什么大事小情，她都会马上赶到。后来，吴欣也经常来，她所在的企业小，还没有可投入到中德善美来的设备，她就经常过来看看有什么自己能做的事，大事能做多少做多少，做不了大事就为这里的人做点小事，无论是他们的个人生活还是家庭，她都会出一点力。在沈雪和吴欣的倡导下，越来越多的德资企业都加入了进来。

吴欣觉得汉森能做的一定比她更多，所以她很重视。她把和汉森之间的特殊关系放在一边，非常正式地对接这件事。

沈雪带着他们参观中德善美的车间，汉森看到车间里各种亮丽的色彩,很有活力。休息室的黑板上贴着工人们的作息时间表和各种通知。还有一份贴心的生日表,标记了这里所有员工的生日。在中德善美工作的员工是特殊人群,这样的关爱就更加让人感觉到用心。

"生日快乐!"他听到那些工人们正在为一位员工祝福。

沈雪和吴欣也将目光投了过去:"今天是谁的生日?"

"是晓晨。"沈雪回答。

汉森狐疑地看向吴欣,沈雪和吴欣改用英语将她们刚才的对话告诉他。

"看来你们对这里的员工非常熟悉。"汉森惊喜地说道。

吴欣自然而然地说:"当然,他们需要尊重,记住他们是首要的。"汉森赞许地点头。

晓晨很期盼这一天,先前同事们过生日的场面让他觉得很幸福。这个二十五岁的大男孩,讲话不太流利,手脚也不太协调,但很阳光。

"晓晨,生日快乐。"沈雪走过去祝福晓晨,"下班后去哪里庆祝啊?"

晓晨很高兴地冲着她笑:"下班后我还要打理自己的网店呢。"晓晨对自己的能干并不掩饰。

晓晨很幸运,在太仓市残联的帮助下,越来越多的残疾学员分批接受来自德国专家的培训,其中的十二人成为中德善美公司第一批员工,晓晨就是其中之一。

经过维罗妮卡等德国培训师为期数月的培训后,晓晨和其他员工基本掌握了手工加工类、包装类、分解类等劳动技能。

中德善美有七种产品的订单来自于在太仓的六家德资企业。

沈雪一边介绍,一边和他们走到了另一条产线前。汉森见正在操作设备的中年男人看起来和正常人一样。

52岁的周应峰从未想到自己有一天能到拥有这么多先进设备的工厂上班。周应峰看到沈雪和吴欣笑着和她们打招呼。

汉森垂目看到周应峰身边有一个拐杖。

每天早晨,厂车都会准时到家门口来接他。早上9点上班,下午4点下班,中间午餐加休息两次,每天只干活五个多小时。周应峰非常感激这样的工作机会,让他在家人面前更有尊严了。

"工厂的订单很多是主动送上门的,这批活就是安仕门公司主动找上门来的。这说明他们的活干得不比别人差。他期待二楼的工厂早点开起来,这样曾经一起培训的伙伴们都可以来上班了。"沈雪向汉森介绍,"听吴欣说,您有意向和我们合作?"

汉森微笑着点头说:"我想为他们做点事。"

沈雪告诉汉森,这也是斯文·奥顿的愿望。在中国工作十五年的斯文·奥顿于两年前来到太仓,现在是太仓欧商投资协会的主席,这个工厂的负责人。他希望通过这个工厂,让智障人士知道,完全能够通过自己的双手创造财富,找回自信,更好地融入社会。对于员工们的表现,他觉得很满意。

德国在创办和运营残疾人工厂方面拥有丰富的经验。太仓中德善美实业有限公司是借鉴德国奥芬堡的Lebenshilfe(生活救助协会)模式在中国的首次尝试。太仓欧商投资协会于2013年2月发起该项目,并得到了三十多家太仓欧洲企业以及当地政府和残疾人联合会的支持,他们或出资,或提供订单,或赞助设备,有效推进了项目的进展。

德企把在中国的第一个残疾人福利工厂办在太仓,源于这里是中德合作首选地。目前太仓已经聚集了两百二十多个德资企业。不少德国人士表示,中德两国合作迎来史上最好时期,他们愿在太仓率先开展深层次、多领域合作。中德善美是一个非常好的模板项目,虽然眼前只是一家十多人的小型福利工厂。这是中国的德资企业在社会公益领域的新合作,是第一次在太仓进行的另外一种尝试,可以说是德中合作新的进步,如果一切顺利,会在全中国推广。

车间里一条特别醒目的标语上写着:我们支持个性发展的愿望,因为我们相信这可以激励人的一生。

汉森看完,就立即打电话给自己的公司,着手准备投入设备到中德善美。沈雪和吴欣相视一笑:"谢谢您,汉森先生,我替他们感谢您。"

只要企业社会责任没有被视为时尚潮流,而是一种激情,相关的项目将年复一年获得越来越多的意义。公司将投入越来越多的努力成为当地商界担负责任的成员。为了可持续的参与,企业社会责任必须为组织创造经济价值,并且这个价值创造必须由高层管理人员去识别和驱动。地方法规和激励措施已经到位,使企业社会责任经济具有吸引力,只要有意愿去发展这种概念,就可以创造一个可持续双赢的局面。

现在中德善美已经不只是太仓特殊学校的孩子们毕业后的出路,还有很多外省的孩子也会来这里试一试。这种现象只有在太仓才会有,就像是太仓移植过来的德国双元制教育一样,离开了太仓这块土地,离开了太仓的企业,到哪里都会水土不服,这是太仓中德合作二十年的结果。

吴欣和张轲闻讨论太仓的中德现象时,张轲闻曾说过,如果不是太仓人和德国人的相似度,不会有这么好的合作,他们能长久地合作,也决不是所有的地方可以复制的,这是一种绝对的契合。就像谈恋爱那样,只有一个非常契合的人出现,才会有火花。

所以在太仓的中德双方合作到一定程度以后,有很多城市也纷纷效仿,但只能学到皮毛,无法学到精髓,这也是太仓人本身的特质决定的。

从中德善美出来,汉森不禁感慨:"太仓真好。"

谈完了工作又谈到了他们的感情,汉森的感情很内敛,他不想让吴欣有任何的不适感,他在等。

吴欣告诉他中国的婚姻观和亲情观,汉森在来中国之前就对中国的亲情和爱情观进行了探索,他很容易接受这其中的差异,因为高等教育和他对哲学的学习,使他能够明白他们要面对什么样的问题。

而他也毫无意外地和霍恩、欧文一样,做了相同的决定,到中国定居。他对吴欣说:"我在申请长驻中国公司,已经得到了批复,我来中国就是想亲口告诉你我的决心,你的理由不会让我退缩的。"

"真的?"吴欣不可思议地看着汉森,眼前这位绅士会为了她放弃在德国一切优渥的生活。她从来不怀疑自己的独特和魅力,但这一刻她有点怀疑自己的魅力了。

"当然,只不过,我还要回去办理最后的手续,你愿意再等我几个月吗?现在我最想去说服你的父母,答应把你嫁给我。"他知道中国人对长辈非常尊重,"我也希望我们的婚姻被家人祝福,我全明白。"

事实上,到这个时候,吴欣已经感受到他百分之百的诚意。"谢谢你!"她在汉森的脸上印下轻轻的一吻。

吴欣想起陈明香的话,真正的跨国爱情,是经得起考验的,爱情就是爱情,不应该有任何条件,无论是同一个国家,还是不同国家的人,只要有爱,无所畏惧。

吴欣的父母看到汉森的时候,就已经动摇了。有些人的身上自带光芒,就像苏萌看到吴欣觉得吴欣会发光一样。吴灏旭和肖茹也五十多岁了,虽然这个准女婿比自己只小十几岁,但他们看得出汉森身上的优秀。

汉森毫不保留地在他们面前表达了对吴欣的爱,希望他们把女儿后半生的幸福交给他。

肖茹前些日子还在反对,此刻,甚至觉得自己怎么那么不争气,她感觉到内心深处的动摇。吴灏旭想得明白,他女儿经过深思熟虑选择的人,一定有她爱的理由。相爱的人最难拆散,他当初娶到肖茹,他记得他也是放弃了留在上海的机会,才抱得美人归。吴灏旭不禁笑了,他只是在国内放弃,都要被人在背后说三道四,而眼前的汉森放弃得更多,这种感情岂是他能阻止的。

太仓对中德跨国婚姻的包容度越来越高,跨国夫妻也很多,街头经常看到他们推着婴儿车,婴儿车里的洋娃娃似的宝宝也是中德合作的下一代。

汉森得到了吴家的认可后,马上回国准备办理最后的手续,可是这个手续办得很慢,慢得出乎了汉森的预料。

"妈,一定要这天结婚吗?"吴欣再次问肖茹。

"我已经妥协了,这件事不能妥协,必须这一天。"肖茹很坚持,因为她查了黄历,她定的结婚日子是黄道吉日。

"这都什么年代了。"

"什么年代都是中华民族的美好祈愿,这次你们必须听我的。"肖茹坚持。

"可是汉森的手续还没办完,他的护照日期不到,他回不来呀。"吴欣无法想象,新郎不在怎么举行婚礼,难道让她像古代人那样抱着大公鸡行礼?这简直太荒谬了。

肖茹这个时候反而开明了似的。"你们要不就来个新式的,视频连线举行婚礼。"

"啊?"吴欣觉得她这个妈真是让她惊喜不断。

肖茹已经把喜帖发出去了,日期没变,吴欣把她的结婚喜帖送给苏萌和陈明香的时候,脸上根本没有喜悦:"你们听过这新鲜事吗?视频连线,网络婚礼?"

"没听过,这回听过了。"陈明香笑得前仰后合。苏萌也笑得捂着她的肚子,看样子,还有两个月她就要生了。

吴欣无奈地说:"亏你们笑得出来。"

"活得越久,新奇的事看得就越多。"陈明香笑着说,"不过,我还觉得挺新鲜的,阿姨还是很有想法的。"

所以,吴欣的婚礼是一个人的婚礼。她有点尴尬,但看到大

第五章 爱

屏幕上的汉森像个听话的学生一样配合,肖茹让他做什么,他就听话地做什么,觉得或许人生就该是这样地充满了不确定,才能留下许多特殊的回忆。她相信无论是她,还是来参加婚礼的宾客们都会记住这场奇特的婚礼。

陈明香再次约吴欣去德国大叔面包房的时候,是德国大叔面包房的第二家店开业,开在市区的德国中心里。

敏敏也怀孕了,看起来比苏萌的月份小一点,敏敏开始不再忙碌,能坐下来和她们一起聊聊天,欧文时不时地给她送吃的过来。

"祝贺你们熬过了最艰苦的时候,顺利开第二家店了。"陈明香很了解敏敏和欧文做面包房的不易,为了投资面包房,他们一直没有买房子。敏敏笑着说:"你见证了我们面包房的成长。"

因为都是跨国婚姻,有很多共同语言,所以很容易成为朋友,何况是陈明香这样的社交达人,她是幸福的,她希望所有人都幸福。

三个女人正聊着她们的德国老公,吴欣的电话响了。

"吴欣,萌萌要生了!"周立哲急切的声音传来。

吴欣马上问:"在哪个医院?我们马上过来。"言罢拉着陈明香就往医院跑。

周立哲在医院外面焦急地等待着。吴欣和陈明香赶到时,产房里传出婴儿的哭声,周立哲流泪了。他们的儿子被抱出来的时候,护士喊:"苏萌家属,来看看你们的儿子,七斤七两,下午5点55分出生。"

"哇,萌萌太厉害了,她那么娇小个人儿,生出这么大的儿子。"陈明香惊讶不已。

周立哲看了一眼儿子就问护士:"孩子妈妈呢?"

"还在缝合,要等一会儿才能出来呢。"护士回答。

周立哲的爸妈还在赶来的路上,周立哲就对吴欣和陈明香说:"你们帮我看着儿子,我等萌萌出来。"

吴欣和陈明香一边讨论着他们的孩子更像爸爸还是更像妈妈,一边跟着护士和婴儿走了,吴欣回头看一眼产房的方向,陈明香说:"有周立哲呢。"

因为比预产期提前了十天,而且一点预兆也没有,苏志强和沙丽丽还在沙溪陪父母,他们接到电话后和周立哲的父母一起往太仓市区赶,一路上差点闯了几个红灯。周立哲刚刚突然没了主意,就给吴欣打去电话,所以,四位老人还没赶到之前,吴欣和陈明香就成了他们儿子的守护者。

"哎呀,真像萌萌。"陈明香看着婴儿床上的宝宝说,"我生了两个都混血,这回看到纯正的中国娃了。"

吴欣推了她一下:"你说什么呢?"

"怎么啦,我说得可没错,我们俩都生不出来纯正的中国娃了。"她故意带上了吴欣。

吴欣瞥了她一眼,说:"都是太仓的娃。"

两个人一边一个地站在婴儿床边看着,鼻子眼睛耳朵地评价像爸还是像妈。终于等到四位家长,吴欣就和陈明香又跑到手术室门外找周立哲。

"怎么还没出来?"吴欣担心地问。周立哲说:"应该快了。"他看看手表已经过了半个小时了,担心地站在门口恨不得有个缝隙能让他看到妻子,可惜门关得紧紧的。

突然门开了,苏萌被推了出来,周立哲紧紧握着苏萌的手,一句话也说不出来,只是觉得苏萌很虚弱,就问医生:"她没事吧?"

"没事,今天好好休息。"护士回答。

苏萌看到周立哲,又看到吴欣和陈明香:"宝宝呢?"宝宝刚出生的时候,护士抱到她面前让她看了一眼,红红的婴儿不像画里的白白嫩嫩,心底还有些失落,毕竟她和周立哲都是大眼睛,宝宝的眼睛半睁,只能看到一条缝,只那匆匆一瞥,总觉得没看清楚,心心念念地就想再看儿子一眼。

"在病房呢,四个老人看着呢。"吴欣以为她担心宝宝。

回到病房,苏萌就要再看看宝宝,婴儿床推到她旁边,再看宝宝闭着眼睛一动不动地睡觉,什么都小小的,心都要化了,这一天她做妈妈了。

周立哲发了一个朋友圈,宣布他和苏萌升级为父母。

很快周立哲接到李长浩的电话:"恭喜恭喜啊,这可是我们双元制宝宝,改天我们一起来看宝宝。大家都要恭喜你们呢,你们听好了。"今天是他们双元制班的男生们约定的踢足球的日子,周立哲只顾着忙苏萌,把这件事忘得干干净净,他连忙对大家说:"哎,我忘了和你们请假了。"

"算了吧,你这才是大事,好好陪萌萌。"夏海丰和同学们坐在草地上,一边喘一边说,"这个周末的德企足球比赛,你也别来了,我们找替补。"

"能找到吗?找不到,我也能去。"

"好多人都排队等着呢。"不知谁在旁边接了一句,周立哲便笑了,"那行,看你们的了。"

"友谊第一,比赛第二!"所有人对着电话喊。

"我没事,你去吧。"苏萌还在床上躺着,听到电话那边的话连忙说。周立哲挂了电话,说:"那么多强将,不差我一个。这里可是少不了我。"说着就去看儿子了。

周立哲说:"我们的儿子就叫周苏吧。我们俩的姓氏放在一起。"在太仓很多人这么给孩子取名字,父母的姓氏组合在一起。苏萌却"扑哧"笑了,"周苏,听着像周叔。你这是占人家便宜嘛。"

"啊呀,这个我可没那么想。"周立哲挠挠头,面露窘色,就说,"要不让外公取吧,外公是老师,肯定比我取得好。"

这个任务就落在苏志强的身上了,苏志强得了这么个重要的任务,冥思苦想了好多名字,又觉得都不好,翻阅各种书籍,思来想去,迟迟定不下来。

吴欣回家就把她最好的朋友生了宝宝的事告诉汉森,汉森的护照很快就到期,他终于可以飞到中国来和吴欣团聚了,他们也会有一个可爱的孩子。但他什么也没有说,他是一个行动派,他会用实际行动来证明,他只说:"我很快就可以回到中国了。"

肖茹这几天在业余丝竹班排练,那个吹笛子吹得很好的德国人也在他们丝竹班里,肖茹说:"我们丝竹班每次雅集来听的人最多,都是来看德国人吹笛子的。我们弹什么样根本就没人在意。"心里还有点不舒服,感觉自己的劳动成果被观众辜负了似的。

从此，舞台上就多了一个吹笛子的德国人。不过，渐渐地，太仓街头的德国人多了，他们出现在哪里大家都习以为常，也不觉得有什么特别了。

太仓德资企业决定在欧洲杯足球赛前夜举办一场足球赛。各企业能报名的都报名了，有些企业比较小的，就联合起来组队。霍恩的公司也有一支球队，他更是亲自带队训练。陈明香带着两个儿子在足球场边上陪着，两个儿子也有一个小足球，踢来踢去。

比赛当天，张轲闻来了。张轲闻已经五十多岁了，肯定不能让他上场，他穿着运动服在赛场外走了好几圈，跃跃欲试。吴欣也来了，她的公司里男员工比较少，和另一家企业组合成一支球队，她也穿着运动服在旁边加油助威，看到张轲闻便跑过去，兴奋地说："张总你也想上去试试？"张轲闻满脸向往地说："这要是十年前就好了。"

"所以，您还是和我爸喝啤酒，看世界杯比较合适。"吴欣笑着说，张轲闻有点不服气地轻轻叹息。

一场友谊第一比赛第二的德资企业足球赛开始了。员工最多同时也是太仓最大的德资企业舍弗勒赢得了冠军。

晚上，欧洲杯足球比赛正式开始，吴灏旭约张轲闻一起看比赛。那条街上原来只有 HOME 一家西餐厅加酒吧，后来，多了德国大叔的披萨店，再后来，酒吧越来越多，整条街都是，尤其是在欧洲杯这么特殊的日子，酒吧外面都摆满了桌子，大银幕挂起来，中国人、德国人、认识的、不认识的，一起喝啤酒，看足球赛。

吴灏旭和张轲闻还是坐在老位子上，那儿快成了他们俩每次来这里喝啤酒的专座了。王老板十年如一日地热情,和他们攀谈,不管生意多好,多忙,他都会照顾到。张轲闻果然没看错他,王老板和他们聊了一会儿就被叫走了。

"我觉得在太仓生活真好。"张轲闻感慨地说着,吴灏旭和他一样,他们都觉得曾经的选择没有错,"看,到哪都是老朋友,看着一群一群热情对待生活的人,就算是心里有烦心事也都忘了。"

"你这种事业成功的人没资格说这样的话。"吴灏旭打趣他。张轲闻急了,说:"这是什么话,我去拉个人过来问问。"作势就要起身。

吴灏旭赶忙拉住他,"你还真想问啊?"

"对啊,就像那些记者一样,拉一个路人问幸福不幸福。"张轲闻一本正经的样子,不像是开玩笑。

吴灏旭把他拉回座位上:"行了,行了,我信。"

"不行,这要调研的。"张轲闻还来了执拗劲儿。

吴灏旭说:"你看太仓的人口最近增长了一倍,再加上现在我们眼前看到的,以前太仓多安静,哪有这么热闹的时候,现在每年欧洲杯和啤酒节,真的能看到大家的活力。我是老太仓人了,我都高兴,还用证明什么?"

张轲闻听他这么说,才安心地又坐回到位子上,满脸都是让你不信我的得意样儿,吴灏旭一看他脸上的表情就忍不住想笑,眼看要奔六十岁的人,还像个孩子。也只有吴灏旭能看到张轲闻这副样子了,太仓的报纸和新闻中的张轲闻可是一脸严肃认真地讲着中德合作。

第五章 爱

　　有时候吴灏旭会问张轲闻,这一步步走来的感受,张轲闻只是淡然一笑,他说:"我觉得我只是在认认真真地做每一件事,当这件事发生的时候,并不知道会有什么结果和影响,只是在做这件事的过程中,我又有了新的想法,又多了一些考虑,就成了另一件事,而从这样一步步走过的路中,又看到了我未来想要去的方向。不要给我戴太高的帽子,我只是希望我做的事情能有益于我的企业,能让我们深爱的这座城市,有更好的发展。现在看到太仓欣欣向荣的样子,我都无比地高兴,但这不是我一个人努力的结果,是许许多多人努力的结果,包括你的女儿。"

　　吴灏旭点点头,是的,他们都希望他们生活的这片土地和在这里生活的人们越来越好。

　　当物质达到一定程度的满足之后,人们追求的就是精神上的富足。

　　那一夜是属于足球的,张轲闻、吴灏旭和所有的年轻人一样助威、呐喊。

第六章　融

叶岚刚拿到毕业证,就迫不及待地回了国,也可以说,是父亲让她立即回国的。老叶总说:"毕业了就赶紧回来。"可他没想到女儿这么快就回来了。"你不在英国多玩一段时间了?"

"您不是说,家乡需要我吗?怎么又嫌我回来得快?"叶岚和爸爸撒娇地说着,"不过,您的这个决定真伟大。"她伸出大拇指。

老叶总笑了笑,说:"那就交给你了。"

"保证完成任务。"叶岚特意敬了个军礼。

全球第八家德国中心在太仓落户,这是继北京和上海之后国内的第三家。太仓这样一个县级市拥有一家德国中心,太仓在德国企业家心中的地位可见一斑,而这座气派又有国际风范的综合办公大楼的主人就是老叶总。

老叶总的女儿叫叶岚,在英国留学期间学习艺术史,刚刚毕业。虽然她只出国留学两年,但仍然能感觉到太仓的变化:"太仓这几年发展得真快。"街边已经有很多标志性很明显的德国元素。

"是啊,日新月异。"老叶总欣慰地笑着,叶岚却很理智地对父亲说:"不过,老爸,做艺术,可是烧钱的行为,你确定要这么做?"

"嗯,要做,不然我让你回来干吗?"老叶总没有一丝犹豫,"现在的太仓就差一个艺术馆,我们能做到的有限,但是要尽最大努力去做。"

自从德国中心在老叶总旗下的大楼里落户之后,热爱艺术的他就有了一个新的想法:他要在自己的大楼里办一个艺术展馆,去展示中德文化。中德合作那么久了,人们的生活都已经相融相通,那么文化艺术呢?现在,还没有人做这件事,他有得天独厚的条件,也有热爱文艺的心,为什么不做?有了这个想法,他就和女儿叶岚商量。

老叶总决定把集团产业中的一幢写字楼拿出来与德国中心合作也是几经波折,因为德国人的标准很高,要达到他们的标准很不容易。

"现在让政府部门做这件事,要出钱,出场地,恐怕一时之间不能促成。但我和索马谈过很多次了,如果能促成中德艺术交流,那中德合作就又完善了一步。"老叶总决心已定。

"本来我是想回来替你赚钱的,报答你的养育之恩,结果要先回来帮你烧钱了。真是有点于心不忍。"叶岚开起玩笑。

"养儿千日,用儿一时,这就是你的报答。"老叶总一本正经地说。

自从叶岚知道了父亲有这个决定的时候,已经考虑了很多,也几次与父亲对这件事的方方面面进行过讨论。"那我可就开烧了。"

老叶总没出声,他早就有心理准备,有些事,一定要去做。作为一家太仓本地的民营企业,太仓的发展也是他们的未来,并没有更多的理由,他只希望太仓越来越好,他就可以在这块土地上把自己的企业经营得越来越好。

得到父亲的全面支持,叶岚就大刀阔斧地开始准备艺术馆。老叶总告诉女儿,大楼里的空间任她安排,叶岚看中了大楼最顶层,她决定用整个顶层来打造艺术空间。

这座26层的大楼里有很多中德元素的餐厅和主题酒店,还有一部分是办公区域。如果艺术馆创办起来了,那这幢大楼就是德国企业的出差人员来往太仓的最佳落脚点。叶岚和老叶总利用自己的私人关系,找到了很多艺术界人士的支持,太仓的艺术家们听说这里要放一些中德文化艺术展品作为两国文化交流的平台,纷纷赞助了作品。叶岚是年轻人,又联系了许多年轻的艺术家合作,她说文化是传承的,也是在变化的,同时代表了不同时代的人对文化的感悟,所以,她的艺术馆里展示的作品是多面的。艺术馆少不了德国的作品,她和父亲又和德国友人索马先生提起,德国方面很快就找到了一些德国的艺术家们,这样一来,德国艺术展品也有了。

老叶总在太仓也是有些影响力的人物,很多相关人士知道他在做这件事,也是有钱的出钱,有力的出力。老叶总本是想自己默默地付出,万万没想到,事情发展到最后是众人拾柴火焰高。

第六章 融

叶岚做好一切准备工作之后,邀请父亲去指导工作,在这之前,她是不允许父亲来艺术馆现场的,她说要让父亲告诉她第一感觉,所以在那之前,坚决不让父亲参与。

白色的空间,让任何艺术品都能明显地凸显出来,展馆里有可以静静品味的狭小空间,也有峰回路转的另一番天地,还有开阔宽敞的大场面,就像一支变奏曲一样,让参观的人可以跟着起伏的旋律走在艺术之中。艺术馆的现代科技感融合得恰到好处,这一点也使这间艺术馆区别于普通的展馆。

"怎么样?"叶岚小心翼翼地看着父亲的脸,想知道父亲的感受。她看到父亲脸上的笑意,心下窃喜,忙说:"现在还差一个名字。"

老叶总就问:"有想法了吗?"

"有,只是想请您给点意见。"叶岚显得有点心虚,因为她很喜欢自己取好的这个名字。只是如果不和父亲商量,显得自己太不谦虚,所以,她才这么假情假意地问父亲。

"说说看。"老叶总双手背在身后,一边看艺术馆刚刚挂上去的中德艺术品一边等着女儿说下去。

"爸,您看,我们做这个艺术馆最初的定位就是小而精,从小做起,做一件可以持久的事,您也一直在教育我,我们要踏踏实实一步一个脚印地做事业,所以,你说我们像不像在种一棵树?从小树苗开始,慢慢地培育,看着它长大,直到它顶天立地,或者独木成林。"叶岚铺垫了半天。老叶总转过身看着她:"到底叫什么?"

"禾世木。"叶岚说出这三个字。老叶总沉默了许久,他又背着手参观了一圈,"就这么定了。"

这不仅是一个艺术馆,更是太仓企业家的精神,不急于求成,慢慢浇灌,慢慢成长,给些时间等它真正成才。艺术馆没有马上开放,而是进入一段时间的试运营。

吴欣没想到还没等到汉森,先等到了冷若非。冷若非说她要陪一位朋友来太仓。

"你又认识了太仓的朋友?"吴欣疑惑地问冷若非。

冷若非说:"不,是陪她回去做一场艺术交流。"

"啊?在太仓吗?我怎么不知道有德国的音乐会?"吴欣觉得自己可能工作太忙了,把陶冶情操这件事给耽误了。

冷若非仍然用那么优雅而缓慢的语调对她说:"她是位油画艺术家,你们太仓的一家艺术馆邀请她去展示艺术作品。我呢,就顺便和我们团里的人提起,要不要去做一场交流表演,结果通过了,他们已经对接到了你们太仓的大剧院。所以,一举两得。"

四年没见了,偶尔打个电话,或者网络开通视频聊上几句,现在和以前她们在德国留学的时候比起来科技的进步很大。

再次相见,吴欣就像第一次去柏林见冷若非时一样,飞奔过去,和冷若非紧紧拥抱在一起:"太好了,又见面了。"

冷若非也没有想过,她会以这样的方式和吴欣相见。在德国这么多年,看着身边的中国人来了又走,只有她还留在那儿,坚守她热爱的音乐。但她知道总有一天,她也会回来的,只不过,她希望回来的时候,能带给中国更多的关于音乐的东西。这次能回来交流,也是想试一试。

冷若非介绍了她的朋友琳达,一名德国绘画艺术家。

吴欣这才知道太仓有这么一家秘密筹备中的艺术馆。叶岚接待了她们，几个女人相见恨晚似的很快就成了朋友。

冷若非的乐队也陆续到了，三天后，在太仓的大剧院表演。冷若非的家在苏州，离太仓很近，但她还是决定先在太仓小住倒时差，以保证演出的状态。吴欣每天下班就带着冷若非逛太仓，冷若非经常听德国同学提起太仓，太仓市地属苏州，她却从来没有来过这里，她有点难为情："没想到都是苏州的地方，我竟然从别人的嘴里听了好多年太仓，现在才来看一看。"

吴欣故意揶揄着说："你们是大苏州啊，我们是乡下人。"

冷若非给她一个优雅的白眼，"不许搞对立。"

"江苏特色。"吴欣哈哈大笑。

"你这才回来四年，就这么不客观了？"冷若非批评吴欣。吴欣纠正态度："这是变相夸我们大江苏的实力嘛。"

琳达听不懂她们在说什么，两个人觉得冷落了客人，连忙道歉，吴欣开始给琳达介绍太仓，她的德语非常好，琳达来中国之前的所有顾忌都打消了。来之前，冷若非就给她讲过很多关于中国真正的样子，可是琳达是不完全相信的，她目光中的犹豫和疑惑，吴欣特别熟悉，也特别能理解，而她也有信心破除那种感觉。在曼科做老总这么久了，她非常了解德国人的思维方式和中国人的思维方式，她也知道该如何交融，她一定会让琳达爱上太仓。

三天后，冷若非的乐团在太仓大剧院进行了非常成功的表演，剧场里座无虚席。很多德国人都来看表演，他们和在德国时一样，身着正装和礼服；观众中的中国人也很多，虽然他们还没有穿礼服的习惯,但很尊重演出,静静地聆听。

吴欣坐在其中,穿着上次在柏林看冷若非表演时的礼服,四年后再看冷若非的表演,看到她越来越纯熟的演奏,她没有像四年前的那个小女生一样激动地落泪,而是脸上洋溢着喜悦。

所有人都在看舞台上优雅美丽的中国钢琴演奏家,掌声热烈。冷若非的父母也从苏州赶过来,观看女儿在中国的第一场表演。虽然太仓这座城市在全国没那么出名,可在德国,早有了一席之地。冷若非的父母还怕这个小城不能支撑起这场专业的表演,而看到了现场的观众后,他们好像也有点明白了,女儿为什么会选择在这里演出。

视觉艺术和音乐代表着我们各自语言之外的交流领域,当然,理解和感知的深浅会受人们自身的影响,但基本的真理和情感是每个人都刻入骨子里的。艺术提供了沟通无法言说的东西。

演出结束后,冷若非就和父母一起回苏州了,琳达决定留在太仓等她一起回德国。原本冷若非想带琳达回苏州的,可是琳达说,她很喜欢太仓,在这里能看到很多德国的影子,她还想在这里住几天。

冷若非也承认,太仓这座小城很奇特,能把中式文化和德式现代文化融合得那么好,既没有违和感,又保持了独特的个性,苏州距离太仓只有一个小时的车程,竟然有完全不一样的感觉。她很放心地把琳达交给吴欣,一个人回去和父母小聚几日,再回德国。

琳达每天往返于禾世木艺术馆,她认真地看着来观展的中

第六章 融

国人看她的画时的神情,她从那些人的脸上试图看到他们内心深处她想要捕捉的东西,有时她会很开心地点点头,有时又会疑惑地皱着眉。叶岚不时地过来和她交流一些对艺术的感受,还会告诉她中国人对艺术的理解。叶岚问她对中国艺术作品的感受,她也会给琳达讲解中国艺术作品中的中国元素和中国精神。

吴欣因此和叶岚成了好朋友,她们的父亲都在太仓这片土地上做着自己热爱的事业,她们又都是如掌上明珠一样被呵护着长大的。她们有类似的经历,在外留学的时候靠的是真才实学。

叶岚很谦虚地说:"我要向你学习,你已经可以管理一家德资企业了,而我的艺术馆都是老爸成全的。说到这,我真有点难为情。"

吴欣拉着她的手说:"能接好父辈的班,是我们这一代人目前要面对的重大问题。你能把父业继承好,也是最大的成功。"

"对,他们年纪大了,我也要把我的家族企业做成百年企业。"叶岚自信地对吴欣说。自信是需要底气的,只有那些拼搏过来的人才会懂。

吴欣回家以后,走到父亲的书房,吴灏旭正在看电脑上的装修图纸,看到女儿进来,摘下老花镜。"怎么了?"女儿很少到书房找他,一定是有事要谈。

吴欣笑了笑,说:"爸,这些事还要你亲自做吗?不是都有负责人吗?"

"嗯,有,我只是看看现在年轻人的设计,学习学习。"吴灏旭一直都很低调。

吴欣嘴上不说,心里是非常敬佩父亲的,他一直那么默默无闻,把事业做得风生水起,看到父亲这把年纪了还在学习,心里特别骄傲。学习这东西,不在于有用没用,而是丰富自己的大脑,以免被些无用的事占据太多。她转念又说:"对了,老爸,过几天汉森就要回来了,我们想搬出去住,到时你和我妈要冷清了。"

"所以,你可以考虑不搬出去。"吴灏旭说的是真心话,整天想着把女儿嫁出去,真到这一天了,老父亲可舍不得。在太仓,大多数家庭对女儿特别疼爱,与其他地区不同,甚至是重女轻男。

"嗯,等我们过几天二人世界之后再搬回来,可以吗?"吴欣难为情地对父亲说。

吴灏旭宠爱地答应着:"可以,我女儿想怎么样都行。"

不过,今天吴欣不是来和父亲谈这件事的:"爸,将来,你的公司打算交给谁?"

吴灏旭只有吴欣这一个女儿,但目前看来,女儿的事业做得很好,似乎不能回来接这份家业了。吴灏旭深深地叹了一口气说:"我觉得再过几年,房地产行业就要达到顶峰,而顶峰之后就会向下走,我不知道还要面临什么样的考验,所以,现在我还不能确定将来装修行业会怎么样,顺势而为吧,如果行业前景不好,我就和公司一起退休。"

吴欣也曾想过这个问题,她的判断和父亲一致:"我也有这样的预感,如果真是这样,你舍得结束你创下的公司吗?"

"舍不得。"吴灏旭回答得很果决。

第六章 融

吴欣看着父亲平静的脸,到了他这样的年纪很多事情已经看淡了,但还没到看开的地步。"舍不得呀。"他又补上一句,听得吴欣莫名心酸。

"但我也想过了,你和汉森都有自己的事业也很成功,钱这东西赚不完,我和你妈现在的生活很知足,所以接下来对我们来说的就是养老,我们要想怎么养好身体,这样能多陪你们几年。我只是不放心跟了我这么多年的老员工,到时我会和他们谈一谈。"吴灏旭的话让吴欣莫名伤感,她不让父亲再说下去了。但听了吴灏旭未来的打算,吴欣也感到安心了些。

第二天上午,吴欣一直联系不到琳达,心急如焚,她打了好几个电话都无人接听,如果找不到琳达,她如何向冷若非交代,她急得开车满城搜索。吴欣努力让自己冷静下来梳理琳达平常的出行规律,一般琳达都是下午才去禾世木,现在是上午 9 点,这个时间,她可能会去哪儿呢?

吴欣突然想起面包房,赶忙开车过去。面包房外面没有人,好像今天的面包还没有出炉,吴欣失望地转身要去下一个地方。

"OK!"一声大喊,吴欣觉得好像是琳达的声音,她连忙转过身向面包房里面看,透过玻璃窗果然看到了琳达,她穿着工作服,在里面等着面包出炉。

吴欣大声喊:"琳达!"

琳达回过头,看到她时欣喜地笑了:"嗨,吴,快来吃我烤的面包。"

"你?"吴欣疑惑地看着她。

欧文笑着点头:"她说要试试。"

"这在德国是没有机会的,你知道德国需要做三年的学徒,还要有五年的面包师工作经验,才能开个面包店。"琳达兴奋地说,"而他们在中国已经开了这么好的面包房,还做出这么正宗的德国面包。你知道,德国人如果没有面包,会非常痛苦。"她表情夸张地耸耸肩膀。

吴欣当然能理解,当年她可是啃了十年德国面包。到现在,她也只喜欢吃德国面包,那种慢发酵纯正的小麦香味道,也不知道什么时候开始成为她的习惯的。

"快来尝尝我做的面包。"琳达切了一块面包给吴欣。

在面包房里的谷物香气和一杯醇厚的咖啡的吸引下,吴欣坐下来慢慢品尝,好像又回到了德国,生活从来都没有改变过一样。

琳达问吴欣是不是有事找她,吴欣这才想起来,是冷若非打不通电话才让吴欣帮忙找到她,因为家里还有些事,可能她们要再多待几天才回德国。

琳达反而很高兴:"好啊,我没问题,我很喜欢太仓,德国有的这儿都有,我生活在这里多久都没关系。"

"有时候我不能一直陪着你,还真怕你在这边生活不方便。"吴欣对琳达表示歉意。

琳达却说:"不会,我找到了香肠,找到了面包,还找到了一家可以吃德餐的餐厅,而且还有那么多西餐厅,吃饭的问题解决了,还有什么问题?如果有什么不懂的,我还可以问,这里的人很友好,都会告诉我。来中国之前,有些人告诉我中国很穷,可我觉得中国很富有,我昨天在咖啡馆里丢了电脑,直到晚上才回去找,老板都帮我收好了。"

吴欣点点头,是的,在太仓,一个德国人生活下去一点问题都没有,她突然想起在德国的时候,她也是丢了钥匙,捡到钥匙的人,追了她两条街把钥匙还给她,就对琳达说:"所以,一切都要自己去真实体验一下才好,不能道听途说。"

欧文在旁边加了一句:"来中国生活吧,这里太棒了。"

汉森终于来中国了,为了他爱的人,他做到了最大的尊重和诚意。他说谁让吴欣的魅力太大,他曾经以为自己再不会为一个女人动心,怎会想到不但动了心,还为之疯狂,竟然可以漂洋过海地来太仓安家落户。

霍恩和陈明香邀请了汉森和吴欣来家里做客,两个男人一见面就聊得很投机,从到太仓投资,到在太仓安家,从他们深爱的女人,到他们彼此的心情。男人和男人聊,女人和女人聊,就这样,汉森和霍恩又成了朋友。

霍恩和汉森从来不会把工作带回家里,所以他们只聊生活,聊他们对中国文化的理解,偶尔他们两个人还会争论一番,再找两位女士为他们各自的认知给一个公正的评判。

陈明香和吴欣总要纠结一会儿,因为他们说得都有道理,甚至有时候会超出她们对中国文化的理解,她们不知道有两位好学的先生到底是好,还是不好。开始她们会在自己的丈夫面前摆出中国人一定了解中国文化的姿态,到后来,她们投降了,汉森的哲学知识渊博,他对中国的孔子、老子都有研究,而霍恩这几年带着妻儿走遍了中国的大好河山,真实地去感受过中国。

他们一个理论一个实践,有争论的时候,两个女人只好说:"要不汉森重走一遍霍恩走过的路,霍恩再去看看中国的哲学。"

这时候两个男人就都沉默了,既不赞成也不反对。陈明香和吴欣知道,他们俩都是有点固执的男人,让他们接受一些观念是需要时间的,但他们又都有自己的智慧,一个从书本中,一个从实践中,各有所长,而他们最终都会去尝试对方的方法,再来下个定论。他们的沉默也算是默默的认可,直到他们付诸行动了,才会再开口。

"中国很大,文化也非常丰富,要真正了解需要很长时间。"两个男人又开始了他们之前的话题。这样的家庭聚会时常会有,后来这个群体也在慢慢变大,会跑到敏敏和欧文的面包房里,也会在德国餐厅里,很多跨国婚姻的夫妻加入进来,还有一些德国夫妻也来参加。只不过,德国夫妻在中国大都是暂时停留,每当他们接到要回德国工作的消息时,已经适应了太仓的节奏,会恋恋不舍。

"马可不想回去。"汉森对吴欣说,"可是他太太也是德国人,他必须回去。"

"他们夫妻不是都在中国很久了嘛,回去也要适应一段时间了。"吴欣知道他们为什么不想回去,德国没有中国的生活那么便利,在中国生活习惯了,回德国真是要适应一段时间的。

"是的,对了,明天德国的妹妹过来玩。"汉森对吴欣说。这几年,汉森的亲戚朋友来了不少,都因为汉森义无反顾地来中国定居而好奇,想知道除了深爱的女人外,这个国度到底有什么魅力。

第六章 融

陈明香的第三个孩子是个女儿,和吴欣的儿子同一年出生的。三个女人再次约会的时候,都带着一个小版的她们,除了苏萌的儿子是中国面孔,另外两个都是中外混血儿,几个孩子在一起玩的时候,中文、英文、德语交替着说。

面包房成了她们约会的地方。吴欣问陈明香:"我想给儿子报个书法班,让他学学中华文化,我总觉得他对中国的文化了解得太少。"

陈明香说:"你可以试试,如果他喜欢就让他去学,不要强迫他去学就好。"

敏敏也走过来说:"我也在想要不要让我的儿子去学国画。"

"也好,要不我们一起带他们去学吧。"吴欣赞同地说,"这样可以做个伴儿。"

国画教室里就多了两个混血孩子,吴欣工作太忙的时候,敏敏就把两个孩子都接到面包房等吴欣,吴欣的儿子天天在面包房里吃欧文给他的面包,每次欧文递给他面包的时候,脸上都是满足的笑容。敏敏在旁边偷偷地看着,吴欣来接儿子,敏敏就小声对吴欣说:"你儿子算是满足欧文给小朋友送面包的心愿了。"

吴欣听了哭笑不得,就这样,儿子成了饿肚子的小孩儿。

健雄学院里。

班级里的学生都在等着他们的新老师,只听说,教这个学期模具课的是一位女老师,曾是中德双元制班成立时的第一届女生,他们心里很好奇,会是个什么样的人。

"会不会像德国的很多女人那样很壮?"有个学生在教室里猜测。

"要不就是很凶。"另一个同学接话。

教室的门开了,一位穿着黑色T恤衫和牛仔裤的娇小女生出现在门口,齐肩短发,眉清目秀,所有学生看着她走上讲台。她把手里的教案放在讲台上,从左到右看着班里的学生,一共21个人,和她上学时候一样的人数。

"同学们好,我是你们的专业课老师,我叫苏萌,这是我的电话。"苏萌一边说,一边在白板上用水笔写了一串数字,"以后你们的专业课由我来负责。"

教室里有人在小声说话:"不会吧?"

苏萌转过身,看着他们:"怎么?有什么问题吗?"

范琦从门外路过,走进教室。苏萌看到范琦走进来,礼貌地从讲台上走下来打招呼:"范老师,哦,范院长。"

如今,范琦已经从职业中专升级到大专学院做院长了,他们都没想到十几年后,他们会成为同事,一个是院长,一个是老师。

"苏萌,这是你的班?"范琦知道苏萌已经拿到了德国培训中心的教师资格证书。如果当年中考没有出现意外,她也可能站在讲台上,而如今,她看着教室,有点激动。

"对。"苏萌说得很干脆,随后看着她的学生,露出甜美的笑容,下面坐着的学生对这位娇弱的女教师不免有些质疑的神色。范琦看出那些孩子们脸上的猜疑,径直走上讲台,对他们说:"你们的这位苏老师,曾是我带的第一届学员。那时候全班只有她一个女生,而且她在第二年就拿到了全班第一名,是克恩公司总经理为她颁发的奖状。"

教室里响起了掌声,毕竟下面坐着的是高中毕业考进来的孩子，比曾经的苏萌他们懂事得多。

从那天开始苏萌成了一名教师，苏志强也快退休了。沙丽丽现在特别满足，她一直说多亏当初苏志强给女儿偷偷报了双元制班，应了那句话，命运关上一扇门的同时，又会为你打开一扇窗，最终女儿还是圆了自己的教师梦。

看到苏萌的人都觉得她和她的名字一样，柔弱软糯，不会想到她撸起袖子走进车间，锉模具的时候又准又快，手上的力气也刚刚好。看着她利落的动作，班里的大男生们都惊呆了，他们至少比苏萌高出半个头。

"把机床打扫干净。"苏萌干完活，让学生们清理机床，她特意安排了三个学生专门负责清洗设备上的油污。

而且这一清洗洗了好几天，迟迟都不教他们进行下一步的工作。有个男生说："苏老师是什么意思啊？这都几天了，只让我们擦不让我们碰机器，上课的时候反而是其他几个人上手。"

"就是啊，再擦下去，我就要改专业了。"另一个男生说道。

"哎呀，让擦就擦呗，我听说，清洁的训练是必修课，到了企业里也一样。我打听了，我们苏老师的老公就在克恩公司当生产部门经理，所以，我们这已经算是接近主考官了，你们都认真一点吧。"第三个男生说。

"真的？那要好好讨好她了。"

"德国考核很严格的，不给走关系，你就别想了。现在我只在想，苏老师到底在考验我们什么呢？"

三个男生小声议论了半天，其中一个男生说："整天擦这个油，这油到底是哪里来的？"

"看看里面。"

"不行,有个罩子挡着看不到啊,要不拆开试试?"

"拆开了会不会安不上?"

说着,三个人竟然已经把每天滴油的位置拆开了。他们拿着抹布将拆开的罩子也清洗了一遍,一边说笑,一边研究着。最后又组装回去,完全看不出来他们拆开过,这回总算是干干净净,三个人才满意地离开了操作教室。

第二天上课的时候,苏萌看了一眼机器,对他们说:"你们是不是拆过机器?"

"我们是想看到底哪里总有油,苏老师,我们怎么拆下来的怎么安装回去了,保证不会有问题。"

苏萌没说话,让学生们继续动手按着图纸操作。而他们三个被她叫到那台他们一直擦洗的机床边。

"这里的构造,你们看清楚了吗?"

"看清楚了。"三个孩子你一言我一语地把他们拆机器时看到的一切讲述了一遍。从那天开始苏萌就着重培养他们三个团队协作。

下班回家后,苏萌对周立哲说:"我给你培养了三个好孩子。"

"哦?是吗?"周立哲欣喜地说,"老婆大人有心了。"

苏萌知道周立哲的车间里要新上一条产线,就是要三个人合作的,苏萌笑着说:"克恩的培训主任和我说了他的要求,你这几天都半夜才回家,不就是为了这条产线?"

"我老婆真了解我。"周立哲亲了亲苏萌的脸颊。

苏萌有点难为情地看一眼身边五岁的儿子:"不如说我了解克恩。不过,这三个孩子让我想起了你们仨,所以,考验了一下他们,还行,都经住考验了。"

"哦?怎么考验的?"周立哲已经洗好了手,坐在餐桌前,和苏萌一边吃饭一边问。

苏萌笑了笑:"让他们擦机床。"

周立哲一听就笑了:"你真是没同情心,当初我们擦机床都擦得快造反了。"

苏萌也跟着笑,一边喂儿子吃饭一边说:"对啊,考验嘛,但他们还是比我们好,很快就找到了事情做,到底是比我们多读了三年书啊。"

周立哲听着哧哧地笑。苏萌继续说:"唉,没折磨到他们。我这是什么心理?"

"不要把自己的痛苦报复到别人身上去,苏萌老师,你这样可是态度不端正啊。"周立哲逗她。

"我真没想到自己还会当老师,这一生,我真的很知足。"苏萌说完,亲了一下正在吃饭的儿子,儿子一脸莫名其妙地看着她,她哄着儿子说,"缘缘,你说长大了你想干什么呀?"

"他那么小,懂什么?"周立哲无奈地看着妻子和可爱的儿子,嘴角向上扬着。

苏萌放下饭碗又对周立哲说:"现在克恩公司扩大了,外面招来的人才也多,你可要对我们双元制班出来的孩子优先考虑,不能偏心。"

"放心吧,只要他们能通过5S级别,我都会一视同仁。"周立哲正经地说道。

"不行,要对双元制班的孩子优先考虑。"苏萌反对。

"那当然,企业也要求优先考虑双元制班出来的孩子。好了,不要再说工作了,你这是在为自己的学生开后门吗? 我们可不可以好好吃饭了?"周立哲抗议。

苏萌只好说:"好吧好吧,不谈工作了。"

"就是,一会儿带儿子去哪玩?"周立哲看着儿子问苏萌。

人生的路总要走上去才知道奇迹无处不在,就像苏萌,虽然走的是一条不一样的路,可是终点却是她最初的梦想。

太仓中德合作的成功引起了全国的关注,特别是双元制教育越来越成熟。外地职业教育同行纷纷到太仓的两所学校学习,想把这种教育模式带到自己的城市里去。在看到太仓双元制教育的成功之后,发现这种现象只能属于太仓,因为这些学校的背后,需要有企业的强大支撑,如果离开了背后四百多家的德企,恐怕也无法促进双元制教育的发展,两者可谓是相辅相成,互相成就。

自 1993 年第一家德国独资企业——克恩(太仓)有限公司落户以来,太仓高新区已有舍弗勒、慧鱼、托克斯、通快、爱克奇、林德纳、宝适等四百多家德企落户,成为全省乃至全国德资企业最密集的地区之一,被誉为"中国的德企之乡"。进区的德资企业以精密机械加工、汽车配件制造、新型建筑材料为主体产业,产业优势十分明显,技术含量普遍较高。如生产用于汽车工业和精密制造工业的滚针轴承、用于发动机配气系统的液压挺杆的舍弗勒公司;生产气(液)压缸冲压设备、金属板连接技术及设

第六章 融

备的托克斯冲压技术公司;生产新型建筑紧固件系列的慧鱼公司。拥有基础金属零件加工技术的通快公司,生产电子控制系统的科络普公司等,产品和技术水平均居国际同行业领先地位,其产品主要用于满足国内市场需要,部分产品出口东南亚。

曼科中国公司最近又在扩建厂房,又到了一条新的产线。吴欣刚从深圳飞回来,她一进门就奔着儿子去了,抱起儿子连亲了几下,儿子只要好亲公,吴灏旭忙抱过外孙:"你这风风火火的,别吓到孩子。"

"怎么会呢?儿子,想不想妈妈?"吴欣又凑到儿子身边问。可惜小可乐根本就不理她,拉着好亲公去院子里玩。

"好亲公,我们盖房子吧。"小可乐拉着吴灏旭到院子里他们的工地现场,吴欣才发现父亲不知道什么时候买了一套超大的搭建玩具,真是什么人带什么样的娃,父亲这是真要给她带出个建筑工儿子了。

汉森也回来了,看着儿子在搭建房子,换了身衣服也投入其中,三个男人玩得不亦乐乎。肖茹穿着围裙走过来:"愣着干吗呢?过来帮忙准备晚餐。"

"妈,他们仨每天都这样吗?"吴欣跟着肖茹来到厨房。

"不然呢?"肖茹嘴里说着,手上不停,已经做好了几道菜了。

"天哪,为什么汉森博学多才,不教可乐点别的?"吴欣特别不解,"还有,我报的国画班,你有没有送他去啊?"

"去了去了,敏敏带娃上课的时候都来接他一起去。"肖茹说道,吴欣又想到欧文给可乐吃面包的画面,哭笑不得。不过,她仍然很开心地给敏敏打了个电话,感谢她这段时间的帮忙,至少这样她的儿子还在学中国传统文化，她总怕她那长着混血面孔的儿子忘记自己有一半中国血液。

幸好，小儿子很喜欢那些水墨画，虽然他还有点小，但她就是希望儿子能有这样的环境熏陶，毕竟儿子在一个中德家庭里长大。两种文化的差异很大，她希望儿子有中国文化的环境，至于真的能学到多少倒不是她最关心的。

陈明香此刻在敦煌，这一次，霍恩带着她和孩子们去探索中国的古老文化。吴欣一直说汉森太忙了，等他们的孩子长大一点，希望他也能像霍恩那样陪孩子去旅行，汉森答应了吴欣。

吴欣的曼科公司是于华所在公司的供应商，她刚从深圳回来就是因为于华公司所需要的一个设备。曼科的产品不符合于华公司的要求，她特地飞去深圳帮于华找到了一个更符合于华公司标准的。第二天，她就约了于华谈这件事。

于华很高兴地接待了吴欣："让你辛苦了。"

"没事，很快他们就会发邮件过来和您对接。"吴欣很高兴帮于华搞定了供应商的问题。

于华却笑着说："可是这样会不会影响你的业绩啊？"

吴欣释然一笑："如果我只考虑我的个人成绩，影响了你们的发展也不好，我们可以在这段时间升级产品，等技术达标了，再把你们这个大客户抢回来。"

"那可不是很容易的事。"于华说着严厉的话，语气却是柔和的。

"我有信心。"吴欣一直都是一脸阳光的样子，让人一看就如沐春风。她做事永远那么自信，于华就是欣赏她这个样子，他们认识也快二十年了，于华也是看着吴欣成长的人之一。

正说着，外面有个员工敲门："抱歉，于总，打扰你们了，不过有件紧急的事儿要处理。"

吴欣起身说："那我就先走了。"

"哦，好吧，改天再约吧。"于华送走了吴欣。吴欣刚走到大门口，就看到于华和刚才那位员工匆匆忙忙地向外走，在她后面出了办公楼直奔车间。

于华看着新来的装置的镜面上的划痕，心里想这么大一块镜面，如果报废了，太可惜了。正犹豫，德方老总也到了，于华上前和他商量，德方老总在镜面前来回走了一圈后，对员工说："报废。"

"啊？"所有人都觉得可惜，这块镜面的成本可不低。

"或许可以用。"于华刚要劝解。

德方老总果决地说："报废，我们出品的品质不能有一点瑕疵。"

于华虽然惋惜但也只能命令员工报废。生产经理看来看去都舍不得，就让员工先放在车间里一段时间，等以后再进行处理。于华并不知道生产经理迟迟没有处理掉那块镜面，过了几天，不知德方老总怎么知道了这件事，愤怒地跑去车间，亲手用锤子敲碎了那块镜面，并要对生产经理进行绩效扣除的惩罚。

于华一听，赶去和德企老总解释，希望不要惩罚生产经理。于华对德方老总说，只是暂时没有处理，不等于不处理，中国人的传统美德是节俭，并不是不处理，请德方老总在没有直接损失的情况下不要扣除生产经理绩效奖金。

德方老总不理解地和于华说："这不是节俭,这是不负责,我们的产品必须百分之百合格,不能有一点瑕疵。不能及时处理就是他的错,错了就要接受惩罚。"

于华苦口婆心地和德方老总讲了很久中国人节俭的美德,德方老总总算是听明白了一点,最后,还是被于华说服了,于华替生产经理保住了几个月的绩效奖金。

不过,这也让于华对车间下发更加严格的命令,保证生产不能有一丝一毫的偏差。

在与德国合作近三十年的积累中,太仓德企已经有了属于太仓的行业标准,太仓这座江苏省苏州市下辖的一个人口仅八十多万的县级市,2020年德资企业已经有四百多家了,就要冲五百家发展,而在太仓城区内的企业纷纷向外迁移,曾经的农田上已"长"出鳞次栉比的厂房。太仓高新区南京东路上,不少公交站以德国企业命名。从克恩-里伯斯站出发,四公里范围内聚集了四十多家外资企业,坐103路公交车,就能把新能源汽车的电驱系统配齐。要造一辆汽车,不出太仓就能找到百分之七十的零部件。

自19世纪工业革命以来,德国一直是制造业强国之一,具有高度发达的制造和工程技术,在汽车制造、化学工业、电子工业、航空航天工业、能源工业等多个领域,"德国品质"在世界范围内享有很高的声誉。对德合作三十多年,太仓将"德国制造"的"基因"逐步移植到本土产业链中,因地制宜打造特色产业集群,推动制造业企业理念、组织、管理、技术、产品、服务和模式加速变革,提高太仓制造的核心竞争力。"德企之乡"的城市名片

第六章 融

经过多年的积累,已孕育出"太仓制造 德国品质"的产业名片。

全国很多与太仓公司合作的客户都知道太仓制造的产品拥有德国的高品质保障,促进了太仓制造的进一步发展。

吴欣刚刚给德国总部打过一个电话,因为曼科公司李秘书在发邮件的时候,用错了一个英文单词,德国总公司极为不满,吴欣连忙解释在中国的意思和外语有表达上的差别。德国总公司才明白李秘书发来邮件的真实意思。她马上又收到德国老板的通知,他决定把自己的金婚庆祝地放在中国公司。

吴欣收到这个消息后特别高兴,她一直都知道她的老板非常喜欢中国文化,而且他是第一次带他的妻子来太仓,他希望吴欣能够帮他准备一个非常完美的金婚庆祝仪式。

吴欣决定就在罗腾堡帮他们庆祝金婚。德式酒店玛丽蒂姆已经投入运营,在贝多芬音乐会客厅可以喝着咖啡沉浸式聆听经典,德式餐吧申德勒加油站加的不是汽油而是正宗的德国啤酒,太仓斥资15亿元打造的罗腾堡风情街,在江南水乡复刻了一座德国中世纪古镇,原汁原味的德式生活场景在这里随处可见。她仍然能想起老板决定在太仓投资就是因为有归属感,没有在异国他乡的不安,太仓现在有德式的风情小镇,又有能留住德国人胃的香肠面包,还有中德交融的文体艺术。她相信再次来到太仓的老板一定会更喜欢这里,十年前,她就希望能够让老板对中国市场有信心,她用了十年经营曼科,现在曼科的发展稳步向前不说,还加了两条产线,虽然她的公司不大,但她看到了未来,她知道以后会越来越好。

张轲闻已经成为中德合作的主要人物,最近,他总劝说吴灏旭报中德总裁班进行学习，吴灏旭很无奈地说："你是不是搞教育搞上瘾了，做完中学生，做大学生，现在又要做我们老年人的教育工作了？"

"什么老年人，是总裁班。"张轲闻不满吴灏旭的不严谨。

"好好好，就算是总裁班也是制造业，我们这种行业，要什么总裁班？"吴灏旭拒绝他，"而且我都多大了？"

"不管怎么说你的公司还在，你就应该继续学习啊。"张轲闻执着地劝吴灏旭，"而且你也可以看看与你现在行业相关的方向，上下游的产业发展。"

吴灏旭的判断没错，房地产行业开始走下坡路，他的公司效益越来越差，但吴灏旭早就做好了退休的打算，所以并没觉得有任何惋惜，只是心里对曾经跟着他打拼的那些员工有些愧疚。他在公司里宣布，如果有人愿意接手，他就把公司转让，但很多人只适合做员工，没有勇气接过来。

"你还是让吴欣去学吧。"吴灏旭说道。

"她现在哪有时间去学啊，再说她已经是个很厉害的女总裁了。"张轲闻夸道。

"这些先不说了，你们中德友好幼儿园什么时候开学？再不开，我外孙都长大了。"吴灏旭现在只关心他的外孙子。

张轲闻说："下个月，下个月就开，早就交工了，在进行环保检测呢。"

"这还差不多。"两个老朋友已经不再去喝啤酒了，他们会约在市民公园的面包房里喝杯咖啡，看着公园里那些跑步的人。

"马上又要到啤酒节了。"张轲闻看着自己的工作计划，对吴灏旭说。吴灏旭摇摇头,说:"现在喝不动了。"

"现在的啤酒节也和以前不太一样了,参与的人越来越多,企业也越来越多。以前我们怕没人来参加,都是自己公司的人来参加,现在,要麻烦交警帮忙维持秩序了。"张轲闻颇有感慨地说道。

"是啊,已经成为太仓人每年的重大节日了,老张,你是不是特别有成就感?"吴灏旭突然问张轲闻。

张轲闻看着远处,脸上的神情带着微微的笑意,"我只是希望太仓越来越好!"

"三十年了,你说德国人对太仓现象怎么看?"吴灏旭很好奇。

张轲闻笑着说:"他们说这叫花开彼岸。"

电话再次响起,张轲闻边听边说:"好,我知道。"

吴灏旭看着他,张轲闻放下手机说道:"明天有个德国访问团,让我过去洽谈。"

"你该退休了吧?"吴灏旭笑着问。

张轲闻笑着耸了耸肩膀:"只要他们需要我,我就一直会在。"

有人比喻德国人的性格像"壁炉",热得慢,但也热得持久。事实上,这种"关注长远,重视品质"的特性,既是太仓与德国企业共同的理念,也是对双方持久合作的完美注解。

后　记

三十多年来,太仓在中德合作的道路上不断前行。如今,太仓正在创新打造对德合作下一个"黄金三十年",展示全球影响力,成为中德经济合作的重要枢纽和示范区。

太仓这座小城的魅力在不断地提升,在这里生活的每一个人,无论是太仓人、新太仓人,还是在太仓的德国人,无形之中都有了城市自豪感,不自觉地成为这座城市的名片,肩负起"桥梁"的意义,为中德合作、中德两国人民的友谊架起一座桥。

非常荣幸在写作本书的过程中得到 TRT 太仓欧商会主席张臻伟先生、副主席沈亚女士的支持,及太仓各界相关人士的大力支持。